# アサシンズプライド

ASSASSINSPRIDE

## Secret Garden

先生のことを、もっと知りたい。
わたしの想いも、もっと知ってもらいたい。
──わたしの命はいつだって、先生
あなたとともにあるんです

メリダ＝アンジェル
黄金の天使めいた美貌を持つアンジェル家公爵令嬢。家庭教師であり想い人のクーファのまわりにどんどん女の子が集まってくるので、気が気でない
秘密の花園に咲く少女たちは、
お砂糖とスパイスと、
素敵なものでできている。
たとえばそれは、甘くてほろ苦い秘密――
すなわち、《特別なあなた》に届けたい想い。

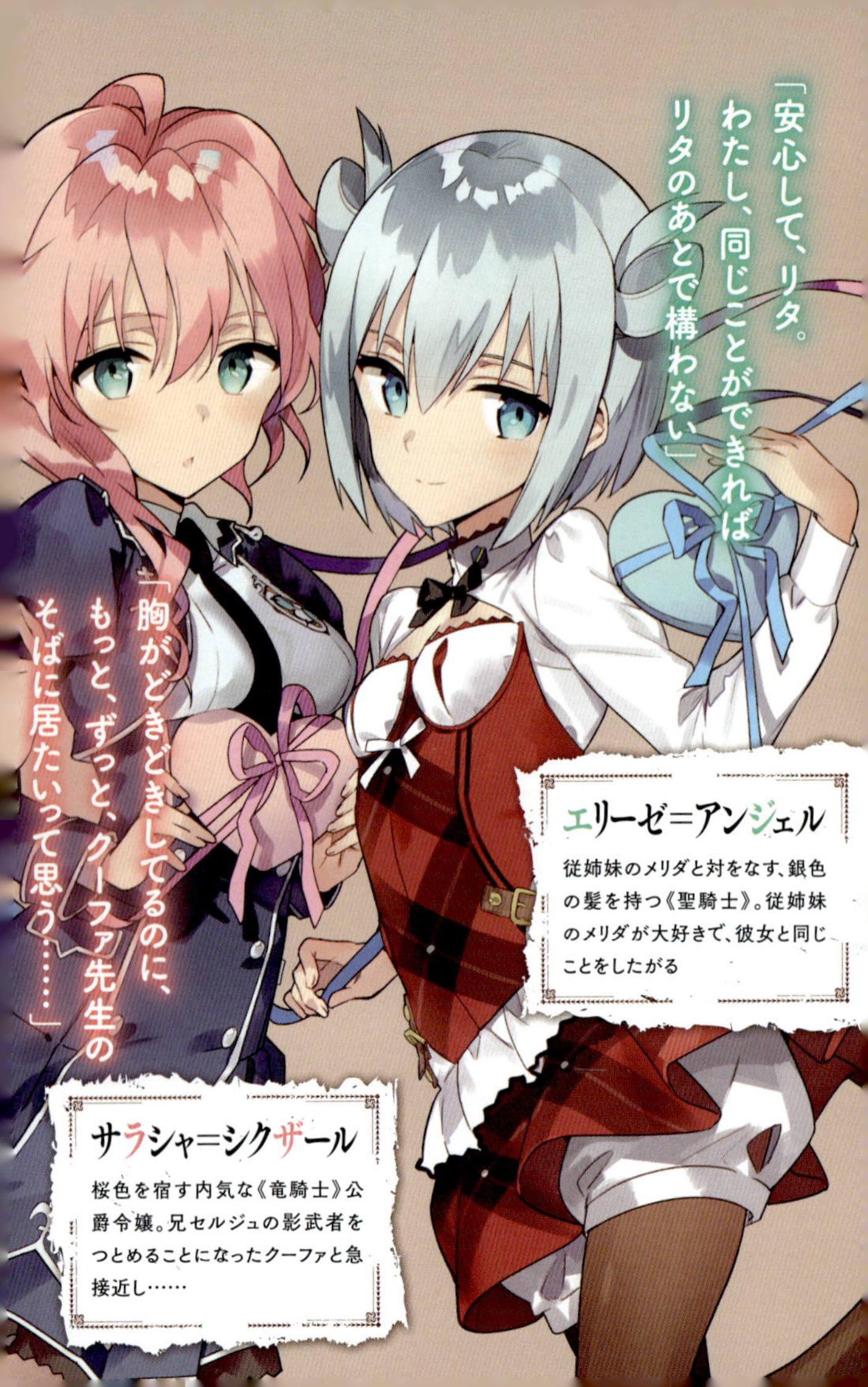
「安心して、リタ。
わたし、同じことができれば
リタのあとで構わない」
「胸がどきどきしてるのに、
もっと、ずっと、クーファ先生の
そばに居たいって思う……」
エリーゼ＝アンジェル
従姉妹のメリダと対をなす、銀色の髪を持つ《聖騎士》。従姉妹のメリダが大好きで、彼女と同じことをしたがる
サラシャ＝シクザール
桜色を宿す内気な《竜騎士》公爵令嬢。兄セルジュの影武者をつとめることになったクーファと急接近し……

「どうしてかしら……
最近、どんな本を読んでも
物足りなく感じてしまうのは」
ミュール＝ラ・モール
黒水晶の妖精のような、《魔騎士》の少女。ミステリアスな胸のうちは、クーファとメリダへの関心でいっぱい？

三大騎士公爵家
マナ能力で人類を守る貴族の中でも、特別な上位位階を受け継ぐ、アンジェル家、シクザール家、ラ・モール家の総称。メリダ、エリーゼ、サラシャ、ミュールはその令嬢で、フランドールの未来を担う存在だが……

秘密の花園で励む少女たちは、
お砂糖とスパイスと、
素敵なものでできている。
たとえばそれは、
《特別なあなた》への
想いを共有する、
愛しくて大切な仲間たち。
友人で、ライバルで、
家族のような、かけがえのない――。

ASSASSINSPRIDE
CONTENTS

# アサシンズプライド
# Secret Garden

天城ケイ

ファンタジア文庫

2680

口絵・本文イラスト　ニノモトニノ

# アサシンズプライド
ASSASSINSPRIDE
# Secret Garden

## 初出/FIRST APPEARANCE

| | | |
|---|---|---|
| CLASSROOM:I | ～四季彩の秘密前夜祭～ | ドラゴンマガジン2017年5月号 |
| CLASSROOM:II | ～銀色の競場決闘～ | ドラゴンマガジン2017年7月号 |
| CLASSROOM:III | ～純黒の水上迷路～ | ドラゴンマガジン2017年9月号 |
| CLASSROOM:IV | ～美桜の蜜月逃避行～ | ドラゴンマガジン2017年11月号 |
| CLASSROOM:V | ～真白き園の学院七不思議～ | ドラゴンマガジン2018年1月号 |
| CLASSROOM:VI | ～金華の夢幻後夜祭～ | ドラゴンマガジン2018年3月号 |
| CLASSROOM:VII | ～緋熱の譜蘭学園高等部～ | 書き下ろし |

# CHARACTER

## クーファ＝ヴァンピール

《白夜騎兵団》に所属する
マナ能力者。位階は《侍》。
メリダの家庭教師兼暗殺者として派遣されたが、
任務に背いてメリダを育成している

## メリダ＝アンジェル

三大公爵家たる《聖騎士》の家に
生まれながらマナを持たない少女。
無能才女と蔑まれても心の折れなかった、
健気かつ芯の強い努力家

## エリーゼ＝アンジェル

メリダの従姉妹で《聖騎士》の
位階を持つマナ能力者。
学年で一番の実力を誇る。
無口で無表情

## ロゼッティ＝プリケット

精鋭部隊《聖都親衛隊》に
所属するエリート。
位階は《舞巫女》。
現在はエリーゼの家庭教師

## ミュール＝ラ・モール

三大公爵家の一角
《魔騎士》の令嬢。
メリダ達とは同い年ながら、
大人びた神秘的な雰囲気

## サラシャ＝シクザール

三大公爵家《竜騎士》の
令嬢で、ミュールとは
同じ学校に通う友人。
大人しくて気が弱い

## ティーチカ＝スターチィ

聖フリーデスウィーデ
女学院の新入生。
メリダのことを「御姉さま」と慕う、
無邪気な後輩

## ブラック＝マディア

《白夜騎兵団》に所属する、
変装のエキスパート。
位階は変幻自在の
模倣能力を持つ《道化師》

## シェンファ＝ツヴィトーク

かつてルナ＝リュミエールの
座に輝いた《剣士》。
聖フリーデスウィーデ女学院に
おけるメリダたちの先輩

## ネルヴァ＝マルティーリョ

メリダのクラスメイトで
彼女を苛めていたが、
最近は関係性が変化。
位階は《グラディエイター》

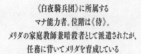

# KEYWORD

| | |
|---|---|
| ランカンスロープ | 夜の闇に呪われた生物が化物と化した姿。<br>様々な種族に分かれており、アニマという異能を持つ |
| マナ | ランカンスロープに対抗するための力。<br>これを持つ者はランカンスロープの脅威から人類を守る代わりに貴族の地位を有する。<br>能力の方向性によって様々な位階に分かれている |

## 基本位階

| | | | |
|---|---|---|---|
| 剣士《フェンサー》 | 高い防御性能と支援力を誇る、<br>防御特化の盾のクラス | 闘士《グラディエイター》 | 攻撃・防御共に抜きん出た<br>性能を持つ、突撃型クラス |
| 侍《サムライ》 | 敏捷性に優れ、《隠密》アビリティを<br>有する暗殺者クラス | 銃士《ガンナー》 | 様々な銃器にマナをこめて戦う、<br>遠距離戦に特化したクラス |
| 舞巫女《メイデン》 | マナそのものを具現化して<br>戦うことに長けたクラス | 魔術師《ワイザード》 | 攻撃支援に特化し、《呪術》という<br>デバフ系スキルを持つ後衛クラス |
| 神官《クレリック》 | 防御支援能力と、味方に己のマナを<br>分け与える《慈愛》を持つ後衛クラス | 道化師《クラウン》 | 他の7つの位階の異能を<br>模倣することができる、特殊なクラス |

## 上位位階

三大騎士公爵家・アンジェル家、シクザール家、ラ・モール家のみが継承する、
特別な位階

| | |
|---|---|
| 聖騎士《パラディン》 | 戦闘力、味方への支援、すべてにおいて高い水準を誇る万能クラス。<br>全位階中唯一の回復アビリティ《祝福》を宿す。アンジェル公爵家が代々受け継ぐ |
| 竜騎士《ドラグーン》 | 《飛翔》アビリティを持つクラス。恐るべき跳躍力と対空能力を生かし、<br>慣性を余すところなく攻撃力へ転化する。シクザール家が宿す位階 |
| 魔騎士《ディアボロス》 | 相手のマナを吸収することができる固有アビリティを持ち、正面きっての戦闘では<br>無類の強さを発揮する、最強の殲滅クラス。ラ・モール家が継承 |

# CLASSROOM：Ⅰ　～四季彩《しきさい》の秘密前夜祭《ナイト・パーティ》～

《敵》はひたひたと、あたかも亡霊《ぼうれい》のような足音を立てて近づいてきた。

しんと静まり返った廊下《ろうか》に、規則正しいリズムが反響《はんきょう》する。暗闇《くらやみ》をゆらゆらと上下に泳ぐのは、死者の魂《ウイル・オ・ウイスプ》を思わせるオレンジ色の炎《ほのお》だ。

燭台《しょくだい》を掲《かか》げ、濃密《のうみつ》な闇《やみ》をくぐり抜《ぬ》けてきたのは年配の女性である。身にまとう厳粛《げんしゅく》な修道服が意味しているのは、しかし天上への忠誠などではない。

彼女は人呼んで《おそろしの寮母《りょうぼ》》——この学園に暮らすすべての女生徒から慕《した》われるとともに、深く怖《おそ》れられている規律の体現者だった。

もはや自らの分身ともいうべき石造りの廊下を、寮母は滑《すべ》るような足取りで進む。左右にはずらりと扉《とびら》が並び、眠《ねむ》りの静寂《せいじゃく》があたりを満たしていた。

気まぐれにひとつのドアの前で立ち止まると、しわだらけの手でノブを捻《ひね》る。薄《うす》く開かれた室内には、左右に天蓋《てんがい》付きのベッド。ゆるやかに波を打つ毛布のふくらみは、あたかも目覚めを待つ卵だ。机の燭台が沈黙《ちんもく》しているのを確かめ、寮母は満足げに微笑《ほほえ》む。

「評判通り、聖フリーデスウィーデの小鳥は慎《つつ》ましいわね」

はなまるの評価を残し、ぱたんとドアが閉じられる。

再び暗闇のなかに染《し》み込む、足音。冷たい空気を時計のようなリズムで刻みながら、やがてドア越《ご》しの宣告は冥界《めいかい》に旅立っていくかのように遠ざかって、消えた。

――その直後だ。寮母が確かめたはずのベッドから寝息《ねいき》が途絶《とだ》えた。左右同時にだ。

「……行ったみたいよ、エリー！」

「うまくやり過ごせたね、リタ」

ぷはっ、と。顔を覗《のぞ》かせたのは金髪《きんぱつ》と銀髪《ぎんぱつ》の天使である。すなわち公爵家令嬢《こうしゃくけれいじょう》であるところのメリダとエリーゼは、すぐに、窓を鳴らすコンコンという合図に気づく。

「リタちゃん、エリーちゃん、《敵》には見つからなかったかしら？」

「ミウっ」

「サラも」

アンジェル姉妹《しまい》がベッドから這《は》い降りると、窓の向こう側には黒水晶《くろすいしょう》と桜花《おうか》の髪《かみ》色が輝《かがや》いていた。全員が寝床《ねどこ》から抜け出してきたままのネグリジェ姿である。隙《すき》だらけの裾《すそ》を二階の風になびかせながら、サラシャは窓枠《まどわく》と窓飾《かざ》りで軽《かろ》やかに体重を支える。

「廊下からだと見つかりますから、こちらから脱出《だっしゅつ》してください」

メリダとエリーゼが天使であるなら――

虫も寝静まる時間に寮から連れ出そうとするふたりのドートリッシュ生たちは、いたずら好きの小《こ》悪魔《あくま》のようなものだった。

薔薇園《ばらえん》の奥を目指し、蔦《つた》の這う石塀《いしべい》へ——

木立に隠《かく》されていた狭《せま》い穴をくぐって、朽《く》ちた階段を下ってゆくと——

その先はトンネルだった。石でできた床《ゆか》には網目《あみめ》状の溝《みぞ》が走っていて、少量の水がせせらぎを奏《かな》でている。裸足《はだし》のままで踏《ふ》み込めば、ひんやりと湿《しめ》った感覚がメリダの華奢《きゃしゃ》なふともまで駆《か》け上った。

「古い用水路なの」

黒水晶の小悪魔の誘《いざな》いにより、天使たちは胸を高鳴らせながらトンネルの奥へ。最後尾《さいこうび》のサラシャが一度振《ふ》り返るが、秘め事を咎《とが》めるような存在は何も見えなかった。

他所《よそ》の水門が影響《えいきょう》を受けるため、このトンネルを通り抜けられる時期は限られている。不便だという理由で廃棄《はいき》されたその道の先には、遠い昔に使われていた温室があった。

少女たちは柔《やわ》らかな芝生《しばふ》でステップを踏む。鳥かごのそれに似た入口を開けながら、翼《つばさ》を持つ竜騎士《ドラグーン》の少女が歌うように呼びかけた。

「最後の招待客をお連れしました！」

「――ごくろう！　これでようやくパーティが始められるね！」

温室に駆け込んだ途端《とたん》、メリダとエリーゼは思わず目を眇《すが》める。外に満ちていた廃屋《はいおく》の雰囲気《ふんいき》からは一変、そこにはまばゆい光と、たくさんのひとの気配が溢《あふ》れていたのだ。

「ようこそメリダくん、エリーゼくん。そして聖フリーデスウィーデ代表生徒のみんな！　今宵《こよい》は我々、聖ドートリッシュからの招待に応じてくれてありがとう！」

もっとも目立つ位置で音頭《おんど》を取っているのは、中性的な美貌《びぼう》を振り撒《ま》くキーラ＝エスパーダ、三年生。その隣《となり》に寄り添《そ》うピニャ＝ハースランもまた、メリダの知己《ちき》のひとり。温室に集まった数十人の少女たちのうち、半数はメリダの顔馴染《かおなじ》みだ。そしてもう半分はまだ名前も知らぬ姉妹校の友人。知った顔と知らない顔が交互《こうご》に入り交じり、しかして全員に共通しているのはあどけない肢体《したい》にまとった無防備なネグリジェ。

周囲には自由気ままに花びらを広げる何百本もの色彩《しきさい》。脳を惑《まど》わすような芳香《ほうこう》。色とりどりの蝋《ろう》でできたキャンドルが灯《あか》りを提供し、床いっぱいに広げられたのはふわふわの毛布に、クッション。テーブルに山と敷《し》き詰《つ》められたスイーツの兵隊たち――

ジュースのきらめくグラスを掲げ、キーラは言った。

「ルナ・リュミエール選抜戦《せんばつせん》、《裏・前夜祭》の開催《かいさい》だ!!」

† † †

ルナ・リュミエール選抜戦——

メリダが聖フリーデスウィーデに入学してから二年目、今年もまた熱い季節が訪《おとず》れた。聖フリーデスウィーデ女学院、聖ドートリッシュ女学園、双璧《そうへき》となる二校から計四名の候補生を選出し、全生徒の投票をもって、至高となるひとりの代表生徒を決定する——数十年の歴史を持つ、姉妹校の伝統行事である。

選抜戦の舞台《ぶたい》となる学《まな》び舎《や》は、《開催側》と《招待側》を交互に入れ替《か》えるのが慣例だ。あれはまだ、メリダが聖フリーデスウィーデに入学して半年と経《た》たなかったとき、格式ある聖ドートリッシュの制服姿とガラスの宮殿《きゅうでん》でともに舞《ま》い踊《おど》った記憶《きおく》もいまだ印象深い。

そして二年生として迎《むか》えた今日、メリダとエリーゼは聖フリーデスウィーデ代表選手団の一員として、今年の開催側である聖ドートリッシュ女学園を訪れていた。

アクアリムス天鏡区《てんきょうく》——

なんとも雅《みやび》な名称《めいしょう》のその街区《キャンベル》は、なんと一面に碧《あお》い水が満たされていた。底面に杭《くい》を打ち、その上に土台を築いて人工の島を浮《う》かべているのである。大小様々な諸島を結ぶのは船であり、島中に張り巡《めぐ》らされた水路には絶えずゴンドラが行き交《か》っていた。フランドール広しと言えど、このように優美かつ、不便な街並みはここでしかお目にかかれまい。

「大昔はこのキャンベルまるごと、ただの貯水区だったらしいんだけどね？」

せせらぎの大合唱に圧倒《あっとう》されるメリダたちへと、ミュールはこともなげに告げた。

「空から太陽が消えて、大勢のひとがフランドールへと押し寄せてきたとき、突貫《とっかん》工事で居住区へと作り替えたんですって」

「こんな手の込《こ》んだことをするなら、水を抜いちゃえばよかったのに」

もっともなエリーゼの疑問にも、当然、聡明《そうめい》な魔騎士《ディアボロス》は先回りをしていた。

「抜け出した水はどこへ向かうと思う？」

「え？　……あっ！」

「気づいたようね、リタちゃん。そう……仮に水門を開け放ったとしたら、この街区いっぱいに溜《た》まっている水すべて、ゆいいつの地続きになっている図書館大迷宮《ビブリアゴート》へと流れ込む。貴重な書物がぜ〜んぶ《水の泡《あわ》》ってわけ」

この話をする時間が待ち遠しかったのだろう。聖フリーデスウィーデの友人たちへと、黒水晶の妖精《ようせい》はもっとも魅惑《みわく》的な笑《え》みを浮かべてみせた。

「手作業ですべての水をかき出すか、いっそのこと水の上に島を浮かべるか……古代のひとたちは決断を迫《せま》られて、手っ取り早いと判断した方を選んだっていうわけね」

「その姿が今でもこうして、大切に保存されて残されているのね……なんだか素敵《すてき》っ！」

水面《みなも》に浮かぶ幻想《げんそう》的な街並みを前に、十四歳のメリダが抱《いだ》く感想はひとつである。今日は昼過ぎにアクアリムス天鏡区の駅に到着《とうちゃく》してから、見たこともない風景に慣れる間もなく学園へと直行である。そして蝶々《ちょうちょう》一匹《ぴき》の入退出をも防ぐ《鎖城《さじょう》》だ。絵画の世界を眺《なが》めるようなまなざしのメリダへと、サラシャはほんのりと笑いかけた。

「ひと月後には、街で名物の仮装祭《カーニヴァル》が開かれるんです。ルナ・リュミエール選抜戦が終わったら、みんなで遊びに行きましょう？　夢みたいに華《はな》やかなんですよ？」

「楽しみね！」

聖ドートリッシュ女学園は、天鏡区の《本島》からやや隔《へだ》てられた南端《なんたん》に建てられていた。ぽつんと浮かべられた小島に広がるのは、すべてが女学園の敷地《しきち》である。買い物すら船で漕《こ》ぎ出さなければならない立地は生活にこそ向いていないものの、集中して学ぶには最適の環境《かんきょう》だった。校舎に学生寮、聖堂と船着き場、そして森——

その一角に、女生徒たちの集まる古びた温室はあった。選抜戦の本格的な開始は明日から。本日は聖フリーデスウィーデ生のためのオリエンテーションと、学園の企画《きかく》した上品な歓迎《かんげい》パーティを終えたばかりである。しかしそれで、「さあおとなしく消灯を」とならないのが花ざかりの乙女《おとめ》たちだった。パーティに紛《まぎ》れ、代表生徒たちへと波のように伝言が広まっていたという事実を講師陣《じん》は知る由《よし》もないはずだ。

——《裏・前夜祭》。

幹事の言葉通り、それがこの催《もよお》しの正体だった。学園の意図する規則正しい交流会とは別に、生徒たちだけで秘密のミッドナイト・パーティを楽しむ。これもまた脈々と受け継《つ》がれてきたルナ・リュミエール選抜戦の伝統だという話を、メリダは初めて知った。パーティは夜更《よふ》けまで続くため、参加は二年生からというのが数少ないルールなのだという。

毛布の海を軽やかに踏みながら、ドートリッシュの三年生が近づいてきた。

「楽しんでくれているかい？　ふたりのミス・アンジェル」

「キーラさまっ」

空になっていたメリダのグラスへと、前年度ルナ・リュミエールは果実ジュースの瓶《びん》を傾《かたむ》ける。最後の一滴《ひとしずく》を演出のように跳《は》ねさせて、キーラは得意げに瓶を上げた。

「去年はきみたちに辛酸《しんさん》を舐《な》めさせられたからね、けれど今年はそうはいかない。私は再戦の日を目指して自分を磨《みが》き続けてきた。去年の私とは別格と思ってもらっていいよ」

「そ、そうなんですか」

「あ————っはっはっは、楽しみだね！　今度こそ完膚《かんぷ》なきまでにきみを負かし、こうべを下げさせる瞬間《しゅんかん》が！　今のうちに負け惜《お》しみを考えておくといい。あの暴虐《ぼうぎゃく》マシーンのような家庭教師さえいなければ、この私が他《ほか》の候補生に敗れる道理など――！」

「畏《おそ》れながら、キーラ御姉《おねえ》さま」

見かねたように口を挟《はさ》んだのは、後輩《こうはい》にあたるミュールだ。演説をぶった切られた《プリンス》は怪訝《けげん》に眉《まゆ》をひそめるものの、むしろそれは黒水晶の妖精の慈悲《じひ》であろう。

「数々の小説を愛好する身から言わせていただければ、あまり戦う前から自信げな言葉を振りかざすのは……慎《つつし》んだ方がよろしいかと存じますわ」

「む、そうかい？　……まあ、勝ち名乗りを上げるときの方がより盛り上がるだろうね！その光景が今から目に浮かぶよ。あ～～～っはっはっはっはっは!!」

最後まで威風堂々《いふうどうどう》たる態度で、《プリンス》は毛布の海を悠々《ゆうゆう》と立ち去っていく。なんとも言えない表情でそれを見送る四人は、輪になってごろんと寝転《ねころ》がったままの体勢だ。つまりリラックスしきっていて誰《だれ》もキーラの対抗心《たいこうしん》を真に受けちゃいなかった。

首を戻《もど》し、再び友人たちと額を突《つ》き合わせてミュールが言う。

「良くも悪くも、期待を裏切らない方だと思うわ、キーラ御姉さまって」

そもそもがこのシチュエーションで「張り合え」というのが無理な話なのである。

生徒たちだけで開かれる裏・前夜祭は《無礼講》――しがらみを取り払《はら》うという趣旨《しゅし》に則《のっと》り、参加者の格好は《パジャマのままで》と定められていた。これもまた伝統だ。

今や温室はひとつの巨大《きょだい》なベッドと化しており、床いっぱいに広げられた毛布にはしどけない乙女たちが寝そべって、学年も他校との垣根《かきね》もなく、猫《ねこ》のように自由気ままな親睦《しんぼく》会を満喫《まんきつ》している。貴族の淑女《しゅくじょ》にとってこれ以上ないぐらいに怠惰《たいだ》で、だからこそ心浮き立つ特別な晩である。

寝室《しんしつ》以外ではぜったいに見せないような仕草で、メリダもごろんと仰向《あおむ》けになる。立てた膝《ひざ》からネグリジェの裾《すそ》が滑《すべ》り落ち、ふとももまで露《あら》わになるが、咎めるような声があろうか。他の参加者も大なり小なり似たようなはしたなさである。聖フリーデスウィーデ女学院同様、聖ドートリッシュ女学園においてもゆいいつとなる男性は——すなわちメリダの家庭教師兼《けん》従者として同伴《どうはん》してきたクーファ＝ヴァンピールは、今は寮の私室で眠《ねむ》りについている頃《ころ》だろう。

『おやすみなさいませ、お嬢《じょう》さま。明日に備えてゆっくり体を休めてくださいね』

数時間前の別れ際《ぎわ》、彼の魅惑的な声と微笑《ほほえ》みを思い返してメリダは己《おのれ》を慰《なぐさ》める。離《はな》れている時間と距離《きょり》が耐《た》えがたいほど、最後に感じた想《おも》い人のぬくもりを心の支えにするのは、恋《こい》する乙女の癖《くせ》になっていた。

しかし今宵の記憶には、恋心に燃料を注ぐ鮮《あざ》やかな赤毛の輝《かがや》きがひとつ。

『エリーゼさまもじゃ～ね！　いい子でおやすみしてるのよ～！』

クーファにくっつくようにして顔を覗《のぞ》かせながら、ともに廊下《ろうか》へと消えていったロゼッティ＝プリケットである。なんとなく《子どもと大人》のような分けられ方に、ベッドで寝かしつけられる立場の自分に歯がゆさを覚えずにはいられない。

「今年の選抜戦は先生の助けは借りられないんだわ……うぅっ、緊張《きんちょう》するなぁ」

ぶるっと身を震《ふる》わせたメリダの手を、傍《かたわ》らの従姉妹《いとこ》が健気《けなげ》に握《にぎ》る。

「先生の代わりにわたしがいる。ずっと上手にリタのこと《さぽーと》してみせる」

「がんばりましょっ、エリー！」

模範《もはん》生徒を決定するという趣旨に則れば、ルナ・リュミエール候補生には多く、三年生が選ばれるのが自然だ。よほどのカリスマを備えていれば二年生から推薦《すいせん》される例もまま見受けられる。

ところが何者かの陰謀《いんぼう》により、メリダとエリーゼは去年、一年生の立場でありながら両校の頂上決戦に挑《いど》む羽目になってしまった。体面というものがあるらしい。そんな彼女らが、今年は一介《いっかい》の見物客の身に甘んじることは許されず……講師陣に強く推《お》されるまま、今年の選抜戦にも出場することが決まってしまったのである。

ともに輪を囲む友人たちも例外ではない。二期連続でドートリッシュ候補生となったサラシャのペアには、ミュールが。そして再びの出場となったフリーデスウィーデ候補生・

メリダには、魂《たましい》を分け合った従姉妹がサポートにつく手筈《てはず》となっているのである。

寝そべったままのミュールが腕《うで》を伸《の》ばし、広げられたナプキンからマカロンを摘《つま》み上げた。それを自分ではなく、メリダの口もとに運ぶ。ぷにっ、と唇《くちびる》に押し込まれてきたそれを、メリダはなんの抵抗《ていこう》もなく咀嚼《そしゃく》。

戯《たわむ》れのようなミュールの人差し指が、メリダの艶《つや》めいた唇を撫《な》でる。

「明日のことは明日考えればいいじゃない。今は思いっきり羽を伸ばしていい時間よ？」

「もぐもぐ……それもそうね。なにして遊ぼうかっ？」

「トランプ……！」

さっそくずらりと手札を広げるエリーゼに、サラシャは手もとのクッションを取り上げて応《こた》えた。

「枕《まくら》投げっていうのも定番だよねぇ。寮《りょう》のお部屋だと気が引けちゃうから……」

ところがミュールはかぶりを振《ふ》ってみせた。「やれやれみんなお子さまね」とでも言いたげに、アンニュイな雰囲気《ふんいき》で髪《かみ》をかき上げる。

「わたしたち、もう少しレディになるべきじゃなくって？　こういうときにすることって言ったら《恋の話》なんだけれど——」

言葉を途切《とぎ》れさせて、透明《とうめい》な視線を三人の友人へと順繰《じゅんぐ》りに当てる。はだけた肩《かた》を、小さくすくめた。

「このメンバーじゃ同じひとの話題になるだけよね」

ほえ？　と首をかしげたのが鏡合わせのアンジェル姉妹《しまい》であり、かあっと頰《ほお》を赤らめたのが真意に気づいたサラシャだ。ミュールはひとり澄《す》ました表情を浮《う》かべるものの、彼女も決してひとのことは言えない——無意識に自分の気持ちを棚《たな》に上げているのだから。

「となるともうひとつの定番トークかしら。——《怖《こわ》い話》」

「ひうっ」

もうそれだけで身を竦《すく》ませたエリーゼが、従姉妹の肩にすがりつく。その指先がかたかたと震えているのを感じ、メリダはおそるおそるミュールへと上目遣《うわめづか》いを向けた。

「あの、わたくしの姉妹《カデツツト》はそういうの苦手なんですけれど……」

「安心して。怖い話ではあるけれど……物悲しい恋のお話でもあるから。——リタちゃんたち、昼間、駅からやってくるときにゴンドリエーレ会館の横を通ったでしょう？　建物の壁《かべ》にいくつかレリーフが彫《ほ》ってあったのに気がついた？」

「ああ、あの話……」

サラシャが呟《つぶや》いて、組んだ両腕へと口もとをうずめた。どうもアクアリムス天鏡区《てんきようく》では有名な怪談《かいだん》らしい。しかしどんな内容なのか想像もつかないアンジェル姉妹は、互《たが》いにしっとりと抱《だ》きしめ合って寒気をごまかす。

いたいけな小羊たちへと、黒髪の小悪魔《こあくま》はひっそりと言葉を続けた。

「その中のひとつにこんな装飾《そうしょく》があるの、《心臓をかざす男》の姿。どうしてそんなおどろおどろしいものが栄《は》えあるゴンドリエーレ会館に彫られているのか……実はその絵には、とある男女の悲しい逸話《いつわ》が隠《かく》されているのよ」

「い、逸話……どんな？」

「むかし、むかし、遠い日のこと……水の都として生まれ変わったばかりのアクアリムス天鏡区に、ひと組の夫婦《ふうふ》が移り住んだの。夜界の支配からぎりぎりで逃《のが》れて、フランドールに新天地を求めたのね。ところが先んじて街に暮らしていた人々は、新たな住民を快く思わなかった。『彼らはすでに夜の瘴気《しょうき》に毒されているに違《ちが》いない』と、いわれのない偏《へん》見《けん》がふたりを責め立てたのよ」

「夜界に取り残されていた者たちへの……差別……」

思うところのあるメリダは、胸を締《し》めつける痛みにたまらず眉をひそめる。彼女の繊細《せんさい》な心の機微《きび》には気づきつつも、分別のあるミュールはあえて知らないふりをした。

「満足に職も得られず、日に日に追い詰《つ》められていった夫は、やがて妻にきつく当たるようになったの。それでも妻は献身《けんしん》的に耐え続けたわ。けれどある日……とうとう心を壊《こわ》してしまった男は、ナイフで妻を刺《さ》し殺し、その心臓を抉《えぐ》り出してしまったのよ」

はっと口もとを覆《おお》うアンジェル姉妹。満点の聴衆《ちょうしゅう》であろう。リアクションに満足したかのように、語り手は優美な曲線を唇に刻んでみせた。

「ようやっと我に返った男は、自らのしたことが怖《おそ》ろしくなって、抉り取った心臓を手に逃《に》げ出したの。そして辿《たど》り着いたのがゴンドリエーレ会館よ。入口の階段で躓《つまず》いた男は、手にしていた大事なものを取り落としてしまうわ。そのとき足もとに転がった心臓が、なんと妻の声で呼びかけてきたのよ」

『あなた、怪我《けが》はない？』

「……男はとうとう正気を取り戻したわ。そして知ったの、妻がいかに自分を愛してくれていたのか。自分がどれだけ取り返しのつかないことをしてしまったのか。男は妻の心臓を抱きしめて、そのまま水中に身を投げたと言うわ。そうして差別のない世界へと、ふたりで旅立っていったんですって」

「なんだか悲しいお話……」

ぐすっ、と鼻を鳴らすのが、感受性の強いメリダらしい。従姉妹からすがる手のひらを離しながら、一方でエリーゼはなおも疑わしげなまなざしだ。

「……それがとっておきの怖い話？」

「いいえ、実はこの逸話には《後半》があるんです」

満を持して追撃《ついげき》を放ったのが、機を見計らっていた桜花《おうか》の竜騎士《ドラグーン》だ。メリダとエリーゼは離れかけていた手のひらを結び直し、ひしっと身を寄せ合う。怯《おび》える少女たちに怪談を聞かせるのはさぞ楽しかろう。

サラシャはうつ伏《ぶ》せになったまま、雰囲気たっぷりの声音《こわね》で続けた。

「男と、妻の心臓が天国へと旅立って、舞台《ぶたい》に取り残されているものに気がつきませんか？」

「え？　……あっ！　奥さんの遺体……？」

「そう、心臓を失って打ち捨てられてしまった妻の身体《からだ》が、怨念《おんねん》を宿して動き出したんです。そこにはもう、愛するひとへの熱情なんてない。ただ欠けてしまった己の心臓を探して街をさまよう彼女は、いつしか《灰色の魔女《まじょ》》と呼ばれるようになりました」

「灰色の魔女……っ」

「彼女は夜な夜な裏路地を徘徊《はいかい》し、若く美しい男女を襲《おそ》ってはその心臓を抉り出しているんだそうです。自分自身の命を求めて……——数百年が経《た》った今でも、ずっと」

ひいっ！　とメリダは従姉妹を抱きしめた。しかし相手からの返事がない。見ればエリーゼは目を開いたまま失神していた。悲鳴を上げる暇《ひま》もなかったらしい。

「し、しっかりしてエリー！　わたしを置いていっちゃイヤよ！」

「あら、そんなに楽しんでもらえたなら話した甲斐《かい》があったってものだわ」

「で、ででででででも、ただの作り話だものねっ？　心臓がしゃべりだすだなんて絵空事もいいところだわ！」

どうにか心の平穏《へいおん》を取り戻《もど》そうとするメリダを、ミュールは妖《あや》しい微笑みで弄《もてあそ》ぶ。

「そう思う？　だとしたらどうして、名誉《めいよ》あるゴンドリエーレ会館に夫婦のレリーフが残されているのかしら？」

「そそ、それは……っ」

「実はね？　何年か前にアクアリムス天鏡区で悲惨《ひさん》な猟奇《りょうき》殺人が起こったの。被害者《ひがいしゃ》は全員、心臓を抉り出されていたそうよ。犯人はいまだ不明……単に逸話をなぞっただけの愉《ゆ》快犯《かいはん》なのか、あるいは……──」

メリダの緊張の糸が弾《はじ》けそうになったとき、唐突《とうとつ》に視界が闇《やみ》に閉《と》ざされた。

「おや？」

幹事のキーラからも訝《いぶか》しげな声が上がる。温室に配置されていたキャンドルがいっせいに吹《ふ》き消されてしまったのだ。か細い悲鳴が散り、次いでざわめきが広がってゆく。

「風が入ってきたのかな。ピニャ、マッチを取ってもらえるかい？　………ピニャ？」

どこからも返事がない。数メートル先もおぼつかない暗闇《くらやみ》のなか、キーラは手探《てさぐ》りで周囲を確かめているようだ。ややあって、誰《だれ》かが金切り声で叫《さけ》んだ。他《ほか》ならぬピニャ＝ハースランと歓談《かんだん》していたらしい三年生の一団だ。

「ピ、ピニャさまがいませんわ！　き、消えてしまいました……っ」

どよめきが広がる。えも言われぬ衝動《しょうどう》により、メリダたちもめいめい上体を起こす。

闇に覆い隠された《プリンス》が、わずかに唇をこわばらせたのが見えた。

「き、消えたって……そんなはずはないだろう。ピニャ、返事をしたまえ。──ピニャ、どこへ行ったんだ！　応えてくれ!!」

リーダーの恐慌《きょうこう》は一瞬《いっしゅん》で温室の隅々《すみずみ》まで伝播《でんぱ》した。メリダもあてどなく視線を巡《めぐ》らせるが、あの《プリンス》の相方を務めていた華《はな》やかな女生徒の姿は見つからない。かろうじて見えるのは手の届く距離《きょり》にいる友人たちだけだ。サラシャとミュールの表情にも困惑《こんわく》と不安が見て取れる。──小悪魔さえ怖れさせるとしたら、それはいったい何者の仕業《しわざ》か？

誰かの絶叫《ぜっきょう》が、風船を破裂《はれつ》させる針のように響《ひび》いた。

「──あなた、誰⁉　どうやって入ってきたの⁉」

　暗闇であるにもかかわらず、全員の視線が同じ方向へと振り向けられた。それを可能にしたのは、たったひとつだけ新たに灯《とも》ったキャンドルだ。深紅《しんく》の炎《ほのお》に真下から照らされて、ローブをまとった何者かが温室の最奥《さいおう》に立っている。

　目深《まぶか》にかぶったとんがり帽子《ぼうし》など、メリダは絶対に見覚えがない。少なくとも温室にやってきたときはあのような怪《あや》しげな人物など見当たらなかったはずだ。他の全員も同意見のようで、距離感を探るような沈黙《ちんもく》ののちに、問いかけが風に染《し》み込んだ。

「魔女……？」

　誰かの呟きは、くしくもメリダたちの記憶《きおく》に警鐘《けいしょう》を響かせた。

「「は、灰色の魔女⁉」」

　彼女たちの叫び声により、全員が弾《はじ》かれるように立ち上がった。あたかもそれがきっかけであったかのごとく、謎《なぞ》のローブ姿はゆらりと面《おもて》を上げる。帽子のつばから覗《のぞ》く唇には、真っ赤なルージュが引かれていた。あるいはそれは、これまで喰《く》い破ってきた心臓《ごちそう》の証《あかし》なのかもしれない──

　数百年のときを経《へ》て、実体を得た《恐怖《きょうふ》》そのものが、駆《か》け出した。

　真紅の風が女生徒たちの間を吹き抜《ぬ》けて、再び悲鳴が上がった。誰かの名前を呼ぶ声、聞こえない返事、吹き荒《あ》れる暴風は魔女の残像に過ぎない。ひとり、またひとりと呼ぶ声が消えていって、女生徒たちはあっという間にパニックに陥《おちい》った。メリダはエリーゼを抱き上げた。サラシャとミュールが背中合わせになって、けれど倒《たお》れ込んできた三年生にぶつかってすぐにバランスを崩《くず》した。

ただひとり、キーラ＝エスパーダだけがマナ能力者という矜持《きょうじ》のもとに踏《ふ》み止《とど》まった。

「ドートリッシュ生！　フリーデスウィーデの皆《みな》を避難《ひなん》させるんだ！　私が時間を――」

言葉半ばで、《プリンス》の両足がすぽーんっと刈《か》り取られた。《魔女》に片腕《かたうで》を取られた彼女は引っこ抜かれた野菜のように宙を舞《ま》い、背中から芝生《しばふ》へと叩《たた》きつけられる。「ぐふぅ!!」と乙女《おとめ》らしからぬ断末魔《だんまつま》の声が響いた。

「キーラさま――――――っっっ!!」

「本当に期待を裏切らない方ね！」

メリダやミュールはまだしも、ドートリッシュの後輩《こうはい》たちにとっては絶望的な光景だった。見事な投げ技《わざ》を披露《ひろう》した《灰色の魔女》は、キーラの手首を離《はな》して気負いなく駆け出す。捕《つか》まったら一巻の終わりだという認識《にんしき》が少女たちの脳内を駆け抜けた。

『お嬢《じょう》さま、武器とは鋼《はがね》だけに限りません。そのことをゆめゆめお忘れなきよう……』

メリダの心に残留する想《おも》い人の声が、記憶のひとつをスパークさせた。ほぼ無意識に運動神経が火花を散らし、足もとの毛布を摑《つか》む。マジシャンのごとく盛大《せいだい》に翻《ひるがえ》せば、凄《すさ》まじい速度で駆け続けていたローブ姿が、不運という名の布に自ら飛び込んでしまう。

「みなさんっ、逃げましょう!!」

メリダの声を合図に、淡《あわ》いネグリジェの色彩《しきさい》がビリヤードの玉のごとく弾けた。深淵《しんえん》から悪魔《あくま》が這《は》い出してくる前にと、全員が我先にと温室から飛び出してゆく。それぞれどの方向へ、どこへ逃げ場を求めているのか、級友や先輩《せんぱい》を慮《おもんぱか》っている余裕《よゆう》など誰にもなかった。メリダの足がもつれそうになり、すぐさまサラシャが腕を支え、黒水晶《くろすいしょう》の髪《かみ》を乱すミュールが逃げ道を先導する。

そして口数の少ないエリーゼは——

「おねえさま、わたし、こわい」

メリダの背中に引っつきながら、すっかり幼児退行していた。

†　†　†

無我夢中で駆け続けているうち、他の女生徒たちの姿はいつの間にか見えなくなってしまった。皆、無事に逃げられたのだろうか。あるいは、魔女の毒牙《どくが》に搦《から》め捕《と》られたのか……。

メリダ、エリーゼ、サラシャにミュールの四人はともかく、やって来た道を引き返すので精いっぱいだった。手入れのされていない木立を抜け、朽《く》ちた階段を駆け下りて、今は使われていないはずの用水路へと踏み込んでいく。

しかし、最後の一段を飛び下りた直後だ。ばしゃっ！　という飛沫《しぶき》がメリダたちのふくらはぎまでを包んだ。思わずたたらを踏めば、トンネルの反対側までを満たす足もとのきらめきに気づく。

「み、水かさが増えてるわ！　どうして……さっきは通れたのに！」

「さっぱり分からないけれど、進めないほどじゃないわ」

意地のように言い放つなり、ミュールはネグリジェの裾《すそ》をたくし上げた。ふとももからちょっぴり大人びたショーツが露《あら》わになるが、魔女の怨念の前ではなんとやらだ。

たくし上げた薄布《うすぬの》を腰《こし》の辺りで握《にぎ》り、妖精《ようせい》は頬《ほお》をほんのりと染めて促《うなが》す。

「誰も見てないわよ」

――もっともだと全員がすぐに納得《なっとく》し、同じように裾をたくし上げる。お上品に少しだけ持ち上げて走るなんて到底《とうてい》不可能で、ショーツが見えてしまうほどまくり上げた裾を腰の位置で絞《しぼ》るのである。男子禁制の女学校ならではの芸当と言えよう。

「走るわよ！」

メリダの号令で、全員がいっせいに駆け出した。膝《ひざ》のあたりまで上昇《じょうしょう》した水面がばしゃばしゃと抵抗《ていこう》を加えてくるが、確かに渡《わた》れないほどではない。

あたかも夢のなかのようにもどかしい足取りで、ネグリジェ姿の公爵家《こうしゃくけ》令嬢たちが暗闇のなかを突《つ》き進む。

「さっきのとんがり帽子はなに？　まさか本当に《灰色の魔女》⁉」

「分かりません。でもキーラ御姉《おねえ》さまが簡単にやられてた……！　ただ者ではないことだけは確かです」

「冗談《じょうだん》じゃないわ、あんなものただの作り話よ。本当にいるわけないじゃない」

ミュールがせかせかと唇《くちびる》を働かせた。メリダは「もしそうならどうしてゴンドリエーレ会館の壁《かべ》に……」と言ってやりたい衝動に駆られたが、ぐっとこらえて脚《あし》を働かせる。

どうにも冷静ではないらしいミュールを尻目《しりめ》に、メリダは再び、勇ましい目つきのサラシャへと振《ふ》り返った。

「これからわたしたちどうしたらいい？」

「学園の先生方に助けを求めましょう。わたしたちだけでどうにかするにしたって、そう、武器が必要です！　それに今は、クーファ先生もいてくださるじゃありませんか！」

「そうね！　クーファ先生なら《灰色の魔女》が相手だってなんだって――きゃあああ

っ⁉」

全員が雷《かみなり》に撃《う》たれたみたいに跳《は》ね上がった。ミュールは蹴躓《けつまず》いて手のひらを突き、エリーゼは驚《おどろ》きのあまり尻餅《しりもち》をつき、サラシャはぱっと距離を取って身構える。

爆心地《ばくしんち》のメリダは、不自然に開いた手のひらをわななと震《ふる》わせていた。足の裏から伝わった痺《しび》れが上半身を駆けのぼり、頭のてっぺんまでをびりびりと震わせる。

「どど、どうしたんですかっ、リタさんっ？」

「な、な、なんか踏んだっ……水の底になんか落ちてて、ぐに、ぐにって……！」

「な、なにかって……？」

問われてもとっさに答えようがない。灯《あか》りのないトンネル内は暗く、ちょうど等しい距離にある入口と出口が半円の口を開けているのみだ。墨《すみ》のように見える水はその奥の真実を覆《おお》い隠《かく》していた。――あるいは、辿《たど》り着かない方が幸せな真理を。

「わ、分かんない。やわらかくて、ひんやりしてて、弾力《だんりょく》があるような……人肌《ひとはだ》？　っていうか、これって、むしろ」

ややためらってから、

「……内臓、みたいな」

突拍子《とっぴょうし》もない発想が、するりと唇から零《こぼ》れ出る。

いかに現実離《ばな》れしていようと、真偽《しんぎ》を問う余裕など今の彼女たちにはなかった。十四歳の少女である。水の底をさらって真実を拾い上げるなどもってのほかだ。

「は、はは早く逃《に》げましょう、早く!!」

先ほどの倍の高さに達する水飛沫を上げ、メリダたちは一心不乱に突き進んだ。もうネグリジェの裾が濡《ぬ》れてしまうことなど気にしてはいられない。ばっちゃんばっちゃんと水をかき分けて、しかしいくらもしないうちに方々から悲鳴が上がる。

「いやっ！　こっちにも何か落ちてる！」

「わわ、わたしも踏んじゃった……っ」

「リタ、リタ、わたしもうダメ……」

気を失いそうな従姉妹《いとこ》を支えながら、メリダはトンネルの先を睨《にら》み据《す》える。相変わらず水面は底の景色を見せてはくれないが、どうもこの先、足の踏み場もないほどに得体の知れない何かが転がされているようだ。もう出口までの距離はいくらもないというのに、精神的な障害が少女たちの足を鈍《にぶ》らせる。

「それなら竜騎士《ドラグーン》の力を使えば……！」

サラシャは翡翠《ひすい》色の瞳《ひとみ》を鋭《するど》く光らせた。全身から桜色の焔《ほのお》を迸《ほとばし》らせて、鮮《あざ》やかに地面を蹴《け》る。足の爪先《つまさき》からきらめく水滴《すいてき》を散らし、鷹《たか》のように舞い上がった。「わあっ！」と思わず歓声《かんせい》を上げるメリダ。

直後、低いトンネルの天井《てんじょう》でごち――――ん!! と鐘《かね》が鳴り、翼《つばさ》を失った天使が墜落《ついらく》してきた。全身から水面にダイブして、派手に膨《ふく》れ上がる水柱。

「サラ――――っ!?」

「いけない、サラちゃんもだいぶ混乱してきているわ……っ」

しかも混乱はそこで止《とど》まらなかった。振動《しんどう》を加えられた天井から、直後、雨のように謎の液体が降り注いできたのだ。少女たちの肩《かた》や脚に跳ねて、べっちょりと滴《したた》る。

「きゃあああああっっっ!? なにこれっ、なにこれ!?」

「きゃうっ! な、なんだかネバネバしますわ……っ」

入浴剤《にゅうよくざい》か――ローションだろうか!? 感触《かんしょく》的には生クリーム――ともかく、お風呂場《ふろば》ならまだしも今はネグリジェである。薄布が遠慮《えんりょ》なく水を含《ふく》み、気だるそうに肌へ張りついてくる。みるみるうちに四人の肌色が浮《う》かび上がり、体のラインを浮かび上がらせた。

「いや、もうっ、ベトベトするぅ……っ!」

この感触は、水路の底に落ちている《ぐにぐに》と同じものである。生き物の類《たぐい》でないことだけは確かで、ひと安心だが――それだけに腹立たしさと焦《あせ》りが先に立つ。

なにせ、どうしてだか、メリダたちは恥《は》ずかしくなってきてしまうのだ。

ぬるぬるした液体を体中にまとっている自分たちの姿が、どうしてだろう……肌が露わになっているということ以上に、ひどくいやらしいもののように思えてしまう。もし、こんな姿を愛《いと》しの家庭教師に見られでもしたら……っ。彼の視線を想像しただけで、メリダの顔は真っ赤に茹《ゆ》で上がった。

エリーゼはぶちぶちっ！　とボタンを引き外し、勢いよくネグリジェの前を開いた。

「もうめんどくさい。脱《ぬ》ぐ」

「早まっちゃダメよ、エリーっ！」

羞恥心《しゅうちしん》まで置き去りにしようとする従姉妹をなんとか引き留めているうち、サラシャががばっ、と上体を起こした。半分水没《すいぼつ》していた彼女はいっそう危《あや》うい状況《じょうきょう》に陥っているようだ。

「あうっ……む、胸の谷間に……っっっ！」

ぴくんっ、と。ほかの三人の時が凍《こお》りつく。

ネグリジェをずぶ濡れにしたサラシャは、肩からバストまでが露わになっていた。涙目《なみだめ》で抱《だ》き寄せる双丘《そうきゅう》の頂に、例のベトベトによる濁《にご》った色彩が溜《た》まっていた。メリダたちではどれだけ《寄せて上げて》も生まれない神秘の泉である。

あまりの神々《こうごう》しさに、飢《う》えた旅人のような目をした三人が群がるのもむべなるかな。

「あらあら困ったわね、サラちゃん。わたしが助けてあげるわ」

「わたしも手伝う。裏切りの果実……桃狩《ももが》り……」

「大変でしょう？　欠片《かけら》も残さずもぎ取ってあげるからさあ早く、腕をどかして？」

「いやあああああっ⁉　みんな怖《こわ》いよう！　っていうか今は、そんな場合じゃないでしょ⁉」

もはや暗闇《くらやみ》への恐怖《きょうふ》も《ネバネバ》もそっちのけで裏切り者の粛清《しゅくせい》に没頭《ぼっとう》していると、ばちゃんっ、とひときわ盛大な水音が後方から追い上げてきた。全員がさっと振り返る。

苦労の割にさほど引き離《はな》せていなかったトンネルの入口に、今、おぞましい人影《ひとかげ》が舞《ま》い降りていた。水面からすらりと伸《の》び上がるローブ姿にとんがり帽子《ぼうし》は、和《なご》やかな温室をあっという間に阿鼻叫喚《あびきょうかん》へと作り替《か》えた悪魔《あくま》そのものである。忘れていたかった恐怖が、メリダの喉《のど》を引きつらせた。

「は、灰色の魔女……っ」

ということは同窓の友人や、ドートリッシュの御姉さまたちは……⁉　世界の終末に取り残されたかのような四人のなかから、《武人》と名高い竜騎士《ドラグーン》の少女が颯爽《さっそう》と前に出た。

――髪から水をしたたらせながら、脱がされかけのネグリジェ姿で。

「みんなに手出しはさせない……っ‼」

痺れるような宣告とともに、鋭く地面を蹴る。鮮やかに水面を撥《は》ねさせて飛翔《ひしょう》！　すぐさま天井に激突《げきとつ》してごち――――ん!!　そして水路に落下してばしゃ――――んである。予想され尽《つ》くした脚本《シナリオ》に、メリダもまた女優のごとく悲鳴を上げた。

「サラ――――っ!?」

「それならわたしが……！」

次いで立ち向かったのはミュールである。大きく開いた左の足が、ちょうどそこに転がっていた謎《なぞ》の《ぐにぐに》を悪魔のような正確さで踏《ふ》みつける。ずるりと滑《すべ》って顔から転《てん》倒《とう》。二本目の水柱が大きく上がり、いよいよ友人を呼ぶメリダの声も疲《つか》れてきた。

「ミ、ミウっ!?」

ざばりとすぐに上体を上げたミュールは、しかし幼子のような涙目を浮かべていた。

「鼻打ったぁ……うぅ」

プライドと鼻頭《はながしら》に多大なダメージを受けた魔騎士《ディアボロス》もリタイアである。いよいよ進退窮《しんたいきわ》まったとき、《守護者》の象徴《しょうちょう》である聖騎士《パラディン》が前に出た。エリーゼは埋没《まいぼつ》するサラシャとミュールを背中に庇《かば》い、大きく両腕《りょううで》を広げる。

かすかな光を背負って振り返ると、愛する従姉妹へと儚《はかな》い笑《え》みを注いだ。

「わたしの分まで強く生きて、リタ……」

「諦《あきら》めちゃダメよエリ────────────っっっ!!」

──わたしがなんとかしなくちゃ！

使命感に突き動かされたメリダは膝下《しっか》の水を蹴飛《けと》ばした。滑るような足運びで隊列の最前列に躍《おど》り出ると、解放した焔《マナ》を右手のひらに収束して充填《じゅうてん》。抜刀《ばっとう》とともに咆哮《ほうこう》。

「《幻刀一閃《げんとういっせん》……風牙《ふうが》》!!」

手刀の薙《な》ぎ払《はら》いとともに、収斂《しゅうれん》された刃《やいば》が宙を飛んだ。背後から「おおっ！」と友人たちの希望の声。黄金《こがね》色の斬撃《ざんげき》が長大なトンネルをひと息に駆《か》け抜《ぬ》けて、棒立ちのローブ姿へと吸い込まれていき──

「ふんっ!!」

気合い一発で叩《たた》き落とされた。素手《すで》である。上段から垂直に下ろされたこぶしが衝撃波《しょうげきは》を叩き割り、余剰《よじょう》の焔《ほのお》だけが左右後方へと抜けていく。──意味が分からないぐらいに、強い。

唖然《あぜん》としている四人の女学生へと、今、とんがり帽子がゆらりと顔を上げた。「アスリートのような準備姿勢を取ると、後ろ足が強靭《きょうじん》にしなる。目を疑いたくなるような速度で、こちらへと向かって突貫《とっかん》してきた。

「いやあああああああああっ!?」

「逃げて！　逃げて！　逃げてっ！　逃げて‼」

「エリーちゃん、早くっ！」

　もはやなりふり構ってなどいられない。水底に転がるぐにぐにした感触など知ったことかと踏みつけて、四人は残りの距離《きょり》を一目散に駆け抜けた。《灰色の魔女》は凄《すさ》まじい勢いで追い上げてきたが、幸運にも出口へ辿り着いたのはメリダたちが一歩早かった。

　石段に水の足跡《あしあと》を残し、壁に開いた狭《せま》い穴を転がるようにして飛び出す。ようやく帰り着いた先では、少女たちがもっとも焦《こ》がれていた人物が待っていた。学生寮《りょう》の隣《となり》に広がる木立のなかで、切り株に腰《こし》かけている青年の後ろ姿が見える。

　その闇《やみ》色の軍服と艶《つや》やかな黒髪《くろかみ》に心を囚《とら》われたメリダは、同様の表情を浮かべた友人たちと競《きそ》い合うように駆け出した。自分たちのあられもない恰好《かっこう》も忘れて、クーファの背中へと辿り着き、我先にと服を引っ張る。

「先生先生！　大変なんですっ、怖《おそ》ろしいことが起きたんです！」

「もうわるくち言わないからたすけて。なんでもしてあげるからゆるして……っ」

「お願いしますクーファ先生、わたしたちだけじゃどうしようもなくて……！」

「ああもうっ、あとでいくらでもご奉仕《ほうし》しますからっ、なんとかしてくださいまし‼」

「——ああよかった、お嬢《じょう》さまがた」

小羊たちの必死さとは裏腹に、彼は不自然なほどの穏《おだ》やかさで答えた。

あたかもこちらの声が聞こえていないかのように。まるで、互《たが》いの距離が現世《うつしよ》とあの世で隔《へだ》てられているかのように——メリダたちの喉が、無意識に強張《こわば》る。

「オレもちょうど困っていたのです。探し物を手伝っていただけないでしょうか？」

「さ、探し物……っ？」

「……なにをなくしたの？」

よせばいいのに、エリーゼがふと問いかけてしまう。

クーファは答えながらもこちらを向かない。今、ようやく体ごと向き直ってきた。たくましい胸板《むないた》は真っ赤に濡《ぬ》れ、シャツの裾《すそ》までべったりと何かが付着している。

三日月のような笑みを形作った唇《くちびる》から、深紅《しんく》の雫《しずく》がこぼれ落ちた。

「ご覧の通り、取られてしまった心臓を探しているのです」

緊張感《きんちょうかん》の振《ふ》り子が一気に跳《は》ね、臨界を吹《ふ》っ飛ばした。指先が石のように固まり、少女たちは軍服から離れることさえできない。口火を切ったのは、はたして誰《だれ》の声だったか——

「「「きっ……きゃあああああああああっっっ⁉」」」

寝静《ねしず》まっていた木立から、鴉《からす》に似た影《かげ》が羽ばたいた。

† † †

「――反省しましたか、お嬢さまがた？　真夜中に寮を抜け出すなんてオテンバもよいところです」

口の端《はし》に残ったトマトソースを拭《ぬぐ》い、クーファはもっともらしく人差し指を立てる。

つまりはそれがこの恐怖の夜の真相であり、メリダたち四人は今、学生寮のクーファの個室で正座させられていた。せめてもの慈悲《じひ》で、それぞれにタオルが与《あた》えられている。

いまだ騒動《そうどう》の余韻《よいん》を引きずったまま、メリダは「ぐすっ」といじらしく鼻を鳴らした。

「うう……っ、まさか《裏・前夜祭》のこと、先生たちにぜんぶバレてただなんて……っ」

「オレを何者だと？　お嬢さまの心の機微《きび》は逐一把握《ちくいちはあく》させていただいておりますので」

ネグリジェ姿の公爵家《こうしゃくけ》令嬢たちをずらりとコレクションし、椅子《いす》に腰かけたクーファは誇《ほこ》らしげに脚《あし》を組む。膨《ふく》らんだ胸板を満たすのは、心地《ここち》いい達成感だ。

「選抜《せんばつ》戦の最中にミッドナイト・パーティを開くのが生徒側の伝統であるなら、それを阻《そ》止《し》し、懲《こ》らしめるのが講師側の伝統なのです。――もっとも去年の選抜戦では、アクシデントにより裏・前夜祭そのものが中止になっていたそうですが」

「どうりで……キーラ御姉《おねえ》さまもご存じじゃなかったはずだわ」

正座ながらも、実に悔《くや》しげに爪《つめ》を噛《か》むのがミュールである。

昨年の第五十回ルナ・リュミエール選抜戦は、開幕早々だれも予想だにしなかったアクシデントに見舞《みま》われていた。その余波で裏・前夜祭も見送られたのが今回の仇《あだ》になったのだろう。高潔なる魔騎士《ディアボロス》は「知っていたら決してあんな醜態《しゅうたい》は晒《さら》さなかったのに！」とでも言いたげな表情である。

いつも以上にむすっとした雰囲気《ふんいき》のエリーゼが、恨《うら》みがましげな上目遣《うわめづか》いを向けてきた。

「クーファ先生は《こっち》に協力してくれたらよかったのに」

「オレはどちらかと言えば反対派なので……」

「あの、えっと、それじゃあ温室に現れた《灰色の魔女》は……？」

控《ひか》えめに身を乗り出すのがサラシャである。ぐいぐいと主張する積極性はないものの、ほどよい距離から好意を注いでくれる彼女はクーファにとっても親しみやすい相手だ。

「あれはロゼです。仮装にフェイスペイントまでして……ある意味いちばん今晩の騒動を楽しんでいたでしょうね。しかし彼女が張り切ってくれたおかげで速《すみ》やかに全員捕縛《ほばく》できたと、ドートリッシュの先生方にも喜んでいただきましたよ」

歯が立たないわけだとうなだれる女学生たちのなかで、ひときわ対抗心《たいこう》を燃やす金髪《きんぱつ》の少女が顔を上げた。せめて謎をすべて解き明かしてやろうと意気込んでいる。

「それじゃあ水路の水が増えてたのはっ？　あれはクーファ先生が⁉」

「ええ、水門を軽く調節しまして」

「地面に落ちてた……変な《ぐにぐに》は？」

クーファは机からビーカーを取り上げ、まさにその《ぐにぐに》をランプに照らしてみせた。

「これは《ジェル》です。ご存じありませんか？」

「じぇ、じぇる……⁇」

「ゼリーというお菓子があるでしょう？　ゼラチンによって化粧品としても用いられる……オモチャですね。大量の水を必要とするので気軽には作れないのですが、ここはアクアリムス天鏡区《てんきょうく》。ぜひこの機会を活《い》かさねばと、丹誠《たんせい》を込《こ》めて工作してみました」

「た、ただのオモチャに……わたしたちあんなに怖《こわ》がって……」

すっかり精神を疲弊《ひへい》させたらしいミュールはがっくりと頭を落とした。狙《ねら》い通りの反応である。肝試《きもだめ》しにおいては《害のない清潔で安全なトラップ》を用いるのが鉄則だ。

とはいえ、こちらもやや張り切り過ぎた感は否《いな》めない。ロゼッティが大立ち回りを演じてくれたおかげで自分はメリダたちを驚《おどろ》かせるのに専念できたわけだが、そうして繰《く》り広げられたのはクーファも予想だにしなかった光景で――

トンネルに反響《はんきょう》する乙女《おとめ》たちの悲鳴を脳内に反芻《はんすう》していると、同様の場面を振り返ったらしいメリダが、かあっ……と顔を赤らめた。

「そ、それじゃあ天井《てんじょう》からその《じぇる》が降ってきたのも、先生の仕業《しわざ》!?」

「その……申し訳ありません。まさかあそこまで大騒《おおさわ》ぎになるとは思わず……」

居並ぶ四人の肌《はだ》が、羞恥《しゅうち》でピンク色に茹《ゆだ》った。あらためて、薄布《うすぬの》一枚きりに守られた無《む》垢《く》な肢体《したい》をかき抱《いだ》く。彼女らの唇から、順々に桃色《ももいろ》の弾丸《だんがん》が飛ばされてきた。

「先生のえっち！」

「いたいけな女学生にそんなものをぶつけて喜ぶだなんて……悪趣味《あくしゅみ》ですわっ」

「あうう、あ、あんな姿を見られてただなんて……っっっ!!」

「ヘンタイ、すけべ、鬼畜《きちく》。……ロゼ先生に言いつける」

ごほんっ！　とクーファは盛大《せいだい》な咳払《せきばら》いをしてごまかした。怒《おこ》られているのはどちらなのかと再認識《にんしき》させつつ、旗色が悪くなる前にさっさとお説教を切り上げることに決める。

「さ、さて、充分《じゅうぶん》に反省は済んだでしょう。もうお部屋にお戻《もど》りになって結構ですよ」

ところが、誰も正座を解かなかった。足が痺《しび》れたわけではなさそうだが、気まずそうに視線を見交《みか》わせている。クーファの柳眉《りゅうび》がひそめられた。

「いかがされましたか？　明日の選抜戦に備えてお休みにならなければ」

「それがその……足腰《あしこし》が立たなくなっちゃって……っ」

「はい？」

「先生のせいですっ！」

がうっ、とメリダは小熊《こぐま》のように吠《ほ》えてきた。言われてみれば足の指がぷるぷると震《ふる》えている。正座を崩《くず》したエリーゼは、しどけなく脚を投げ出してみせた。……十四歳の少女たちにはショッキング過ぎた肝試しというか、少々驚かせ過ぎただろうか。

「ま、参りましたね。どうされましょうか」

「……もう分かっているのではなくって？」

ぷくっと子供っぽく頬《ほお》を膨らませるのがミュールであり、四つん這《ば》いでソファを目指すのがサラシャだ。

取り上げたクッションは、ちょうど四つ。それぞれの手に行き渡《わた》らせて、胸にぎゅっと抱《だ》き込んでみせた。――あたかも枕《まくら》を手に、寝室《しんしつ》を訪ねる幼子のごとく。

「せ、責任取ってくださいますよね、クーファ先生……っ？」

裏・前夜祭からの大捕《おおと》り物がようやく決着し、一年生から三年生、講師たちまでが静か

に眠《ねむ》りについた聖ドートリッシュ女学園。ゆいいつの男性であるクーファに割り当てられた個室は、今、ベッドの密度がもの凄《すご》い状況《じょうきょう》になっていた。

「さ、さすがに寝苦しくはありませんか、お嬢さまがた……？」

「ぜんぜん平気ですっ！」

むしろこれみよがしに首筋に抱きついてくるのがメリダであり、彼女の背中にぴっとりとくっつくのがエリーゼだ。クーファの反対側の腕《うで》にはサラシャが自身のそれを絡《から》めており、十四歳らしからぬ至高のふくらみに彼の肘《ひじ》が埋《う》まっている。まるでパズルのようにクーファの頭を抱《かか》え込むミュールが、耳もとにこそばゆい声を吹きかけてきた。

「今ここで、わたしたちがいっせいに悲鳴を上げたらどうなります？」

「考えたくもありませんね……」

「ではおとなしく抱き枕になってくださいませ」

ようするにこうでもしないと眠れないのだそうだ。散々驚かせた罰《ばつ》と称《しょう》してクーファは今、少女たちに安眠《あんみん》を提供するボディーガードと化していた。悪夢を撥《は》ね退《の》ける番人である。彼女らが互いに抱き合って眠るのとなにが違《ちが》うのかと思わなくもないのだが、いくらもしないうちにすぐに寝息が聞こえ始めた。

エリーゼの手のひらがクーファの胸板を撫《な》で、サラシャが青年のたくましい腕に額をうずめ、さらにミュールが耳もとで艶《つや》っぽい呼吸を繰り返す。そしてメリダはそこが世界一安全な寝床《ねどこ》であるかのように、想《おも》い人の首筋へ頭をもたれかからせるのだった。

そして、ただひとり現実に取り残されてしまったクーファはというと――

「これは徹夜《てつや》だな……」

隙《すき》あらば鎌首《かまくび》をもたげそうになる獣《けもの》との、予断を許さぬ戦いを強《し》いられている。

眠れる美少女たちとの波乱に満ちた学校生活は、むしろ、ここからが始まりだ。

# CLASSROOM：Ⅱ　～銀色《ぎんしょく》の競場決闘《ストラグル・マッチ》～

　エリーゼがいち早く目を覚ましたのは、学生寮《りょう》にいる一年生から三年生、講師の誰《だれ》もがまだ、静かに寝静まっている時刻のことだった。

　眠たい目をこすりながら上体を起き上がらせたエリーゼは、広いベッドに言い知れない違和感《いわかん》を抱いた。――自分以外に誰もいない当たり前のはずの光景が、ひどく淋《さび》しく思えたのだ。眠る前は、なぜだろう、誰かのぬくもりを身近に感じていた気がするのに。

　その理由を思い出そうとして、エリーゼはすぐに目線を伏《ふ》せる。

　考えるまでもなかった。最近の自分は朝から晩までずっと、この心を苛《さいな》む空白と向き合い続けているのだ。

「ぷす～……ふしゅるるぅ……ぴすぴすぴす……むにゃにゃぁ………」

　ふと隣《となり》のベッドから、気の抜《ぬ》けた風船みたいな声が聞こえて目を向けてみると、エリーゼの唇《くちびる》からかすかな吐息《といき》が漏《も》れた。そこで毛布の海に溺《おぼ》れていた赤毛の美少女の姿に、いっときとはいえ不安を忘れさせられたのだ。

　まだ起床《きしょう》時間までたっぷり間があることを確認しつつ、自身のベッドから対岸を目指すエリーゼ。年上の家庭教師の胸《むな》もとに居場所を求めると、彼女は「ふにゃらふにゃら」と不明瞭《ふめいりよう》な寝言《ねごと》とともに抱きしめ返してくれた。

まもなくロゼッティを含《ふく》め、フリーデスウィーデ生・ドートリッシュ生、この学生寮にいるすべての女生徒が起き出してくるだろう。羊飼いのごとき寮母の声に急《せ》かされながら身だしなみを整え、全員で校舎塔《とう》に向かわねばならない。そうしてまた――エリーゼの向き合いたくない《今日》が始まる。

エリーゼが聖フリーデスウィーデ女学院に入学してから一年目の秋。

姉妹《しまい》校と共同で催《もよお》されるルナ・リュミエール選抜《せんばつ》戦の、記念すべき第五十回目。エリーゼはなんの因果か一年生の身でありながら候補生に祭り上げられ、全校生徒に期待と嫉妬《しつと》を寄せられる立場となってしまった。

とはいえすでにいくつかの《試練》を戦い抜いた今、彼女に向けられる棘《とげ》めいた視線はだいぶ緩和《かんわ》しつつある。だがその代わり、今のエリーゼはかけがえのない心の拠《よ》りどころを失ってしまっているのだ。

「わたし、リタと喧嘩《けんか》しちゃったんだ」

忘れていたい事実を呑《の》み込んで、少女はもういちど眠りに逃《に》げ込んだ。

† † †

「すぱ～っと謝《あやま》っちゃうのはダメなの⁉」

廊下《ろうか》を並んで歩く家庭教師が実に賢明《けんめい》な解決案を出してくるので、エリーゼはつん、と前を向いたまま首を振《ふ》った。駆《か》け引きの苦手なロゼッティらしいとは言えるのだが、都会育ちのエリーゼにしてみればまるでなっちゃいない。そんなやり方は論外なのである。

そもそも、彼女はひとつ決定的な勘違《かんちが》いをしていた。

「わたし悪くないもん」

「ああもうっ、この意地っ張りったら！」

ロゼッティは教え子の両頰を摘《つ》まみむにむにと七変化させてくるが、外面《がいめん》は変えられても心は頑《かたく》なままである。せいぜいすれ違うクラスメイトを、ぷっと吹《ふ》き出させることができたぐらいだ。

教え子のもちもちほっぺを弄《もてあそ》ぶのをやめて、再び説得を試みてくるロゼッティ。やや口調が焦《あせ》り気味なのは、《目的地》が近いからだろう。

「エリーゼさまだってこのままで良いわけがないでしょう？　淋しがってるの知ってるんだから。宿題中に誰もいない隣の席に手を伸《の》ばして『ねえリタ、この問題……』って言いかけたり、ノートの空いたスペースにクマっぽい絵を描《か》いては『ちょっと似てる……』って悦《えつ》に入ったり、その横に巻き角の羊を足して『ふたりは仲良し……』なんて妄想《もうそう》したり、そもそも今朝あたしのベッドに潜《もぐ》り込んでたのだって」

「それ以上言うと、いくらロゼ先生だっておこる」

「ともかく！　このまま《お互《たが》いに口利《き》かない》なんて無理に決まってるじゃない！」

もどかしそうに床《ゆか》を踏《ふ》みしめて、ロゼッティは立ち止まる。エリーゼは彼女と正面から向き合うことはしないまま、ちらと流し目を向けることで、ささやかに親愛を示す。

「対策は考えてあるから、だいじょぶ」

ここで足を止めてしまうと矢継《やつ》ぎ早に文句が飛んでくるのは目に見えていたので、エリーゼは颯爽《さっそう》と境界《ライン》の向こうに足を踏み出した。《出場選手以外立ち入り禁止》の外側で、なおも届かない忠告を重ねてくるロゼッティから、目と耳を背《そむ》ける。

立派な石造りの回廊《かいろう》を抜けた先には、奥行き百メートルを超《こ》す競技場《グラウンド》が待ち構えていた。幅《はば》六十メートルの両端《りょうたん》には観戦席が設けられており、その手前側にはサーカスよろしく色とりどりの天幕が広がっている。そのうち、フリーデスウィーデ一年生側の陣地《じんち》へとエリーゼは足を向けた。事前に通達されたピンクの傘《かさ》の下で、彼女のチームメイトがすでに集まっているはずだ。

そのなかには当然、選抜戦が始まる前、「一緒《いっしょ》のチームになろうね！」と浮《う》かれた頭で約束したあの金髪《きんぱつ》の美少女の姿も混じっているはずで——

乙女《おとめ》のユニフォームであるスコートが、戦場の風をはらんで舞《ま》った。


「つーん！」

つつきたくなるような可愛《かわい》らしさで唇を尖《とが》らせるのがメリダ＝アンジェルであり、

「……つん」

まったく同じ角度で反対側に顔を背けるのがエリーゼであり、

「え、え〜と、それじゃあ試合前のミーティングを始めまぁ〜す……」

そんな鏡合わせをまったく扱《あつか》いかねているのがふたりのチームメイトだった。なんとか両者の橋渡《はしわた》しをしようと試みている健気《けなげ》な彼女は、同じく一年生のソニアという。

笑顔《えがお》を忘れたアンジェル姉妹の代わりに、懸命《けんめい》に唇を吊《つ》り上げてみせるソニア。

「きょ、今日はお待ちかねの《ストラグル・マッチ》の日で〜す！　わ〜、ぱちぱちぱち〜っ」

「つんつーん」「……つんつん」

「せ、選抜戦の《試練》とは別に、毎年開催《かいさい》されているドートリッシュとの交流イベントのひとつで、全学年合同のトーナメント競技会で～す！」

「つんつんつん」「……つんつっつん」

「せっ、選抜戦の花形はもちろん候補生たちだけれど、ストラグル・マッチでは出場者全員に活躍《かつやく》のチャンスがありま～す。ルナ・リュミエールと同じだけの歴史を誇《ほこ》るこちらの戦績は、現在でフリーデスウィーデ二十五勝、ドートリッシュ二十四勝……なな、な～んと！　私たちの学院がぎりぎりで勝ち越《こ》しています！　すご～い!!」

「つんつっつーん！」「つん……つつん、つん」

ソニアはそこで仲裁を諦《あきら》めると、チームメイトのひとりに泣きすがった。

「え～ん、委員長～！　ふたりがツン語でしか返事してくれないよう～っっっ!!」

「これは思った以上に深刻ね……」

難しい顔でソニアをなだめているのがクラス委員長も兼《か》ねるユフィーであり、同じ天幕の下で「話にならないな……」「ふたりとも相変わらずなんだね～」とめいめいに危機感を覚えているのがノーマとミドである。

ストラグル・マッチのチーム編成は六人一組。フリーデスウィーデ・ドートリッシュの入り乱れる混成トーナメントにおいて、頂点を制したチームが母校に祝杯《しゅくはい》を捧《ささ》げる形にはなっているものの、だからといって末端《まったん》の自分たちが端《はな》から勝負を投げてよいはずがない。

未熟な一年生なりに、フリーデスウィーデの名誉《めいよ》のために全力を尽《つ》くさねばならないのである。

だというのに、チームの中核《ちゅうかく》を占《し》めるアンジェル姉妹が試合を目前にしてこのありさま。主将たるユフィーが思わず頭痛を覚えてきてしまうのもむべなるかなといったところだろう。

「エリーゼさんをチームに引き入れたときは『勝った！』と思ったものだけれど、肝心《かんじん》のメリダさんとの関係がこの調子じゃ……チームワークは期待できそうにないかしら？」

「──だいじょぶ。わたしに任せて」

そこで初めて、エリーゼはコミュニケーション能力を取り戻《もど》してみせた。ユフィー、ノーマ、ミド、泣きべそをかいていたソニア、頑なに顔を向けようとしないメリダまでもがちらと、銀髪《ぎんぱつ》の聖騎士《パラディン》の無表情に注目する。

「みんな、ボールを拾ったらわたしにパスして。あとはなんとかするから」

「……それって作戦なのかしら？」

「負けたらお笑い草だけど」

あたかも氷上のような平坦《へいたん》な口調で、請《う》け負うエリーゼ。

「勝つから平気」

「おお……っ」

「なんかカッコイ〜！」

感心してみせるノーマと、能天気にはしゃぐミド。物言いたげなユフィーはしかし、そこで言葉を呑み込み、ソニアはやはり鏡に奔《はし》った亀裂《きれつ》が気になっている様子。

そして対《つい》となるメリダは、意地でも顔を向けるものかと誰もいないテントの隅《すみ》を見て、

「……つん」

しごく淋しそうに、桃色《ももいろ》の唇を尖らせる。

――そして、そんな不協和音の満ちる一年生チームの天幕を、

「ククク……みなさんの思惑《おもわく》通りにはいきませんヨォ……！」

妖《あや》しげな笑みとともに盗《ぬす》み見ている女生徒がいることに、誰も気づかない。

† † †

「それじゃあメリダさまの説得にも失敗したわけね？」

「そういうあなたも、エリーゼさまを懐柔《かいじゅう》することはできませんでしたか……」

早くも熱気に沸《わ》く観戦席の最前列で、こぼされた複雑なため息がふたつ。絶賛仲違《なかたが》い中

のアンジェル姉妹を主《あるじ》に持つ、ロゼッティとクーファ＝ヴァンピールである。物憂《ものう》げに目を伏《ふ》せるこの美青年がもし列の最後尾《さいこうび》にいたら、客席の皆《みな》が頻繁《ひんぱん》に振り返って観戦どころではなくなるだろう。そういった理由ではないだろうが、ふたりの家庭教師の席は最前列と指定されていた。クーファの左側にはクリスタ生徒会長である。

「まあまあ、両先生。あのふたりだって、まさか試合中に喧嘩をおっぱじめるなんてことはないでしょうよ。穏便《おんびん》にやり過ごせることを祈《いの》るしかありませんわ」

「穏便に、何事もなく……これまで何度そう願ったことがあったか」

ついネガティブな思考に沈《しず》みそうになり、クーファはかぶりを振った。

周囲に満ちるのは期待感の花々。まもなく競技場《グラウンド》に吹《ふ》き荒《あ》れるのは絢爛《けんらん》可憐《れん》な嵐《あらし》である。自分たちだけが暗雲を引きずっていることもあるまいかと、いよいよ第一試合が始まろうとしているフィールドへ目を向ける。

「ところで生徒会長。これから行われるストラグル・マッチというのは、いったいどのような競技なのですか？」

「まあっ、とてもポピュラーな《マナ能力者の訓練競技《マナティカル・アーツ》》ですのに……」

「どうにもこの手の娯楽《ごらく》には疎《うと》いもので」

よもや「殺しの技術には関《かか》わらないから」などと正直に明かすわけにもいくまい。クーファは殊勝《しゅしょう》なふりをして生徒会長の講釈《こうしゃく》を待ち、彼女はすっと競技場《グラウンド》の片端《かたはし》を指差した。

今まさに入場してきた、聖フリーデスウィーデ上級生たちのユニフォーム姿がある。

彼女らはそれぞれの手に、形状に微妙《びみょう》な差異がある 杖《スティック》 を携《たずさ》えていた。

「簡単に言えば《玉入れ競争》ですわね。ひとつのボールを六人二チームで奪《うば》い合い、相手方のゴールに入れれば一ポイント。制限時間内により多くのポイントを獲得《かくとく》したチームの勝利となりますわ」

「なるほど。ですが《マナ能力者《テイカル》の》……と冠《かん》されているということは」

「もちろん、ボールの奪い合いが平和的に済むわけがありません。《直接的な攻撃《こうげき》はスティックにのみ》と定められていますけれど、逆を言えばボールを確保するために、選手たちは激しく武器を応酬《おうしゅう》することになりますのよ。——あっ、ほら！　始まりますわ！」

説明のなかばで、試合開始のラッパが吹き鳴らされた。フィールド左右に展開した二色のユニフォーム姿たちが動き出す。一チーム六人構成で、敵陣《てきじん》に切り込むAT《アタッカー》が二名、フィールド全体を駆《か》け回るMF《ミッドフィルダー》が一名、後方を守るDF《ディフェンダー》が二名、そして、フィールド最端《さいたん》に拵《こしら》えられたゴールネットを守るKP《キーパー》が一名という布陣《ふじん》だ。

両チームの代表が、フィールドの中央でスティックを重ね合わせていた。そのちょうど中間に挟《はさ》まれ、絶妙《ぜつみょう》な力で拮抗《きっこう》しているのが試合の命運を左右するボールであろう。ラッパの残響《さんきょう》が消えぬうちに、両プレイヤーがいっせいに得物を振《ふ》り抜《ぬ》く。

けたたましい衝突音《しょうとつおん》が炸裂《さくれつ》し、客席にお淑《しと》やかな歓声《かんせい》が沸いた。

宙へ舞い上がったボールをめがけ、至近のふたりがスティックを突《つ》き上げる。交錯《こうさく》し、跳《は》ね返り、目覚ましい手捌《てさば》きで切り返す。マナをまとわせた打撃が高らかな雷鳴《らいめい》を奏《かな》で、七合をぶつけ合った直後に片方が先手を取る。

スティックの先端《せんたん》は丸く歪曲《わいきょく》し、固い網《あみ》が張られていた。目まぐるしい斬線《ざんせん》の切れ間に、一方が鮮《あざ》やかにボールを攫《さら》う。間髪《かんはつ》を容《い》れずに地面を蹴《け》り、その段階で残りの全プレイヤーも動き出した。攻《せ》める者はボールを追い、守る側もまたボールに注目する。

トーナメントの第一試合はすべて、フリーデスウィーデVSドートリッシュの組み合わせ《カード》となっていた。すでに手に汗《あせ》を握《にぎ》っているクリスタは、隣《となり》からの視線に気づいて「こ、こほんっ」と咳払《せきばら》い。

「な、なかなか迫力《はくりょく》がありますでしょう？　クラブ活動も盛んですし、騎兵団《ギルド》の方たちによるプロフェッショナル・レディース・チームだって存在していますのよっ」

「なるほど。そういえばメリダお嬢《じょう》さまが自慢《じまん》げにユニフォーム姿を見せびらかしてきましたねえ」

「クーファ先生、選手たちの持っているスティックに注目なさって」

クリスタ会長はここぞと身を寄せてきた。言われずとも、十二名の選手たちが掲《かか》げる武器にはそれぞれ差異があることには気がついている。おそらくは多種の製造工房《メーカー》があり、さらには選手個人で扱いやすいように調整改造《カスタマイズ》を施《ほどこ》しているのだろう。

「スティックには個々に設定された性能差《パラメータ》があるのです。ボールを受け止める力・保持する力を意味する《CAT《キャッチ》》、撃《う》ち出す力・弾《はじ》く力を表す《SHT《シュート》》。あとは取り回しやすさに影響《えいきょう》する《WIT《ウェイト》》と、攻撃精度に直結する《ATK《アタック》》……」

クーファは思わず、フィールドから傍《かたわ》らの少女へと関心を奪われた。

「攻撃力が設定されているのですか？　競技用の武器に？」

「《マナ能力者《マナティカル》の》と申し上げたでしょう？　──ほら、ごらんになって！」

戦況《せんきょう》は息をつく暇《ひま》もなく流れつつある。ボールを保持するATめがけ、敵のDFふたりが集中攻撃を仕掛《しか》ける。幾度《いくど》となく激しく叩《たた》かれたスティックからたまらずボールが零《こぼ》れ落ち、すかさずDFのひとりが掻《か》っ攫う。流れるようにMFへロングパスし、前線が一気に押し返された。全プレイヤーの足並みが逆方向へ振り向けられる。

なめらかに攻守《こうしゅ》を交替《こうたい》する試合運びに、クーファやロゼッティも感心しきりだ。

「このゲームは実戦でないとはいえ、武器をぶつけ合うのが前提なのです。相手のCATを上回るATKを叩き込むことができれば、網はボールを保持する力を失います。スティック自体の性能に選手のマナ圧力を乗算することで、最終的なステータスが決定され——ああっ、序盤《じょばん》であんな大技《おおわざ》を！」

　クリスタ会長がつい身を乗り出した理由を、クーファやロゼッティもすぐに悟《さと》った。敵陣深くまで攻め込んでいたATが、スティックに強烈《きょうれつ》な圧力を注ぎ込むと先端で焔《マナ》が爆裂《ばくれつ》。踏《ふ》み込みと同時に、薙《な》ぎ払《はら》う。

　撃ち出されたボールは、砲弾《ほうだん》のごとき勢いで空気を貫《つらぬ》いた。立ちはだかっていたDFのひとりに直撃し、弾き飛ばしつつ軌道《きどう》を変える。地面を抉《えぐ》って鋭角《えいかく》に跳ね返ると、ゴールポストを荒々《あらあら》しく揺《ゆ》らしてさらに反射。ぎりぎりの角度でネットへと突き刺《さ》さる。

　反応するのが一瞬遅《いっしゅんおく》れた敵KPは、足もとから肩口《かたぐち》を飛び抜けていった風圧に遅れてよろめく。焦《こ》がされた空気の匂《にお》いが漂《ただよ》い、客席が歓声に沸いた。それがちょうどフリーデスウィーデ側の得点だったので、周りの女生徒とともに腕《うで》を振り上げるロゼッティ。

「やった————っ‼　一点先取っ！」

　辺り構わずハイタッチを交《か》わし、すっかりのめり込んでいるロゼッティである。その手にスティックがあれば皆とともにフィールドを駆け回りたいと言わんばかりだ。

　ところがひとり、見事な先制を成し遂《と》げた自校のチームを前に、難しい顔で爪《つめ》を噛《か》んでいるのが生徒会長である。

「どうかされましたか、クリスタさま？　後輩《こうはい》のプレイにご不満でも？」

「……スティックには最後のパラメータとして、耐久力《HP》が設定されているのです。先ほどの力強いシュートをご覧になりまして？　選手たちは各々《おのおの》、使いやすいスキルやアビリティを装着《セット》することができるのですが、その使用にはスティックに相応の負担を強《し》いる……！　HPを酷使《こくし》してしまえばスティックそのものが破損し、そうなればどれほど優《ゆう》秀《しゅう》な選手であろうと退場せざるを得なくなりますわ。──まったくあの子ったら！　まだトーナメント第一試合のこんな序盤だっていうのに！」

「目先の利益に囚《とら》われ──とはこのことかしらね」

涼《すず》しい口調で水を差したのは、クリスタのさらに向こう側に座る女生徒である。フリーデスウィーデの赤薔薇《ばら》とは好対照な制服に身を包む彼女は、聖ドートリッシュ女学園の総室長・ネージュ＝トルメンタという。

完全にアウェーな席取りでありながら、くすりと余裕《よゆう》ぶってみせるネージュ。

「そもそもあなたのチームに、《第二試合》があるといいわね？　クリスタ＝シャンソン生徒会長？」

「むっ……！　一点は一点ですわ、ネージュ＝トルメンタ総室長っ！」

バチィ!!　と客席の最前列で竜虎《りゅうこ》が火花を散らす。これもまた一興とそ知らぬふりをしながらも、クーファは女生徒たちの熱気に包まれながらフィールドを俯瞰《ふかん》した。

機会があれば、自分もあのなかに交じってみたいと思ったのは内緒《ないしょ》である。

「ところでクリスタ会長。先ほど選手のひとりが激しくボールをぶつけられていましたが、あれは反則《ファウル》にはならないのですか？」

「問題ありませんわ、《ボールによる間接攻撃》はむしろ常套《じょうとう》テクニックですもの。あの程度で音を上げていてはマナ能力者の名折れでしてよ」

会長の言う通り、痛撃《つうげき》を受けた相手選手も平然とプレイを続行している。至近のチームメイトがひと言ふた言労《いた》わるのみだし、何よりセンターラインから試合を監督《かんとく》する審判《しんぱん》が笛に手を掛けてすらいない。ストラグル・マッチでは日常茶飯事《さはんじ》ということだろう。

「さっきも申した通り、このゲームはスティックの応酬が醍醐味《だいごみ》ですし、故意ではないにしろ体を叩いてしまうことだって充分《じゅうぶん》にあり得ます。ですが、どこに反則《ファウル》ラインを定めるかは審判の裁量に委《ゆだ》ねられているのですわ」

事実、この短い攻防《こうぼう》のあいだでも幾度となくスティックが腕や足にぶつけられている。しかし、そこに害意が見られない限り、逐次《ちくじ》試合を中断していてはきりがないということだろう。

今回のトーナメントで審判を担《にな》うのは、聖フリーデスウィーデでストラグル・クラブの部長を務める女生徒。あまり面識のない彼女の人柄《ひとがら》を、クーファはまだよく知らない。

生徒会長もまた、憂《うれ》うようなまなざしをセンターラインへ注いでみせた。

「ですが最近のストラグル・マッチは、その反則《ファウル》ラインの曖昧《あいまい》さがとある問題を引き起こしていて……」

「とおっしゃいますと？」

「真面目《まじめ》にプレイしようとしない生徒がいるのです」

クリスタ会長越《ご》しに、額に手のひらを当てるネージュ室長の渋面《じゅうめん》も見えた。それだけでおおよその事情を察したクーファであったが、反対にぴょこんと無邪気《むじゃき》な顔を覗《のぞ》かせるのが右隣《みぎどなり》のロゼッティである。

「ン？　どゆこと？」

「つまり――」

クーファは数秒の溜《た》めで左側への配慮《はいりょ》を示しつつ、あえて直截《ちょくせつ》に告げる。

「自分の贔屓《ひいき》にしている選手に活躍《かつやく》してもらいたいがあまり、八百長《やおちょう》が横行しているということでしょう」

「お恥《は》ずかしながらその通りですわ」

叶《かな》うことなら母校の稚拙《ちせつ》さを露《あら》わになどしたくはないだろう。けれど目を背《そむ》けているわけにもいかないというふうに、聖フリーデスウィーデの生徒会長は決然としたまなざしをフィールドへ注いでみせる。

「勘違《かんちが》いなさらないで、先生がた。困るのは行き過ぎた一部の生徒たちだけですの。ですが、そうした子らは審判やチームメイトを懐柔《かいじゅう》するためには手段を厭《いと》わず……別のファンクラブが賭《か》け金を上乗せすればこちらもさらに、と。この清廉《せいれん》な決闘《けっとう》場の裏で、ひそかに派閥《はばつ》同士のパワーゲームが繰《く》り広げられているのですわ」

「本来の意義からかけ離《はな》れてしまっているわね」

ネージュ室長もつららのような視線をフィールドへと向けている。彼女とて他人《ひと》ごとではないのだろう。自立心の強いドートリッシュの才媛《さいえん》たちではあるが、なればこそ憧《あこが》れの先輩《せんぱい》へ抱《いだ》く情熱はフリーデスウィーデの乙女《おとめ》たちと相違《そうい》ない。

分かったような分からないような表情で、曖昧に首をかしげたのがロゼッティだ。

「でもさ、それってシェンファさまみたいなごく一部の人気者の話でしょう？　少なくともまだ、エリーゼさまたちが困るようなことにはならないわよね。だって一年生だし！」

クーファは即答《そくとう》しかね、試合に見入るふりをしてごまかすしかなかった。

「……だといいのですが」

直後、高らかなラッパの音色が響《ひび》く。一試合は五分。試合終了《しゅうりょう》の瞬間を見逃《みのが》してしまったロゼッティが慌《あわ》てて顔を戻《もど》し、さらには勝利に沸《わ》いている側を見てさらに大げさな衝《しょう》撃《げき》を表した。

「げげげっ！　フリーデスウィーデが負けてるぅ⁉」

「くっ……終盤《しゅうばん》のパスミスが仇《あだ》になりましたわね。あれさえなければ……！」

爪を噛む赤薔薇の制服の向こうで、さらりと髪《かみ》をかき上げるネージュの姿。

「ふふっ、まずは一勝……」

女帝《じょてい》のような佇《たたず》まいに、すかさず牙《きば》を剥《む》き出したのがクリスタだ。

「これはトーナメントですわ！　決勝を制した者が最後に笑うのです！」

「あら、ごめんあそばせ。勝ち誇《ほこ》るのは少しだけ早かったわね？」

「ぐぬぬぬ〜……っ‼」

もはやこのふたりは直接切り結んだ方が早いのではないかとクーファが思い始めたとき、反対側の席でロゼッティが「あっ！」と声を上げた。軍服の袖《そで》を引っ張ってくる。

「見て見て！　次はお嬢さまたちの出番よっ！」

これみよがしに指を差されるまでもなく、クーファはすでにメリダたちの入場を予期していた。ひときわ目立つ金髪《きんぱつ》と銀髪《ぎんぱつ》は、隣に並んでいたらさぞや観客を虜《とりこ》にしただろう。

しかし仏頂面《ぶっちょうづら》でフィールドに踏み込んだアンジェル姉妹《しまい》は、互《たが》いの顔を見もしないままそれぞれのポジションに移動した。周りのチームメイトが懸命《けんめい》に声を掛け合っているが、憐《あわ》れ橋渡《はしわた》しの成果なしである。

メリダと交友のある生徒はもちろん、クーファはすでにフリーデスウィーデ全学生の顔と名前を網羅《もうら》している。書類上のプロフィールも併《あわ》せてだ。メリダと並んでATの位置についたのはクラスメイトのミド、MFにエリーゼ、DFにノーマ、ソニアと続き、ゴール前の聖域をKPのユフィーが守る。クリスタはおとがいに指を当てた。

「今年の一年生チームでは期待の新星ですわ。攻守と運動量の多いMFをエリーゼさんに任せるのも常道……。ですが、なんたること！　よりにもよって相手が……っ！」

ぎろりと鋭《するど》い視線が向けられた先を、クーファとロゼッティも追随《ついずい》する。

フィールドの反対側に布陣《ふじん》したのは、ドートリッシュの二年生と三年生による混成チームだった。つまりは《クラスのなかよしチーム》などではなく真剣《ガチ》なのである。そのことは、使い込まれたスティックが六人の手に握《にぎ》られていることからも見て取れる。

クリスタ会長の焦燥《しょうそう》は留《とど》まるところを知らなかった。頬《ほお》に冷《ひ》や汗《あせ》が伝う。

「あちらのチーム、アクアリムス天鏡区《てんきょうく》の区内大会でベスト8に入った強豪《きょうごう》でしてよ！　組み合わせは完全にクジ運とはいえ、これでは……くぅっ！」

恨《うら》みがましげなやつあたりが左側を向き、ネージュ室長は心地《ここち》よさそうに襟《えり》もとを緩《ゆる》める。

「追い風が気持ちいいわね」

「ムキ――――っっっ!!」

クリスタ会長がハンカチを噛みたくなる気持ちも、クーファには理解できた。手に馴染《なじ》むように性能を微調整《びちょうせい》し、スキルとアビリティでがちがちに固めているであろう相手チーム。それに対し、何度か授業で嗜《たしな》んだことがある程度のメリダたちは、貸し出し用の汎用《はんよう》スティックを携《たずさ》えていた。なにより試合に臨む心意気がまるで違《ちが》う。「私にもボール回してね～」「ふたりケンカしてるけど大丈夫《だいじょうぶ》かな～？」などとお花を咲《さ》かせている一年生チームとは裏腹に、吹《ふ》き抜《ぬ》ける砂塵《さじん》を背負う相手チームはやはり本気《ガチ》である。ここで勝たねばどこで勝つといった勢いだ。

「いよいよ私たちが輝《かがや》くときが来たようね……！」

「見せてやりましょう。私たちは候補生の応援《おうえん》のためだけにここにいるわけではなくってよ！」

どこか気の抜けたラッパの音色が、高らかに鳴り響く。ドロー・ボールはやはり、熟練のドートリッシュ・チームが制し、彼女らは一気呵成《いっきかせい》の速攻《そっこう》を仕掛《しか》けてきた。まだ不慣れな一年生たちのあいだを稲妻《いなずま》のごときパスが行き交い、ひと息にボールを受け止めた敵の

ＡＴは、鋭く振《ふ》りかぶって、弾《はじ》く。意外にも堅実《けんじつ》に足もとを狙《ねら》い、ＫＰのユフィーがともに反応する間もなく後方へ飛び抜けた。間髪《かんはつ》を容《い》れず、乾《かわ》いたネット音。

試合開始直後の得点に、ドートリッシュ側の観戦席が沸いた。やはり戦力差はやむなしと早くもフリーデスウィーデ側に諦《あきら》めムードの漂うなか、しかし相手はなおも攻勢《こうせい》を緩めない。無理なドリブルを仕掛けたミドから、敵のＭＦが鮮《あざ》やかにボールを掻《か》っ攫《さら》う。

チームの主将と思《おぼ》しきドートリッシュ生にボールが回された。彼女をよく知る級友たちが名前を呼び、主将は獣《けもの》のように唇《くちびる》を吊《つ》り上げて歓声《かんせい》に応《こた》える。

「うふふ、力の差を思い知らせて差し上げますわ。初戦を華々《はなばな》しくコールドゲームで飾《かざ》りましょう!!」

高らかに突《つ》き上げたスティックから、マナの焔《ほのお》が噴火《ふんか》する。歓声がひときわ膨《ふく》れ上がり、クリスタ会長がはっと息を呑《の》み込んだ。フリーデスウィーデ側の客席を包むのは絶望の空気だ。

「まさかあれは、《スピリット・シュート》!? あんな上級技《わざ》を一年生に対して!?」

「それはいったいどのようなものなのですか、生徒会長？」

「見れば分かりますわ。ともかく、このような結果の見えた試合で使うようなスキルではありません！　スティックに深刻な負担をかけてまで……この試合の勝利そのものをパフォーマンスにするつもりなのです！　――ああっ、いけない！」

生徒会長が細い悲鳴を上げた直後、ついに相手の主将がスティックを振り抜いた。撃《う》ち出されたボールはなるほど、百聞は一見にしかず、空中で八つに分裂《ぶんれつ》したのである。残りは幻影《げんえい》なのだろうが、迫《せま》りくる壁《かべ》のような圧力には目を覆《おお》わずにはいられない。並の選手であれば地面に転がり込んでしまっても無理はないだろう。

軌道《きどう》上には、銀髪のMFが立ちはだかっていた。間に合わないとは分かりつつもユフィーは叫《さけ》ぶ。たとえまたゴールを許してしまうとしても、級友の血の方がなお貴《とうと》い。

「逃《に》げてっ、エリーゼさん!!」

エリーゼは、そうしなかった。ぎりぎりまで散弾《さんだん》を引きつけていたかと思えば、鋭く引き絞《しぼ》ったスティックを、薙《な》ぐ。

鮮烈《せんれつ》な衝突《しょうとつ》音がフィールドを突き抜けた。

幻影の七つはエリーゼの全身を擦過《さっか》し、実体のひとつはネットに吸い込まれていた。凄《すさ》まじい回転力が網《あみ》を焼き焦《こ》がすも、聖騎士《パラディン》のマナがそれを押さえこむ。競技場《グラウンド》の全員が目を疑い、何人かは思わず椅子《いす》から立ち上がる。ネージュ室長でさえ能面を崩《くず》した。

「馬鹿《ばか》な、スピリット・シュートを――！」

「初見で見切った!?」

「──返す」

弾《たま》の威力《いりょく》に負けそうになる腕《うで》を、エリーゼは力任せに振り抜く。等倍の速度でボールが跳《は》ね返り、敵の主将を強襲《きょうしゅう》した。唖《あ》然《ぜん》とあごを落としていた彼女の、手もとにぶち当たる。強烈《きょうれつ》なスキルの使用で限界まで消耗《しょうもう》していたスティックは、その一撃《いちげき》であっけなく粉砕《ふんさい》された。木《こ》っ端《ぱ》微《み》塵《じん》に木の弾ける、乾いた音色。

舞《ま》い上がり、転がったボールを追う気力もなく、主将は膝《ひざ》をついた。周りのチームメイトたちも茫《ぼう》然《ぜん》としている。真っ二つに裂《さ》けた相棒を取り落とし、この試合に誇りを懸《か》けていた少女は全身をわななかせた。

「こんなことが……！　わたくしの切り札が、一年生などに……っ!?」

その傍《かたわ》らをてくてくと歩き過ぎたエリーゼは、無造作に転がっていたボールを掬《すく》いざまに、放《ほう》る。山のような放物線を描《えが》いたボールは「あっ……」と口を開いた敵ＫＰの頭上を通り越し、あっけなくゴールネットへと吸い込まれた。

ドートリッシュの主将はポイントロスよりも、自身を退場させてなお、一顧《いっこ》だにしようとしない銀髪の少女に鋭い視線を向けた。くずおれながらも、敵意を孕《はら》んだ眼光が涙《なみだ》混じりに光る。

「ルナ候補生に選ばれたのは、家名の後《うし》ろ盾《だて》ではなかったということ……っ!?　あなたはいったい……っ！」

ふわりとスコートをなびかせて、そこでようやく氷雪の天使は振り返る。

「……聖フリーデスウィーデの一年生、エリーゼ＝アンジェル」

「銀雪の聖騎士《パラディン》……!!　その名前、しかと覚えましてよっ！」

きゃあああっっっ!!と、凄まじい熱気に客席が沸いた。フリーデスウィーデ側のみならず、ドートリッシュの女生徒たちのなかにも立ち上がって拍手《はくしゅ》している者が見受けられる。教え子の晴れ舞台《ぶたい》に、赤毛の家庭教師は大興奮で相棒の肩《かた》を揺《ゆ》さぶった。

「見て、見てっ、見て！　エリーゼさまが！　あたしの生徒が超《ちょう》かっこいい!!」

クーファがまともに対応する暇《ひま》もなく、逆側から肩を揺さぶってくるのがクリスタである。

「やりましてよ！　予想以上ですわ！　これで人数は六対五……しかも相手チームは主力を欠いています！　二回戦進出はもらったようなものですわっ！」

「――浮《う》かれてる場合なのかなぁ、フリーデスウィーデの会長さん？」

嘲《あざけ》るような声を浴びせたのはネージュ室長でも、ましてやクーファやロゼッティでもなかった。

後方から、ユニフォームに身を包んだ六人が近づいてくる。汗をタオルで拭《ぬぐ》っている彼女らは、先の初戦を制したドートリッシュ生のチームだ。つまりはエリーゼたちが首尾《しゅび》よく勝ち進んだ際、二回戦で激突《げきとつ》する相手である。

　クリスタ会長は大仰《おおぎょう》に目を見開いた。

「あなたたちは……《パンサー・パンクス》!!」

「なんですって？」

　思わず聞き返したクーファへと、小声で注釈《ちゅうしゃく》してくれたのはネージュ室長である。

「チーム名です」

「彼女らもまた、大会出場経験こそないものの強敵には違いありませんわ！　クーファ先生、彼女らが持っているお揃《そろ》いのスティックをご覧になって！」

がしがしと揺さぶられるまでもなく、パンサー・パンクスなる彼女らが見せびらかしている得物はずいぶんとシャープで、時計の秒針のごときフォルムをしていた。何も問うていないクーファへと、頬を紅潮させたクリスタは耳もとに大声で講釈《こうしゃく》を述べてくる。

「あのスティックは通称《つうしょう》《ウィンターアロウ》！　そのほかの性能《パラメータ》を犠牲《ぎせい》に重量《WIT》を極限まで削《そ》ぎ落としており、装備した選手はまるで矢のようにフィールドを駆《か》け回ることができるのだといいます。彼女らはその身軽さでパス回しすら必要とせず、息もつかせぬ速攻戦術を得意としていて――」

「そのとぉり！　スキルだのアビリティだのなんて弱者のごまかしよ」

同窓の選手たちすら貶《おとし》めるその物言いに、ネージュ室長の柳眉《りゅうび》がひそめられる。それを知ってか知らずか、パンサー・パンクスの主将はさらにあごを上向けた。見下す視線が高すぎてほとんど空を仰《あお》いでいるかのようである。

「やはりマナ能力者たるもの自身の身体能力《ステータス》が肝要《かんよう》……！　それは得物を剣《けん》からスティックに持ち替《か》えたところで変わらない。武器に依存《いそん》しているようじゃあ、戦士として二流だわ。そうでしょ、総室長？」

「………………」

「あのフリーデスウィーデの聖騎士《パラディン》も、おとなしく一回戦で負けておけば『仕方ない』で済んだものを――」

憐《あわ》れみの視線をフィールドへ。試合は続行しているが、ドートリッシュ側はいまだ主将を欠いたショックから立ち直れていない。嵩《かさ》にかかって攻める《せ》エリーゼたちの勢いは互角《ごかく》以上であり、試合の行く末は明白と言えた。

牙《きば》を研《と》ぐパンサーは、いたいけな一年生チームを前にぺろりと舌なめずり。

「下手に出しゃばってくるから痛い目を見るのよ。見てな、フリーデスウィーデの生徒会長！　あんたの期待の星を、みんなの前で『ぎゃふん！』と跪《ひざまず》かせてあげる!!　あ

「────っはっはっはっはっは!!」

「ぎゃふ────────────んっっっ!?」

と跪いているのは、もちろんパンサー・パンクスの女豹《めひょう》たちだった。満を持して訪《おとず》れたトーナメント第二回戦。エリーゼら一年生チームとドートリッシュ《パンサー・パンクス》との試合が始まって、二分も経《た》たない頃《ころ》である。スコア上は三対〇でパンサー・パンクスの優勢だが、すでに彼女らのうち五人はスティックをへし折られ、為《な》すすべなく芝生《しばふ》にくずおれている。

今、最後に残された主将へとエリーゼが槍《やり》のごとき先端《せんたん》を突きつけた。汎用スティックで自分たちの生命線を砕《くだ》いて回った告死天使に、主将は畏《おそ》れるような視線を向ける。

「ど、どういうこと……っ!? なんであなた、ボールも無視して真っ先にあたしたちに打ち掛かってきたの!?」

こともなげに答えるのが、エリーゼだ。

「そんなに軽いなら、中身はスカスカなんじゃないかと思って」

「ウィンターアロウ・シリーズゆいいつにして最大の弱点を……………っ!!」

がっくりと主将は気を失い、芝生に投げ出された最後の一本へとエリーゼはスティックを叩《たた》きつける。

この段階で試合終了《しゅうりょう》のラッパが鳴り響《ひび》いた。まさかまさかの快進撃《かいしんげき》に、観戦席が爆発《ばくはつ》じみた熱気に包み込まれた。感激のあまりクーファの首筋に抱《だ》きついてくるのがクリスタ会長である。

「あの子たち、やりましたわっ！　次は準決勝です！」

一方、クーファは冷淡《れいたん》な無表情のままおとがいに指を当てていた。歓声に加わろうとしない彼を、右隣《みぎどなり》から赤毛の少女が「にょほほ」と冷やかす。

「あれれ～？　もしかしてエリーゼさまばっかり目立って、メリダさまがぜんぜん活躍《かつやく》できてないから拗《す》ねてるのかな～⁇」

クーファは無言で腕を振《ふ》り上げると、断罪のチョップをぺちょんと右の額へ。顔を酸っぱくしたロゼッティから、「いちゃいっ」とおもちゃのような鳴き声。

クーファの疑念は、遠い競技場《グラウンド》の少女のみが共有していた。試合の立役者として囃《はや》し立てられながらも、エリーゼは怪訝《けげん》なまなざしをチームメイトたちへと投げる。

「……さっきのわたしたち、反則位置《オフサイド》じゃなかった？」

「え～、そだっけ？」

「ミドはいまだにルール覚えてないからなぁ」

「…………」

ただひとり、メリダだけが神妙《しんみょう》に考え込むものの、返すべき言葉はつんつんと、唇をつつく指先に留められた。

† † †

トーナメント第三回戦・準決勝を間近にした競技場《グラウンド》の裏に、四人の人影《ひとかげ》があった。歓声《かんせい》は遠く、熱気も届かない。華《はな》やかな表舞台《おもてぶたい》の日陰《ひかげ》で交《か》わされるのは、当然穏便《おんびん》なやり取りではあり得まい。

「約束のものは用意できまして？」

切り出したのは、審判《しんぱん》の腕章《わんしょう》をつけているストラグル・クラブの部長だ。ユニフォーム姿の二名が両側からずずいと身を乗り出す。

制服姿の二年生がにやりと応《こた》えつつ、赤薔薇《ばら》の懐《ふところ》に手のひらを差し入れる。

輪の中心にすっ、と差し出されたものに、他《ほか》の三人の瞳《ひとみ》が輝《かがや》いた。

「――シェンファ御姉《おねえ》さまが登校時に愛《め》でられた花！」

「「「おおっ！」」」

「午前の授業でシェンファ御姉さまがお持ちになられたチョーク！」

「「「おおおおっ！」」」

「な、な、なんとシェンファ御姉さまがカフェでお敷《し》きになられた紙ナプキン!!」

「「「おおおお――――――っっっ!?」」」

ひとしきり盛り上がったあと、ユニフォームの三人はそそくさとそれぞれの収穫《しゅうかく》をポッケに仕舞《しま》い込んだ。審判の少女は、何事もなかったかのように能面を張り付ける。

「確かに受け取ったわ。これほど危険な橋を渡《わた》ってまで……あなたの要求は変わらないのね？」

「ククク……ええ、ワタクシの望みはただひとつ」

試合前、天幕の選手たちを盗《ぬす》み見ていたときと変わらぬ妖《あや》しさで、制服の二年生は低く笑う。

ごくりと喉《のど》を鳴らす面々を前に、彼女は両腕を高らかに振り上げた。

「麗《うるわ》しのエリーゼ＝アンジェルさまに、華々《はなばな》しい見せ場を作ってあげてくださいまし～～～～～～～～～っっっ!!」

「まあ、気持ちは分かりますけれどねえ」

苦笑《くしょう》しつつ視線を見交わせるユニフォーム姿のふたりは、次の準決勝でエリーゼらのチームと対決するメンバーである。スティックでとんとん、と肩を叩きつつ、「けれど」と譲《ゆず》れない一線を突《つ》きつける。

「《勝ち》は譲れなくてよ？　できるのはひとつふたつお膳立《ぜんだ》てしてあげることだけ」

「それでいいのですっ。ああっ、お可哀想《かわいそう》なエリーゼさま！　準備もなくルナ候補生に祭り上げられてさぞ苦しい思いをなさったでしょう。しかし！　このゼシカ＝フレッシャーにお任せあれ！　全校生徒の見守るストラグル・マッチであなたの勇姿を知らしめ、もう誰《だれ》も理不尽《りふじん》な言《こと》の葉《は》の吐《は》けないようにして差し上げます～っ！」

競技場《グラウンド》の裏側で舞台上のように盛り上がっているのは、聖フリーデスウィーデ女学院の二年生・ゼシカ＝フレッシャー。早くから原石の発掘《はっくつ》に熱を上げる新聞部の部員であり、級友たちが苦笑を浮かべるぐらいのエリーゼ・ファンであった。

「自分がエリーゼさまのかっこいいところ見たいだけでしょ～⁉」

「キシャーッ！　とにかくお願いするのですよっ、ご両人！」

はいはい、と呆《あき》れ混じりの返事とともにユニフォーム姿の三人が去っていって、ゼシカは日の当たらない陰《かげ》の領域から、あたかもスナイパーのごとく競技場《グラウンド》を睨《にら》み据《す》える。

視界の中央には、すでにフィールドにて待機する銀髪《ぎんぱつ》の天使の憂《うれ》い顔――

「嗚呼《ああ》、エリーゼさまっ……どうして最近はメリダさまと距離《きょり》を置かれているのでしょう？　月は光とともにあってこそ輝くと、有名な詩人も歌っていますのに……！」

物陰から顔を出してふりふりとお尻《しり》を振るその姿に、通りすがりの講師がぎょっと肩を跳《は》ねさせた。もちろん、フィールドの戦士たちは知る由《よし》もない一幕である。

† † †

「とうとうここまで上ってきたのね、可愛《かわい》らしいミツバチちゃんたち」

女王のごとく一年生チームを睥睨《へいげい》するのは、まさしく聖フリーデスウィーデ女学院の頂点に君臨するシェンファ＝ツヴィトークだった。まごうことなく優勝候補の筆頭……！

ここまで破竹の勢いで勝ち進んできた一年生たちも、さすがに表情を険しくする。

シェンファのポジションはKP。頑丈《がんじょう》な手袋《てぶくろ》にひと回り威圧感《いあつかん》のあるロング・スティックを携《たずさ》え、誇示《こじ》するかのように両腕で取り回す。観戦席が耳を割るような熱狂《ねっきょう》に包まれるなか、聖ドートリッシュの総室長は冷静に敵軍の最高戦力を見極《みきわ》めていた。

「あのひときわ長大なスティックは《クイーンスイープ》シリーズ……！　攻守《こうしゅ》ともに隙《すき》のない、まさしく至高と呼ばれているブランド！　やはり彼女こそが、今大会で最強のプレイヤーであることは疑いようがないわね」

そうこうしているうちに、シェンファのチームに遅《おく》れていた二名が合流する。審判もセンターラインについて、前置きもなく試合開始が宣言された。

身長差と体格はいかんともしがたく、初球争い《ドロー・ボール》はほとんどが敵チームに奪取《だっしゅ》される。この準決勝も例外ではなく、なめらかにボールを確保した三年生は何を思ったか、自陣《じじん》のゴールめがけてスティックを振り抜《ぬ》いた。

「シェンファさま、見せて差し上げてはっ？」

「よろしくてよ」

優雅《ゆうが》にボールを受け止めたKPは、ゴールネットの前で低く腰《こし》を落とす。あわや自殺点《オウンゴール》というほどにスティックを引き絞《しぼ》ると、充分《じゅうぶん》に下げた重心を、なめらかに前脚《まえあし》へ。

「エェイッ!!」

鋭《するど》い呼気と同時、砲撃《ほうげき》じみた発射音が轟《とどろ》いた。直後、一年生たちは信じがたい光景を目に焼きつける。シェンファが放った投球はフィールドの全長を一瞬《いっしゅん》で奔《はし》り抜け、KPのユフィーが反応する余裕《よゆう》もなくゴールへ突き刺《さ》さったのだ。限界までネットを引き伸《の》ばし、ぎゅるるっ、と焦《こ》げつかせんばかりに回転するボール。

「なっ……!?」

エリーゼを含《ふく》むチーム全員が言葉を失うなか、観戦席が熱狂に沸《わ》いた。得意げな顔を浮《う》かべる三年生たちはシェンファ以外身動きもしていない。しかも今のはスキルによる性能《パラメータ》ブーストではなく、単純な彼女の膂力《りょりょく》とマナ圧力による芸当だ。

ぎりっとささやかに歯を食い縛《しば》り、意地っ張りな聖騎士《パラディン》は駆《か》け出しつつ、後方へ合図を送った。

「ボールをちょうだい！」

すかさずKPからDFへ、そしてDFからエリーゼへとパスが繋《つな》げられてくる。しかしその直前、風のように走り込んできた相手ATがボールを掻《か》っ攫《さら》った。

「あっ！」

「これまでの試合は見ていましたわ。パスコースが見え見えでしてよ！」

鮮《あざ》やかにDFをやり過ごし、二ポイント目を挙げる三年生チーム。ここにきて地力の差が露呈《ろてい》してしまった。前二試合の得点はすべてエリーゼによるものなのである。

珍《めずら》しく無表情を乱し、悔《くや》しげに唇《くちびる》を噛《か》む彼女の姿が観戦席からも見えた。その目立たない陰に陣取るゼシカ＝フレッシャーが、一方的な展開に「あわわ」と唇を震《ふる》わせる。

「や、やはりシェンファさま怖《おそ》ろしい……っ！　お願いしますヨォ、みなさん！」

三点目、四点目が為すすべなく奪《うば》われていった段階で、審判を含むフィールド上の三名が目配せをした。強引に切り込んできたエリーゼを、DFのひとりがさりげなくやり過ごす。初のポイントチャンスに、観戦席の一年生集団が沸き上がる。

そしてもうひとりのＤＦは、追いすがるふりをしながらスティックを振りかぶった。狙《ねら》うはオウンゴールである。エリーゼのシュートはシェンファに弾《はじ》かれるだろうが、浮いたボールを自らが誤ってゴールへと叩《たた》き込むのである。王者のシェンファ・チームに対して一ポイントでも挙げられていれば、一年生のエリーゼらを嘲《あざけ》るような声も聞こえてくるまい。

演出するべきは接戦——ＤＦは追いつけるか追いつけないかといったぎりぎりの速度でエリーゼの背後に肉薄《にくはく》し、彼女のスティックに合わせて腕《うで》を振りかぶった。そしてボールの行方《ゆくえ》を注視しながら、強振《きょうしん》の瞬間を見極めていた直後のことである。

スティックの柄頭《えがしら》が、接近し過ぎていたエリーゼのふくらはぎを打った。

「あっ……！」と声を漏《も》らすも、掬《すく》い上げられるように宙を舞《ま》う一年生を止められはしない。

ＫＰのシェンファまでもがはっと息を呑《の》む目の前で、エリーゼは受け身も取れずに芝生《しばふ》へと転がり込んだ。ユニフォームが土に汚《よご》れ、無垢《むく》な手のひらからスティックが零《こぼ》れ落ちる。

「「「エリーゼさまっ……!!」」」

競技場《グラウンド》は一時騒然《そうぜん》となり、試合中断の笛が吹《ふ》き鳴らされた。一年生のチームメイトたちがエリーゼへと駆け寄っていき、スティックを提《さ》げたＤＦは茫然《ぼうぜん》と立ち尽《つ》くす。あたかも崖《がけ》の向こう側であるかのように、近づくことさえできないでいるのが、メリダだ。

「こんなはずじゃ……っ」

ＤＦの青ざめた唇から漏らされた言葉を、拾った者はいるのだろうか。

ざわめきの支配する競技場《グラウンド》の中心で、審判は震える声で判決を下した。

「ぱ、パーソナルファウルよ……。この試合は退場していて」

「……っ」

フィールドを後にするＤＦの足取りがよろめいているのは、ポケットのなかにある《代価》の重みによるものだろうか……。

ともかくも全員が息を詰《つ》め、チームメイトたちが気遣《きづか》う中心で、エリーゼはやがてすっくと身を起こした。泥《どろ》だらけのユニフォームのまま、眉《まゆ》ひとつ動かさずに告げる。

「問題ない。だいじょぶ」

「よかったぁ……！」

真正面のミドはほっと胸を撫《な》で下ろしたが、もっとも遠い位置にいるメリダだけが気づいていた。いつもは自然体の無表情を、今のエリーゼは意識して固めていることに。

――試合、再開である。

人数と精神的な優位が重なり、ドロー・ボールを制したのは一年生の側だった。やはり真っ先にエリーゼへとボールが回される。鋭く敵陣へと切り込んだ彼女だったが、直後、踏《ふ》み出した右足首に無視しきれない激痛が駆け抜ける。

「うっ……!?」

乱れたスティックの先端《せんたん》からボールが浮き上がり、さすがにそれを見過ごすほど敵チームも甘くない。すかさずDFがボールを掻っ攫い、MFを経由して必勝の前線へ。

これで五点差――

「エ、エリーゼさん、やっぱりどこか痛めたんじゃ……っ」

「少し調子が崩《くず》れただけ。気にせずボールを回して」

断固として貫《つらぬ》くエリーゼには、ソニアや他《ほか》のチームメイトも継《つ》ぐ言葉を失う。

とはいえ彼女らにはもう後がなかった。ストラグル・マッチには大差試合《コールドゲーム》がある。七点分引き離《はな》された時点で逆転は不可能とされ、終了《しゆうりよう》時間を待たずに勝敗が決められてしまうのだ。現在シェンファ・チームは連続五得点中であり、一年生らは〇ポイント――

次の一セットで、その点差は《六》に広がった。

やはり綻《ほころ》びとなったのはエリーゼである。あろうことかパスを受けそこなったのだ。走るリズムがいきなりがくん、と崩れ落ちたのを、チームメイトはおろか観客の誰もが認めていた。

認めようとしないのはただひとり、本人だけである。

「まだだいじょぶ……！」

全員の視線を意識して、エリーゼの無表情がさらにこわばる。

「にゃ、あ、あ、あぁ……っ！　まさかこんな形で裏目にいぃ……っ!!」

観戦席の物陰で、ひときわ絶望的な悲鳴を絞っているのがゼシカ＝フレッシャーである。磁石のごとく級友へと肉薄すると、周りからは見えぬ角度で懐《ふところ》に手を差し入れる。

かくなる上はと彼女が駆け込んだのは、やはりセンターラインの審判《しんぱん》のもとだった。

「ぶぶぶぶ、部長！　ここは多少無茶な判定を下してでも、どうにかエリーゼさま側を有利にィ……っ！」

「……ごめんなさいゼシカさん。実は私、もうあなたに協力するわけにはいかないの」

ゼシカは目を疑った。審判の右腰に見覚えのない物がぶら下がっているのである。おしゃれな紙袋《かみぶくろ》にラッピングされたそれからは、甘く香《こう》ばしい匂《にお》いがほんのりと立ち昇《のぼ》る。

声も出ない新聞部員へと、審判はぽっとはにかんで告白した。

「……シェンファさまの手作りマフィンだそうよ」

「ななっ！　そ、そんな超級《ちようきゆう》レアアイテムをいったいどこから……!?」

「──いえ、なに。最近、彼女とティータイムをともにする機会が多いもので」

常に周囲の情報を敏感《びんかん》に探《さぐ》るゼシカにとり、《背後を取られる》など久しく記憶《きおく》にないことだった。いつの間にかフィールド脇《わき》に立っていた黒髪《くろかみ》の美青年は、女生徒たちを虜《とりこ》にしてやまない完璧《かんぺき》な微笑《びしょう》を浮かべてみせる。

ゼシカの観察眼は、その仮面から滲《にじ》み出す嗜虐心《サディズム》を見逃《みのが》さなかった。

「第二試合からどうにも様子がおかしいと思っていたら、やはり下手人がいらっしゃったのですか」

「あわっ、あわ……あわあわわわわ……っ！」

「ゼシカさま、どうぞこちらへ。このオレが《フェアプレイの精神》についてレッスンして差し上げましょう。さあ、遠慮《えんりょ》なさらず……」

「にゃあああああ～～～～～～～～っっっ!?」

ずるずるずると競技場《グラウンド》の裏に引きずられていった少女の最後は、今はだれの関心にも留まらない──

これが最後の一本になろうかという、攻防《こうぼう》の真っ最中である。からくもボール争いを制したのはエリーゼ。同時に仲間のミドが敵ＤＦを、メリダがＭＦを抑《おさ》え、銀色の戦乙女《いくさおとめ》はノーマークで敵陣の最奥部《さいおう》へと躍《おど》り出る。

だがそこには、玉座《ざ》に坐する《クイーン》が待ち構えていた。

「その足で私を突破《とっぱ》できるかしら……？」

試《ため》すかのような微笑を浮かべるのはシェンファ＝ツヴィトークである。油断なくゴールネットをカバーする杖捌《つえさば》きに、エリーゼは中距離《ちゅうきょり》からのシュートを断念。ドリブルによる突破を敢行《かんこう》する。——左右に振《ふ》ることはせず、愚直《ぐちょく》にも真正面から。

二本のスティックが激突《げきとつ》し、二撃、三撃と切り返したのち、四撃目で頭を抑え込んだのはシェンファの側だった。腕力《わんりょく》で負け、前のめりにスティックを引き込まれるエリーゼ。無謀《むぼう》な正面突破を選んだのは、そうせざるを得なかったからだとシェンファは見抜いていた。

片膝《かたひざ》を震わせるエリーゼは、いっそう頑《かたく》なに唇《くちびる》を引き結ぶ。

「みっともないわね、公爵家《こうしゃくけ》の聖騎士《パラディン》ともあろうものが。このままじゃ一本も取れずに惨《ざん》敗《ぱい》よ？」

シェンファは言の葉による刃《やいば》を銀色の頭へと浴びせた。

どこかそれは、氷の壁《かべ》を裂《さ》く熱いバターナイフのようにも思えた。嵩《かさ》にかかった態勢とは裏腹に、シェンファの唇に刻まれている笑《え》みは聖母のごとく慈《いつく》しみ深い。寝言《ねごと》のように心地《ここち》のいい問いかけが、エリーゼの耳にだけ滑《すべ》り込む。

「ねえ、どうするの？」

「……………て」

スティックを地面に押しつけられたまま、前髪の奥で声がささやく。

「ン？」と、御姉《おねえ》さまは訊《たず》ね返した。あたかも教本の答え合わせをするかのように。

絞《しぼ》り出された天使の声は、決して問いに答えたものではあるまい。

「……たす、けて……!!」

黄金《こがね》色の風が舞い込んできたのは、その瞬間だ。

「――ヤァァ!!」

最下段からはね上げられたスティックが、エリーゼのそれを真横から弾く。すると先端のネットからボールが跳《は》ね上がり、宙に浮《う》いたそれをすかさず掻っ攫ったのがメリダである。駆《か》け抜《ぬ》けざま、打撃《だげき》からの回収で一瞬《いっしゅん》にして吹き抜ける黄金の風。――疾《はや》い。

身を起こしたメリダの頬《ほお》は、ほんのりとした朱《しゅ》に染まっていた。

「あ、あんたこそパス回しなさいよ、ばかね！」

「……リ、リ……――」

「ボールがあったから来ただけ！　助けに来たわけじゃないからっ！」

短い会話を交《か》わす余裕《よゆう》があることに、ぱっと顔を振り向けたのはシェンファである。

「ほかの皆《みな》は――」

戦況《せんきょう》はひと目で見て取れた。なんと相手のKPがゴール前を放棄《ほうき》し、メリダの外した後をカバーしているのだ。主将らしき一年生が声を張り上げる。

「みんなっ、メリダさんとエリーゼさんを援護《えんご》して！」

「《総員攻撃陣形《オールオフェンス》》……!! 捨て身の戦法というわけね」

けれど、とシェンファはいっそう愉快《ゆかい》そうに口の端《はし》を吊《つ》り上げる。

五分という制限時間が間近に迫《せま》っていた。審判が試合終了の笛に手を掛《か》けかけている。間違《まちが》いなく次が最後の攻防……！　もはや目を背《そむ》け合っている暇《ひま》はなしと、鏡合わせとなって難敵に向かい合うメリダとエリーゼ。

金色と白銀が、かつてない眩《まばゆ》さでシェンファの目に焼きつけられる――

「……いくわよ！」

「んっ」

両者が左右へ、同時に芝生を蹴《け》り出した。足の状態から見てもエリーゼに無理はさせられまい。ボールを保持しているのはメリダである。

パスの間合いを広げられては、勝ち目がなくなるのはシェンファの側だ。ゆえに彼女は猛然《もうぜん》と前に出た。学院三年生のステータスをいかんなく発揮し、獲物《えもの》の敏捷《びんしょう》力を逆手に取ってまばたきの間に進路を塞き込む最強の杖《つえ》《クイーンスイープ》の撃力をもって、打つ。切り返して即座《そくざ》に弾《はじ》く。衝突音《しょうとつ》が刹那《せつな》に弾け、おぞましい圧力が周囲に飛散。懸命《けんめい》にはね上げられるメリダのスティックが、一撃ごとになかばから歪《ゆが》んでゆく。

飽《あ》くことのない連撃の終わりに、汎用《はんよう》スティックが真っ二つに裂けた。先端からボールが浮き上がる。即座にその軌跡《きせき》を追う、女王の愛杖《あいじょう》。

「もらった！」

シェンファの脳裏《のうり》が回収からの振りかぶり、無人のゴールネットへのロングシュート。華々《はなばな》しいコールドゲームを思い描《えが》いたその刹那、悦楽《えつらく》に歪んだ口もとが、痙攣《けいれん》する。

スティックが砕《くだ》けた瞬間、メリダは同時にそれを手放していた。空いた両手のひらで芝《しば》生《ふ》をつき、下半身がはね上がる。シェンファの鼻先を見惚《みと》れるような美脚《びきゃく》が刈《か》り、スコートが躍る。かかとが打ったのは、《クイーンスイープ》の柄《え》——

軌道《きどう》が鋭《するど》く乱され、受け止め損ねた先端《そこ》はボールを弾いた。シェンファはその行く末を目で追うのがやっと。銀髪《ぎんぱつ》の聖騎士《パラディン》は最初からゴールだけを目指しており、すでに振り上げられていたスティックの先端に、約束の果実が送り込まれる。

年上の御姉さまは、もはや呆《あき》れるように吐息《といき》を漏《も》らすのみだ。

「本当に、あなたたちのコンビネーションってば――……」

スティックが振り抜かれた。今まででもっとも鮮烈《せんれつ》な音色が、伸《の》びやかにゴールネットを揺《ゆ》らす。

直後、得点と試合終了を同時に告げる旋律《せんりつ》が、競技場《グラウンド》の空へ突《つ》き抜けた。

† † †

六対一――

スコアだけを見れば散々な結果である。エリーゼたちのストラグル・マッチはここで閉幕し、敗者はすごすごと天幕へと退散させられた。何はなくともエリーゼを座らせて応急処置を施《ほどこ》すソニアと、めいめいに疲労《ひろう》を労《いた》わるノーマとミド。

「あ～あ、いけると思ったんだけどなぁ」

「負けちゃったね～」

どっかりと椅子《いす》に陣取《じんど》り、誰《だれ》よりも後悔《こうかい》を露《あら》わにしているのが主将のユフィーである。

「いいえっ、万全ならシェンファ御姉さまにだって勝ち目はあったはず……！　くっ、やっぱりコネクションを駆使《くし》して本格的なスティックを揃《そろ》えておくべきだったかしら？　そもそも事前にこれと決めた戦法を徹底《てってい》的に練習しておけば……っ！」

「でも、準決勝まではこられた」

ぽつりと意見を挟《はさ》んだのはエリーゼである。膝《ひざ》もとから見上げ、笑みを返すソニア。

「一年生でベスト4だもん、すごいよね？　エリーゼさんのおかげだよ～」

「そうじゃない」

さらに重ねられた反論に、全員の顔が振り向けられる。

試合後の余韻《よいん》か、エリーゼの頬は熱い。露《つゆ》の揺れる氷のような瞳《ひとみ》を、彼女はチームメイトへと順々に注いだ。

「ユフィー、ソニア、ノーマ、ミド」

あたかも冬を越《こ》えたかのように——

奇跡《きせき》のような笑顔の花が、ふんわりと友人たちへと向けられた。

「みんなのおかげ。ありがと」

「エリーゼさん……っ」

言葉を失うソニアも、面食らうユフィーも、ミドもノーマも同時に、まったく同じことを思っていた。

——あえてメリダさんをはぶいた……!!

天幕の入口で、ぷんすかと芝生を蹴る天使の姿を誰も直視できなかった。

見ていたのは天幕の外側にいるふたりである。遠い物陰《ものかげ》からエリーゼたちの様子を窺《うかが》い、ひそかに安堵《あんど》しつつ顔を戻《もど》したクーファは連れ立っていた女生徒へと告げる。

「ご覧いただけましたか、ゼシカさま？　無用な手入れはむしろ、宝石を曇《くも》らせるだけなのです」

「ううぅ〜……ワタクシが悪かったでずぅ〜〜〜……っっっ‼」

小鳥たちのひと幕を垣間見《かいまみ》て、ハンカチを手に咽《むせ》び泣いているのがゼシカ＝フレッシャーだった。すでに審判《しんぱん》の女生徒と話はつけてある。シェンファ・チームのDFふたりともすぐに和解できるだろう。人知れず暗躍《あんやく》を終えたクーファはやれやれと胸を撫《な》で下ろす。

ただし、このままただ苦労させられただけで終わってはつまらない。

「クーファ先生のご指導、身に染《し》みました！　それじゃワタクシはこの辺で……」

「少々お待ちをゼシカさま、よもやこのまま帰れるとお思いですか？」

「うっ！」

そそくさと離脱《りだつ》しかけた二年生の肩《かた》を、クーファはがっちりと摑《つか》んで引き止める。陰へと連れ戻された女生徒は、覆《おお》いかぶさってくるかのごとき青年の長身から健気《けなげ》に己《おのれ》の体を抱《だ》きしめた。他人に見られたら誤解必至のシチュエーションで頰を染める。

「やや、やっぱりお仕置きですかっ？　ワタクシ、想像もしたことのないようなことされちゃうんですかぁ!?」

「オレがどうこうしたいのは他《ほか》のレディですのでご安心を。――ゼシカさまは新聞部員でしたね？　その人脈を駆使して調べていただきたい方がいるのです」

ぱちくりと演技を忘れたゼシカは、スクープの匂《にお》いに猫《ねこ》のごとく瞳を輝《かがや》かせた。

「そ、それってクーファ先生にとって気になる女の子ってことですか!?　わあっ、とんでもない一面記事が出来上がりますよ!!　お相手はどなたですっ？　どなたです!?」

ややあさっての方に誤解しているのは置いておいて、クーファはつられるように彼方《かなた》へと視線を投げた。赤薔薇《ばら》の制服姿のなかで、いじらしく身を寄せ合う菫色《すみれいろ》の集団を眺《なが》める。

あたかも本当に恋《こ》い焦《こ》がれているかのような、熱っぽい感情が美声にこもる。

「まだ名前も知らぬ御仁《ごじん》です。ええ、オレはあの方のすべてを暴《あば》きたくてたまらない。メリダお嬢《じょう》さまをまぼろしのごとく惑《まど》わす……あの黒水晶《くろすいしょう》の妖精《ようせい》を」

刈り取るような視線のなかに、神秘的な漆黒《しっこく》の輝きは、まだ見えない――

# CLASSROOM：Ⅲ　～純黒《じゅんこく》の水上迷路《ロジカル・メイズ》～

——たとえば。

そこに放課後の教室が広がっていたとする。壁際《かべぎわ》のランタンは最低限にまで灯《あか》りを絞られ、長机のほとんどは薄闇《うすやみ》に沈《しず》んでいる。ぽつん、と。ひとつきり灯《とも》されたランプが一角を淡《あわ》く浮かび上がらせ、その手前に座る少女の美貌《びぼう》を照らし出しているのだ。

その特徴《とくちょう》的な髪《かみ》の輝きから、彼女を《黒水晶《くろすいしょう》の妖精》と呼称《こしょう》しよう。

妖精は分厚い本を手もとに広げていた。教室からはとうにクラスメイトたちの姿はなくなっているものの、彼女は気にしたふうもない。同じ菫色の制服をまとっていながらも、別の世界に存在しているかのようだ。昼間とは打って変わって、どこか異界じみた静寂《せいじゃく》が妖精の読書を見守る。

おもむろにぱたん、とページを閉じ、彼女は薄い胸に本を抱《かか》えた。

どこか艶《つや》っぽいため息とともに、こう零《こぼ》すのだ。

「……もうぜんぶの台詞《せりふ》を覚えてしまったわね」

仮にここにクラスメイトが留《とど》まっていたら、彼女の態度に何を思うだろうか？

ある者はこう考えるだろう。

「台詞を覚えてしまうくらい、彼女はあの本を気に入っているのね」

またある者は、こう感じるかもしれない。

「彼女はきっと演劇部員なんだわ」

あるいは、まったく明後日《あさって》な感想を覚える者もいるはずだ。

「本を抱《いだ》いて憂《うれ》う彼女、なんて絵になるんでしょう！」

実際、妖精がただ単に退屈《たいくつ》しているだけだとしても、本当の心は彼女自身にしか捉《とら》えることはできない。

「どうしてかしら……最近、どんな本を読んでも物足りなく感じてしまうのは」

口淋《くちさび》しそうにつぶやいて、ピアニストのごとき指先を胸《むな》もとへ。

薄い胸の奥で、在《あ》りし日の記憶《きおく》が心臓をとくん、と跳《は》ねさせる。

「あのとき、ふたりきりの見張り塔《とう》で押し倒《たお》されてしまって以来――」

心なしか、唇《くちびる》が艶めく。あたかも物語の乙女《おとめ》のように。

あるいはそう演じる妖精のように。自らの揺れる心さえ、波に戯《たわむ》れるかのごとく、木々のあいだを踊《おど》るかのごとく魔性《ましょう》の彩《いろど》りに変じてみせる――

「《彼》のせいだわ」

それがミュール＝ラ・モールという少女だった。

† † †

古めかしい扉《とびら》が開き、久しい来訪者が教室に顔を覗《のぞ》かせた。きょろきょろと左右に振《ふ》られるのは桜花《おうか》の髪であり、ランプの灯りを受けて輝いたのは翡翠《ひすい》の瞳だった。

「ミウちゃんっ、こんなところにいた……」

「あらサラちゃん、どうかした？」

いちばん大切な《お気に入り》を見つけたとばかり、ミュールは艶然《えんぜん》と微笑《ほほえ》む。閉じた本を膝に載《の》せる親友へと、つかつかと詰《つ》め寄ったサラシャは大きく身を乗り出した。

「もう卒業生の御姉《おね》さまたちが下校しちゃうよ？　お見送りしなくていいの？」

「個人的にお世話になった方たちには挨拶《あいさつ》は済ませたもの。憂いはないわ」

腰《こし》を浮《う》かそうともしない友人に、サラシャはもどかしくなるばかりだ。

「これから街のカフェを借り切って、送別会をやるんだって。わたしたちも行かない？」

ミュールは台詞さえ覚えてしまった本を、意味もなく広げた。

「わたしはいいわ、あまりそばに居すぎると離《はな》れがたくなってしまうもの。サラちゃんだけで楽しんできなさいな」

「もうっ、そう言うと思った！」

どすんっ、と。サラシャはいつもの指定席、すなわちミュールの隣席《りんせき》へと座った。聖ドートリッシュ女学園のスカートが、ふわりと舞《ま》って、お淑《しと》やかに膝へかぶさる。

開け放しの窓から春の香《かお》りを感じさせる今日、彼女らの通う学園では三年生の卒業式が催《もよお》されていた。寮生活《りょうせいかつ》の先輩《せんぱい》たちとはまだ顔を合わせる機会もあろうとはいえ、卒業生は今日限り、慣れ親しんだ制服に袖《そで》を通すことはない。皆《みな》、それぞれの進路へと進むのだ。

女性の自立を重んじる聖ドートリッシュでは俄然《がぜん》、騎兵団《ギルド》への入隊を志す者が多い。

もちろん例外もある。もっとも特異な一例を、サラシャは傍《かたわ》らへと打ち明けた。

「聞いた、ミウちゃん？　ネージュ総室長、卒業と同時にご婚約《こんやく》されたんですって」

クラス委員長を意味する室長の、さらに頂点。つまりは全生徒を代表するネージュ＝トルメンタである。すでに《元》と呼ぶべきだが、ミュールは眉《まゆ》ひとつ動かさずに応じた。

「知ってるわ。この前のお茶会で先輩方が噂《うわさ》していらしたもの」

「もうっ、どうして教えてくれなかったの？　クラスのみんなびっくりしてたよう……」

「室長本人が打ち明けるのを待っていたのよ。先輩方ですら自粛《じしゅく》しているのに、わたしがぺらぺらと吹聴《ふいちょう》するわけにはいかないわ」

くすりと。遠い舞台《ぶたい》を眺めるかのように、作りものめいた微笑《びしょう》を浮かべる彼女。

「さぞや大騒ぎだったでしょうね。キーラ御姉さまに負けないぐらい、ネージュ室長も学園中の妹たちから慕《した》われているんですもの」

サラシャは隣席へと身を乗り出した。親友の視線は無為《むい》に本へと落とされている。

「ねえ、ミウちゃん。ミウちゃんはどうしてクラスのみんなが集まっていると遠く離れていってしまうの？」

「大勢でつるむのが好きではないの。息が詰まってしまうわ」

「たまには、みんなで、おしゃべりしたりしない？」

「わたし別に、そこまで付き合いが悪いわけではないでしょう？」

「良くもないけどね！」

ミュールは椅子《いす》の上で膝《ひざ》を折り、本を抱えた。スカートがまくれ上がる。

「ひとりが性《しょう》に合っているのよ。べったりするなんて子供っぽいじゃない」

「わたしのことは散々引っ張り回すくせに……」

「サラちゃんは特別《トクベツ》」

ちらと笑みを刻んで、それだけで親友の文句を封《ふう》じさせる。

妖精は指揮棒《タクト》のごとく人差し指を振り、歌を思わせる声を響《ひび》かせてみせた。

「それに、こう見えてもわたしだってきちんとクラスのみんなとの距離《きょり》感《かん》を測っているのよ？　たとえば——」

揺《ゆ》れるタクトの先端《せんたん》を、ぴっと窓際の机へ。誰《だれ》もいないふたつの空席に、ミュールは仮想のシルエットをなぞってみせた。

「休み時間、そこに座っているふたりが談笑《だんしょう》していたとする。おもむろに片方が窓の方を見て、『風が気持ちいいわね』なんて口にしたとするわ。——その発言にはどんな意味が込《こ》められているのかしら？　会話が弾《はず》んでいる心地《ここち》良さを別の言葉で表現したのかもしれないわ。あるいは『窓が開いている』ということを教えたいのかもしれない。それとも、単に間が持たなかっただけの可能性もある……そう考えると、ふたりは一緒《いっしょ》にいてもさほど親しい間柄《あいだがら》ではないのかもしれない、なんて想像することもできるわね」

「もう、ミウちゃんったら！」

親友に眉を吊《つ》り上げられて、妖精はおどけたように肩をすくめた。

「ごめんなさい。ちょっと意地が悪かったかしら？」

「そんなふうに強がって。ミウちゃんだって人見知りなだけのくせに」

幼馴染《おさななじ》みゆえのカウンターアタックである。むっ、と。珍《めずら》しく妖精の口もとが不満そうに引き結ばれた。負けず嫌《ぎら》いはお互《たが》いさまである。

「じゃあいいわ、強がりじゃないってところを見せてあげるっ。——サラちゃん、なにか適当な台詞を聞かせてごらんなさい。劇の名言でも、新聞の記事だっていいわ。そうすればわたしは、サラちゃんが思いもよらなかった背景を導き出してあげましょう！」

「ええっ？　そんなこと急に言われても、適当にだなんて……」

当然のごとく戸惑《とまど》いかけたサラシャだが──はたと。

ゼンマイが切れたかのように動きを止めたかと思えば、突然《とつぜん》にすらすらと一連の台詞を述べ始めた。視線は窓の方を向き、教えられた言葉を繰《く》り返す人形のようですらある。

「《嗚呼《ああ》、気が滅入《めい》る。七百六十三ヤードも歩くのはひと苦労だ。まして雨靴《あまぐつ》を履《は》いていれば》……」

「────」

ミュールがきょとんと、そんな親友を見つめ返していたのはほんの数秒。

すぐに机の上に羊皮紙を広げ、愛用の羽根ペンをインクに浸《ひた》してみせた。

「気が、滅入る……七百……六十三ヤードも……──」

やや左上がりの癖《くせ》のある筆記によって、三行の文章《センテンス》が綴《つづ》られた。隣《となり》から、サラシャが頬《ほお》をくっつけるようにして覗き込む。細やかな羽根先が、短い一行目をなぞった。

「まず、この台詞の発言者は──ずいぶんと憂鬱《ゆううつ》であることが分かるわね」

「そうだねえ」

出題者であるサラシャでさえ苦笑《くしょう》する。ミュールは手の甲《こう》で口もとを隠《かく》した。

「それでも歩かなければならない……なんらかの用事があると考えるのが自然ね」

「どんな用事？」

「それは分からないけれど――」

摘《つ》まんだペン先を器用に動かし、ミュールは続いて二行目の冒頭《ぼうとう》を指し示す。

「どこへ行こうとしているのかは分かるかもしれないわ。『七百六十三』というのはすごく正確な数字よ？　普通《ふつう》だったら『約七百』とか、『おおよそ八百』とかいう言い方をするんじゃないかしら。つまりこれは歩かなければならない《距離》というよりは、向かうべき場所の《地点》を表しているんじゃないかと思うの」

「どこへ行こうとしているの？」

「少なくとも、学園内じゃないことはたしかね」

ミュールは颯爽《さっそう》と席を立つと、教室の前後を往復した。まずは黒板から定規を拝借し、続いて本棚《ほんだな》からアクアリムス天鏡区《てんきょうく》の地図を抜《ぬ》き出す。

親友の待つ席へと戻《もど》り、盾《たて》のごとく広げた地図へと定規の剣《けん》を突《つ》き立てた。

「聖ドートリッシュ女学園の敷地《しきち》は約三百㎡――ええと、いちばん長い距離でも四百ヤードってところね。つまりこの《憂いの君》の目的地は、本島のどこかにあるんだわ」

ミュールたちの暮らすアクアリムス天鏡区は、大半が碧《あお》い水に満たされている。人々の生活の基盤《きばん》は水底に打ち込まれた杭《くい》であり、杭に支えられた土台であり、すなわち大小様々な《島》だ。

百を超《こ》す人工の島々は橋と水路によって繋《つな》がれており、フランドールでもふたつとない神秘の光景を作り出している。ミュールの口にした《本島》とはまさしく、人口と施設《しせつ》の密集する天鏡区の中心地である。ちなみに聖ドートリッシュ女学園の占有島《せんゆう》は、中央からぽつんと南東に外れた《離れ小島》に位置していた。

本島の方であれば、定規を躍《おど》らせるスペースは充分《じゅうぶん》。自在に木製の剣を取り回すミュールへと、桜花の友人は真摯《しんし》な面持《おもも》ちで眉をひそめてみせた。

「でもミウちゃん、いったいどこから七百六十三ヤードなのかな？」

「──それが大きな問題だわ」

地図と定規で遊ぶのを切り上げて、妖精《ようせい》は再び三行の文章《センテンス》へと向かい合う。

羽根先で冒頭から末尾《まつび》までを何度もなぞって、やがて明確な道標を投げ捨てた。

「どうして《ヤード》表記なのかしら？」

フランドールで一般《いっぱん》的に用いられているのはメートル法である。マイルやヤードで距離を表すのは、どちらかといえば古めかしい、昔ながらのやり方に多い。

自らが提示した疑問を、ミュールは己《おのれ》の言葉で切り崩《くず》す。

「仮説だけれど、《距離《ヤード》》と《庭《ヤード》》をかけているのかもしれないわ」

「庭？　アクアリムス天鏡区の庭っていうと……カルロ・カパス財団の秘密庭園？」

天鏡区ではもっとも有名なガーデンである。ちなみに《秘密》と大仰《おおぎょう》な名前が付けられているものの、約四十年前に一般開放されて以来、美術館、図書館、私立スクールと多彩《たさい》な見どころが併設《へいせつ》される観光名所となっている。

同じ可能性に行き着いていたミュールはさっそく定規の端《はし》を当ててみるものの、ぴったり七百六十三ヤードの距離にめぼしい施設は見当たらない。

かくなる上は、さらなる仮説を塗《ぬ》り重ねるほかなかった。

「仮にこの台詞《せりふ》の発言者が聖ドートリッシュ女学園の生徒だった場合――わたしたちにとっての《庭》ってどこだと思う？」

「え？　ええと、つまり……」

「つまりはここよ」

とんとん、と。ミュールの人差し指が地図の一角をつついてみせる。それは《聖ドートリッシュ》と印字された離れ小島を示しているのであり、同時に彼女らの陣取《じんど》る机を、生活の拠点《きょてん》である学園そのものを示している仕草でもあった。

はっと気づいたサラシャが、いっそう親友にくっつくようにして身を乗り出す。

「この学園から――わたしたちの《庭》から七百六十三ヤードの距離っていうと――」

「いいえ、違《ちが》うわサラちゃん。この《憂《うれ》いの君》は学園を出発して、七百六十三ヤードも歩かなければならない、本島のどこかにある目的地に向かおうとしているの。わたしたち学園の生徒が本島に出かけようとしたとき、まずはどうするかしら？」

「そっか！　まずは船に乗って――」

「最寄《もよ》りのアカデミア船着き場へと向かうわね。そこから歩き始めるのだから……」

ミュールはさっそく定規の端を動かし、離《はな》れ小島と最短の距離にある、船着き場のマークへと零《ゼロ》の数値を合わせる。

途端《とたん》、自分自身で驚《おどろ》いたかのように快哉《かいさい》を叫《さけ》んだ。

「ビンゴ！　ぴったり七百六十三ヤードの位置にウェルチ大橋があるわ。ここが《憂いの君》の目的地なのよ！」

大理石でできた荘厳《そうごん》なアーチ橋である。天鏡区の民《たみ》にとって待ち合わせ場所の定番であり、常に大勢のひとでごった返す観光の拠点でもあった。

満点を引き出したとばかりに胸を張る親友の前で、サラシャはなおも慎重《しんちょう》だった。自らも身を屈《かが》めて地図を覗《のぞ》き込み、それぞれの位置関係を確かめる。

十三歳にしては大きめのバストが、上体とともにふるんと引き上げられた。

「でもね、ミウちゃん。大事なことを忘れてると思うの」

「あら、なにかしら？　サラちゃん」

サラシャはすっと指を差す。ウェルチ大橋への道のりを——地図の上で規則正しく切り分けられた人工島と、その隙間《すきま》を網《あみ》の目のように走る無数の水路を。

「七百六十三ヤードなんて、一キロもないよ？　そのぐらいの距離を歩くのも面倒《めんどう》なんだったら、なおさら小舟《ゴンドラ》や水上《ヴァポ》バス《レット》を使えばいいんじゃないかな？」

ミュールは机に肘《ひじ》をつき、再び手の甲で口もとを隠した。

「……たしかに言う通りだわ」

アクアリムス天鏡区では自動車や馬車はもとより、自転車の往来すら禁止されている。それらの代わりを果たすのは船であり、日々の買い物すら船の上で済ませることができるほどなのである。

仮に本島で遠出の用があった場合、アカデミア船着き場で適当なゴンドラ乗り《ゴンドリエーレ》に声をかけ、乗船料を支払《しはら》えば済むまでの話だ。わざわざ憂鬱がってまで徒歩を選ぶ必要性が感じられない。

「ということは可能性はひとつ。——船を使わなかったんじゃなく、使えなかったのよ」

「どういうこと？」

「見てごらんなさい、サラちゃん。文章にはまだ三行目があるわ」

ミュールはわざわざ新たにインクを浸し、該当《がいとう》の個所に下線を引いて強調する。

「《まして雨靴を履いていれば》……わたしたちが雨靴を必要とするのはどんなとき？」

考えるまでもなく、ランタンに覆《おお》われた街区《キャンベル》に雨など降ろうはずもない。ただしこのアクアリムス天鏡区においてのみ、住民は日常的に雨靴を用いる機会がやってくるのである。

サラシャはすぐに気づき、ぽん、と可愛《かわい》らしく手のひらを合わせた。

「そっか、水門！」

「そういうことでしょうね」

天鏡区では人為《じんい》的に水の流れを生み出すために、各所の水門を一定の周期で開閉させている。すると水路には水位の上昇《じょうしょう》が起き、アーチ橋の下をくぐることのできない時間帯が訪《おとず》れる。調整がおおざっぱならば、石畳《いしだたみ》まで水に浸されることがあるほどだ。

水位の上昇が起きている区画では、船の交通が大幅《おおはば》に制限される。ただでさえ複雑怪奇《かいき》な水の迷宮《めいきゅう》のなか、熟練のゴンドリエーレでさえ客を乗せたまま延々迷子になってしまう光景も珍しくない。

《憂いの君》はそれを避《さ》けたのだ。面倒であろうと歩いて向かわざるを得なかったのだ。

ミュールはあらためて、アクアリムス天鏡区の地図を手もとに引き寄せた。

「アカデミア船着き場からウェルチ大橋へと向かう道で、水門の調整によって船が使えなくなるのは…………夕方の五時半から六時半のあいだ！　つまり、この三行目は時間を表しているんだわ」

慌《あわ》ただしく資料の上下を入れ替《か》える。掲《かか》げたのは自らが三行を綴った羊皮紙だ。

「《嗚呼、気が滅入る。七百六十三ヤードも歩くのはひと苦労だ。まして雨靴を履いていれば》……まとめるとこの台詞は、《夕方の五時半から六時半のあいだに、ウェルチ大橋へと向かいます》という意味の文章になるのよ」

「すごいっ、ミウちゃん！」

親友はきらきらと尊敬のまなざしを向けてきたが、黒水晶《くろすいしょう》の妖精は取り立てて誇《ほこ》るようなことはしなかった。

「わたしだって驚いてるわ、こんなに綺麗《きれい》な推論になるなんて思わなかったもの。――ねえサラちゃん、この台詞、本当にいま適当に思いついたの？」

サラシャは、冷静になったかのように身を引いた。視線を明後日《あさって》へと向かわせる。

「ううん。実はね？　ちょっと気になったから覚えてて……」

「どこに書いてあったの？」

「大広間の掲示板《けいじばん》。卒業生の御姉《おね》さまたちの寄せ書きのなかに」

つまりは学園を去る先輩《せんぱい》たちが、三年間の思い出や在校生らへの激励《げきれい》のメッセージを残していく場である。反対に、後輩《こうはい》から卒業生へのはなむけの言葉という可能性もあろう。人付き合いにさほど熱心ではないミュールとても、眉《まゆ》をひそめざるを得なかった。

「寄せ書きのなかに？」

「変だよね？　クラスのみんなも話題にしてたから、ちょっと覚えてて」

「…………」

ミュールはしばし、唇《くちびる》に指を当てて考え込んでいた。

やがて羊皮紙と羽根ペンをまとめると、席を立つ。地図と定規をもとの場所へと返却《へんきゃく》してゆくその背中に、サラシャは遅《おく》ればせながら腰《こし》を上げた。

「あっ、帰るの？」

ミュールは気ままに振《ふ》り返り、艶《つや》っぽい微笑《びしょう》を見せつけた。

「ちょっと寄り道していきましょ？」

†　†　†

寄り道と言うには遠回りすぎる距離を迂回《うかい》して、ふたりが向かったのは礼拝堂の大広間である。入口に掲げられている大きな掲示板に、卒業生たちの最後の言葉がカラフルな色《しき》彩《さい》で綴《つづ》られていた。

学生鞄《かばん》を提《さ》げたミュールとサラシャは、その右下隅《すみ》に着目していた。ちょうど目線の高さにあるそのスペースには——不自然な空白が生まれていた。黒板消しによって、白いチョークがこすられた跡《あと》だけが残されている。

「ここに書いてあったんだけど……消されちゃったみたいだね」

サラシャがなんの気なしに言って、ミュールは無言で手のひらを伸《の》ばす。もう読み取ることのできない誰《だれ》かの想《おも》いが、妖精の指先に付着する。白く染まったそこを何度かこすり合わせ、舞《ま》い落ちる粉とともに少女の声が零《こぼ》される。

「……どうして消したのかしら」

「えっ？」

「だって卒業生の御姉さまが残していったものか、在校生からの贈《おく》る言葉なのよ？　別に何かを中傷するような内容でもあるまいし、何も消すことはないいじゃない」

「たしかに……」

サラシャはピンクのチョークを取り上げかけて、やはりケースへと戻《もど》した。

「書くスペースが足りなかった——ってこともないよね」

それならば消した後に、別の文章が残されているはずである。自分で答えに辿《たど》り着いた友人へとミュールは新たな切り口を提示した。華奢《きゃしゃ》な人差し指を、ぴっと立ててみせる。

「講師の先生方やシスターの仕業《しわざ》ということはあり得ない。ここにあった《憂いの君》の台詞を消すことができるのはふたりだけよ。ひとりはそれを書いた本人か──」

「もうひとりは？」

ぴっ、と。二本目の指が立てられる。

「メッセージの受取人か」

はっと気づいたように、サラシャの顔が妖精《ようせい》の美貌《びぼう》へと振り向けられる。

「つまりさっきの、《五時半から六時半にウェルチ大橋へ》っていうのは、待ち合わせの暗号ってことっ？」

「おそらくね。メッセージを消したのは《暗号を解いて確認《かくにん》しました》っていう相手からの返答でしょう。このやり方だと、伝えられるのはやはり一対一……。差出人のヒントすらないのは、筆跡《ひっせき》で伝わるぐらい親しい間柄《あいだがら》っていうことかしら」

ミュールはもういちど手のひらを伸ばした。もとより白い指先を、今度は触《ふ》れさせることはしない。

「わざわざ待ち合わせ場所に学園外を指定したのは、講師の先生方や、わたしたち他《ほか》の生徒には聞かせられない話をするためだったりしてね。──果たし合いかしら？　卒業前に最後の勝負を……とか。学園内だといろいろと面倒ですものね」

冗談《じょうだん》めかした最後の台詞《せりふ》を、サラシャは冷静に受け止めてはいない。感心したように、しきりに口をぱくぱくとさせて、しかし大きくかぶりを振った。

「でもミウちゃん、それならなおさらおかしいよっ。待ち合わせの片方は、少なくとも卒業生の御姉さまなんだよね？」

「おそらくは受け取る側がね。彼女らなら間違《まちが》いなく、全員がこの掲示板に目を通すでしょうから」

プリンセスのような桜花《おうか》の髪《かみ》が、なおも左右へと躍《おど》る。

「先輩たち、明日にはもう学園からいなくなっちゃうんだよ？　わざわざ学園の外まで連れ出すほど大事な話があるんだったら、こんな回りくどいやり方で伝えようとするかな？　筆跡で伝わるぐらい親しい仲なら、それこそ直接誘《さそ》えばいいじゃない」

「…………」

ミュールは同意しかけて、しかしこれまで積み重ねた推理が彼女にそれを許さない。記憶《きおく》の迷宮をさかのぼり、脳裏《のうり》に羊皮紙を広げた。滲《にじ》むように文章が思い出される。

「なんらかの事情でこうせざるを得なかった可能性もある……だけど思い出して、サラちやん。《憂《うれ》いの君》は憂鬱《ゆううつ》がっているの！」

強めた語尾《ごび》とともに、閉じていたまぶたを開く。鋭《するど》い眼光が親友の瞳《ひとみ》に向けられる。

「目的地に向かわなければならないけれど、同時にそれを憂いている……あの三行の台詞には、差出人の心情がありありと表されていたわ。相手に伝えたい気持ちと、気づかないでほしい気持ちがない交ぜになって——こんな方法を取ることしかできなかったんじゃないかしら」

「でも、相手のひとは気づいた……」

サラシャは目の前にある、かすれて読めない白墨《はくぼく》の名残《なごり》へと視線を戻す。

ミュールも同じものを見て、それを書いた者と、消した者の姿を幻視《げんし》する。

「……待ち合わせに応じるつもりがないのなら、メッセージを消す必要はないわ。《憂いの君》がどういう心境であろうと、相手はウェルチ大橋で彼女のことを待ってるのよ」

礼拝堂の中央に立つ柱時計を見上げ、感情のない声でサラシャは呟《つぶや》く。

「もうすぐ、五時半だね」

一方、ミュールは大仰《おおぎょう》に鞄を振り、大胆《だいたん》にも肩《かた》へ担《かつ》いだ。講師やシスターに見つかったらお説教を免《まぬか》れないはしたない仕草で、不敵に口の端《はし》を上げる。

「ねえ、サラちゃん」

「なぁに、ミウちゃん？」

「——ホットチョコレートでも飲みにいかない？」

それを提供する店は、もちろん学園の敷地《しきち》内にはない。

† † †

アクアリムス天鏡区《てんきょうく》をS字に貫《つらぬ》く大運河の中心に、ウェルチ大橋はあった。本島を東西に分かつ交通の拠点《きょてん》であり、絶えず大勢の街人が石畳を行き交《か》っている。

何重ものアーチを描《えが》く白い大理石が見どころである。柱廊《ちゅうろう》の内側には商店が軒《のき》を連ねており、伝統の金細工の輝《かがや》きが歌劇《オペラ》の世界へと通行人を誘《いざな》うかのようだった。

大運河を望む欄干《らんかん》には待ち合わせの人影《ひとかげ》も多い。そのなかに、お洒落《しゃれ》にもホットチョコレートのタンブラーを傾《かたむ》けているふたりの女学生の姿があった。あたかも妖精と姫君《ひめぎみ》のツーショットを守らんとするかのように、自然と間隔《かんかく》をとる周囲の人々。

「いないね……」

「いないわね」

お淑《しと》やかに談笑《だんしょう》でもしていれば絵画にさえ描かれるだろうが、今のふたりは退屈《たいくつ》そうにタンブラーを持て余しているばかりだった。生クリームはとっくに溶《と》けて、濃厚《のうこう》なチョコレートの渦《うず》にまだら模様を生み出している。

あくまで偶然《ぐうぜん》の体《てい》を装《よそお》ってウェルチ大橋まで足を延ばしたミュールとサラシャだったが、同じくここで待ち合わせをしているはずの《憂いの君》と相方の姿を見つけることはいまだできていなかった。暗号の時刻ぴったりから席取りをしていたのだから、行き違いになってしまったということはあるまい。

むしろ指折りのお嬢《じょう》さま学校である聖ドートリッシュの制服を着ていることもあり、自分たちの方が視線を集めてしまいそうだ。サラシャは肩を縮こまらせた。

「ひとも多いし、見失っちゃったのかな？」

一方、ミュールは行き交う人波に鋭い視線を投げ続けている。

「それとも、わたしの考えが間違っていた……？」

ありえないわ、と声に出さずに呟く。

やがて六時の鐘《かね》が鳴り、街中のランタンが目に見えて光量を落とす。家路につく人々の姿が目立ち、早足でふたりの前を通り過ぎてゆく。

さらに無為《むい》な十分が過ぎた頃《ころ》、タンブラーの底に残っていた最後のチョコレートを、ミュールはぐいと呷《あお》った。

「もう飽《あ》きちゃったわ。帰りましょ？」

「あっ。——もう、ミウちゃんったら」

それきり欄干から背中を離《はな》し、遠ざかっていってしまう妖精である。「あいかわらずなんだから」と慣れたように呟いて、サラシャも最後の一滴《いってき》を喉《のど》に流し込んだ。

ふたりでタンブラーを返却し、東側の階段から橋の外へ。

聖ドートリッシュへの帰り道を辿ろうとしたその矢先、ふもとの船着き場で深い藍色《あいいろ》の色彩が少女たちの視線を引いた。背の高い、同じ学園の制服姿である。

とはいえ、ひとりだ。それもゴンドリエーレに声をかけようとしている。特に気に留めることもなく、その背後を通り過ぎようとするふたり。

会話が聞こえてきた。

「すみません、ラフェニー劇場への道をご存じではありませんか？」

「あん？　それなら俺のゴンドラで連れてってあげるよ。乗ってきな」

「あっ、いえ……それでは《歩いて七百六十三ヤード》にならないので」

「「——っ!!」」

劇的な反応を示したのはミュールとサラシャである。「なんだそりゃ？」と首を捻《ひね》っているゴンドリエーレをよそに、その真向かいにいる女生徒の背中へと駆《か》け寄っていく。

勢い余って肩を摑《つか》み、強引《ごういん》に振り向かせてしまったのは失礼に当たるだろうか。

なにせ驚《おどろ》いた顔で振り向いた彼女は、昨日まで自分たち聖ドートリッシュ生の代表を務めていたのである。

「「ネージュ総室長!?」」

† † †

「──そう。あなたたちにも気づかれてしまったのね」

どことなく気落ちした彼女の声に耳を傾けるのに、ウェルチ大橋は賑《にぎ》やか過ぎた。脇道《わきみち》に入り、それとなく通行人を眺《なが》めながら言葉を交わす、聖ドートリッシュの乙女《おとめ》たち。

まもなく二年生へと上がるサラシャは、卒業を迎《むか》えたネージュ室長へ遠慮《えんりょ》がちに身を乗り出す。

「寄せ書きに記されていた待ち合わせの相手って、ネージュ室長だったんですね」

「差出人に心当たりはありますの？」

さっそく切り込むミュールである。

それに応《こた》えるネージュ室長の声は、どこか心細かった。集会で凜《りん》と背筋を伸ばしていた威厳《いげん》など見る影《かげ》もない。役職から離れ、年相応の顔を取り戻したということだろうか。

あるいは単純に、塞《ふさ》いでいるだけとも言えるだろう。

「ええ、親しくしていた後輩《こうはい》の子よ。卒業も間近だっていうのに、ここ最近ちっとも顔を合わせてくれないと思ったら、こんなやり方で呼び出してくるなんて……」

だけど、と。なめらかに待ち合わせのペアが出来上がりつつあるウェルチ大橋を眺めやる。

切れ長の瞳が、淋《さび》しそうに細められた。風に千切れる寸前の針葉樹の葉のように。

「……かつがれたのかもしれないわね」

「ネージュ室長……」

なんと声をかけたらよいのか分からず、言葉を呑《の》み込むサラシャ。

一方、それで収まりがつかないのがミュールだった。

「室長、アクアリムス天鏡区の地図を持っていまして？」

「え？　ええ、一応……」

「貸してくださいましっ」

先輩《せんぱい》からひったくるように地図を奪《うば》って、道端《みちばた》の樽《たる》の上に広げてみせるミュール。

親指の爪《つめ》を噛《か》んで、切り裂《さ》かんばかりにページを睨《にら》みつけた。

「ここまで手の込《こ》んだことをしておいて、待ち合わせをすっぽかすだなんてありえませんわ！　なにか……なにか見落としていることがあるはずなのよ！」

ネージュ室長もそう考えたからこそ、時間ぎりぎりになって場所を移そうとしたのである。他《ほか》のふたりも、瞳に炎《ほのお》をよみがえらせて地図を覗《のぞ》き込んだ。

しかし何度距離《きょり》を測り直しても、学園の船着き場から七百六十三ヤードの位置にあるのはウェルチ大橋だけである。ネージュ室長が第二候補にと目をつけたラフェニー劇場は、やや距離が短い。歩かずともゴンドラで一直線にゆける。

ミュールは片目に手のひらを当て、無理矢理に思考を暗闇《くらやみ》へと潜《もぐ》らせた。

「七百六十三ヤードも歩くのはひと苦労だ……まして雨靴《あまぐつ》を履《は》いていれば……七百六十三ヤードも歩くのはひと苦労だ……まして雨靴を履いていれば……」

「ちがうよ、ミウちゃん。一行目の《嗚呼《ああ》、気が滅入《めい》る》が抜《ぬ》けてるよ」

「ええ、分かってるわ。だけど——」

反論しかけた、一瞬《いっしゅん》。

親友の声が、天啓《てんけい》のごとく、思考の出口をフラッシュさせた。

「そっか……！　《憂いの君》は気が滅入っているのよ！」

「ミ、ミウちゃん？」

「なにかが引っ掛《か》かると思っていたら、それよ！　待ち合わせの場所と時間を表すのに、《気が滅入る》なんて表現はまったく必要ではないの。それでもその言葉が足されているからには、なんらかの意味が込められているはずなのよ！」

サラシャは答えを求めて地図を覗き込んだ。しかし黒水晶《くろすいしょう》の妖精《ようせい》の思考は、水路の構造のごとく複雑怪奇《かいき》である。

「どういうことなの、ミウちゃん？」

「よく考えてみて。《気が滅入る》なんて口に出すほどの子が、憂鬱《ゆううつ》な目的地までまっすぐ最短で向かおうとするかしら？」

はっ、と。ひと足先に顔を跳《は》ね上げたのはネージュ室長である。

「どこかで寄り道をする……？」

「おそらくはそれを表しているのだと思いますわ」

「でもっ、それだけで決めつけるのは……」

サラシャが慎重《しんちょう》に待ったをかけるが、興奮気味の妖精の勢いは止まらなかった。

「引っ掛かっている点は他にもあるわ。ウェルチ大橋の方を見てごらんなさい」

言われてあらためて、サラシャとネージュ室長の顔が振《ふ》り向けられる。

帰宅の時間帯が近づき、いよいよ橋の上は東西へ渡《わた》る街人でごった返しつつある。仮に今《憂《うれ》いの君》が——ネージュ室長の後輩が姿を見せていたとしても、互《たが》いを見つけ出すのはそれこそひと苦労だろう。

待ち合わせ場所の定番という、このロケーションこそが最大の違和感《いわかん》だった。

「《憂いの君》はわざわざ学園外に連れ出してまでネージュ室長にお話ししたいことがあるの。わたしたち学園の生徒どころか、きっと誰《だれ》にも聞かれたくないと思っているに違《ちが》いないわ。……あんな騒《さわ》がしいところで、込み入った話ができるかしら？」

「合流したあとで、場所を変えるつもりなのかも……？」

自信なさげなサラシャの反論に対し、ミュールはかぶりを振る。

「それだと待ち合わせの意味がないわ。初めから静かな場所を指定しておけばいいだけよ。――そして、《憂いの君》はそうしたの」

ミュールは学生鞄《かばん》からインク瓶《びん》と羽根ペンを取り出した。所有者に断りを入れるゆとりもなく、アカデミア船着き場からウェルチ大橋までの道のりに線を引いてゆく。

あらためて地図に覆《おお》いかぶさり、食い入るように睨みつけた。

「学園からここに辿《たど》り着くまでに……寄り道ができて……ふたりきりで話ができるような場所は…………四カ所!!」

ネージュ室長も地図に身を乗り出した。はやる心が、柳眉《りゅうび》をひそめさせる。

「……さすがにこれらをひとつひとつ回っていたら、真っ暗になってしまうわね」

「いいえ、向かうのは一、カ所だけで問題ありませんわ」

ミュールは再び羽根ペンを取り上げた。インクを浸《ひた》した先端《せんたん》が、艶然《えんぜん》と輝く。

「思い出してくださいまし、《憂いの君》は雨靴を履いていているのです。この四カ所のなかで、雨靴で渡れる程度の浅い水路に隔《へだ》てられているのは——」

カツッ！　と。答案用紙のごとく地図にチェックが刻まれる。

「スティヴァーレ広場!!　ここが本当の待ち合わせ場所なのですわ！」

ネージュ室長はウェルチ大橋の大時計を見やった。自身の腕《うで》時計でも二重に確認《かくにん》する。

「間に合うかしら。約束の時間までもう間がないわ……」

「——御姉《おね》さまっ、こちらに乗ってください！」

脇道のさらに奥から、芯《しん》の強い響《ひび》きがミュールとネージュを呼んだ。見ればそこに放置されていたゴンドラを鮮《あざ》やかに拝借し、サラシャがオールを水路に突《つ》き立てている。

昨年の秋、ルナ・リュミエール選抜《せんばつ》戦で水の試練に臨《のぞ》んだ彼女の勇姿をネージュは思い出した。たしなめるべきかもしれないという優等生の思考が、一瞬だけ脳裏《のうり》をかすめる。

「今の私はもう、総室長ではなかったわね？」

くすりとささやいた彼女の傍《かたわ》らを、黒水晶の髪《かみ》が駆け抜ける。係留ロープを外し、ゴンドラの内側に片足をかけ、振《ふ》り返りざまに手を差し伸《の》べる。

最後の夢へと誘《いざな》う、妖精のように。

「お手をどうぞ、御姉さまっ！」

アクアリムス天鏡区《てんきょうく》の迷宮《めいきゅう》じみた街並みには、誰の目にも留まらないような隠《かく》れ家《が》が多い。たとえば袋小路《ふくろこうじ》の終着点、崩《くず》れかけた壁《かべ》の向こう、地元の人間すら通らない狭《せま》い水路のほとり――

†　†　†

水の出ない噴水《ふんすい》の前に、聖ドートリッシュの女生徒が背中を丸めていた。ランタンの灯《あか》りは蛍《ほたる》のように心許《こころもと》ない。手入れのされていない広場では、風で運ばれてきた種子が思い思いの花を咲《さ》かせていた。――六時、二十八分。

水路のせせらぎに背を向けて、わだかまる暗闇に彼女は目を落とし続ける。固く握《にぎ》りしめていた懐中時計《かいちゅう》の針が、ぴったり三十分を示した瞬間のことだった。

「――カルラ!!」

前触《まえぶ》れもなく空気を切り裂いた声に、少女ははっと顔を跳ね上げる。瞳《ひとみ》に留《とど》まっていたしずくが、ぱっと暗闇に星を散らした。

カルラ＝シャルール――どこか、職人に愛された人形のような風貌《ふうぼう》の少女だった。綿菓《わたが》子《し》めいた髪の毛が躍《おど》り、振り返る。

いつの間にか広場の入口に乗り上げ、なりふり構わずゴンドラから飛び出してくる上級生の姿に、カルラは夢が終わらぬようにと口もとを覆った。

ここまで遠回りしてきてくれるはずがないと、思っていたのだ。

「うそっ……気づいて、くれた……っ‼」

駆《か》け寄りざまに強く抱《だ》きしめ合うふたりの姿を、ゴンドラの上からミュールとサラシャが見つめていた。

カルラの声は遠く、涙《なみだ》混じりでまるで要領を得なかったが、彼女はずっと泣きながら何かを伝え、そして謝《あやま》っていた。

——ごめんなさい——

——困らせてごめんなさい、先輩——

そんな彼女を、ネージュはひたすらに優《やさ》しく抱きしめ続ける。

——いいのよ、カルラ——

——ありがとう——

立ち入ることなど許されず、ミュールとサラシャはゴンドラの上からその光景を見守るのみだ。ふたりの涙の意味は、推論することしかできない。

『学園内ではできない、講師やほかの生徒にはぜったいに聞かせられない話』

『今日限りで会えなくなってしまうひとに伝えておきたいこと』

『けれど伝えるのが怖《こわ》くて、二の足を踏《ふ》んでしまう気持ち』――

ミュールは視線を動かさないまま、ぽつりと言った。

「ネージュ室長、ご婚約《こんやく》されたんだっけ……」

船上の友人から返る声は、なかった。

代わりにサラシャは立ち上がり、立てかけていたオールを引き上げる。

「……行こっか、ミウちゃん？」

「そうね」

そうしてゴンドラは波を広げ、束《つか》の間の夢から遠ざかっていく。

抱きしめ合うふたりの姿は、すぐに水路の向こう側へと消えた。

しばらく水の流れに任せたのち、妖精の麗《うら》らかな声が空気を震《ふる》わせた。

「《嗚呼、気が滅入る。七百六十三ヤードも歩くのはひと苦労だ。まして雨靴を履いていれば》――」

手のひらでオールを転がしながら、サラシャは黒水晶の髪を見下ろした。そんな親友を肩越《かたご》しに見上げて、ミュールはくすりと笑う。

「ずいぶんな冒険《ぼうけん》になってしまったものね？」

「ふふっ、そうだねえ」

サラシャは勢いよくオールを漕《こ》いだ。船首が波を広げ、心地《ここち》良さそうに水が跳ねる。

やがて大運河が近づき、建物の高い屋根の向こうから灯りが立ち昇《のぼ》ってくる。今はまだ遠い、人々の気配……座席に深く背中を預けながら、ミュールはなんの気なしに言った。

「ねえ。卒業生の送別会が開かれるカフェって、この辺りじゃなかったかしら」

「え？　うん」

「――わたしたちも参加させてもらいましょうか」

オールを操《あやつ》るサラシャの手もとが、さすがに乱れた。親友は振り返りもしない。

「どういう風の吹《ふ》き回し？　ミウちゃん」

「別に？　ちょっとした気まぐれよ」

「もう……」

慣れたように苦笑《くしょう》をこぼしつつ、サラシャは舳先《へさき》の向きを変えた。

何年もの付き合いがありながら、まさしく妖精の名が相応《ふさわ》しい彼女の振る舞《ま》いにサラシャは翻弄《ほんろう》されるばかりだ。いくら論理的な推測を重ねたところで、迷いの森じみたミュールの思考を完全に捉《とら》えることなどできやしない――

そういえば、と。サラシャは自らの思考の森で迷子になっていた話題を掬《すく》い上げる。

「ミウちゃん、この春休みに兄さんの王爵戴冠式《おうしゃくたいかんしき》があるでしょう？」

「ええ、いよいよね」

「巡礼《じゅんれい》の手助けにきてくれるんですって。――メリダさんの先生が」

がたんっ！　と、何事かと思えばミュールが座席から滑《すべ》り落ちた音だった。

何事もなかったかのように座り直す彼女は、やはりこちらを振り返ろうとしない。

「だ、大丈夫《だいじょうぶ》、ミウちゃん？」

「えっ、ええ……。それより、ええと、なんてお名前だったかしら？　彼」

「クーファ＝ヴァンピール先生、だって。聖フリーデスウィーデで大人気みたいだよ？」

「ふぅん、そう……クーファ＝ヴァンピール……クーファ、さま………」

――たとえば。

まるで人影《ひとかげ》のないこの水路に、今、噂《うわさ》の青年教師が顔を覗《のぞ》かせたとする。彼はなにを見るだろうか。座席の上でもじもじと膝《ひざ》をこすり合わせ、意味もなくスカートの裾《すそ》を引っ張って、黒水晶《くろすいしょう》の髪を指先でもてあそぶ少女の姿に、どんな感想を抱《いだ》くだろうか。

彼女は親友から見えない位置で、赤く染まった頰《ほお》を緩《ゆる》ませているのだ。

「お会いしたら真っ先に、この前のお礼をしなければいけないわね？」

「ミ、ミウちゃん？　なにか悪いこと考えてない？」

「とんでもないわ。ただ、メリダちゃんったら彼にべったりみたいだから、もし知らないあいだに他《ほか》の女の子が仲良くなってたら、きっとぷくぅ〜って可愛《かわい》らしい顔でやきもち焼いてくれるんだろうなぁって……ふふっ」

「も、もうミウちゃんっ。クーファ先生はお仕事で来てくれるんだよ？」

そこでようやく振り返る。お菓子《かし》の山を見つけた妖精《ようせい》そのものの美貌《びぼう》が輝《かがや》く。

「あら、サラちゃんも協力するのよ？　彼のすまし顔が乱れるところを見たいでしょう？」

至極《しごく》一方的なことを言って、戯《たわむ》れのように目の前のスカートをめくり上げる。誰にも見られるわけがないものの、サラシャは「きゃっ！」と、軽く翻《ひるがえ》った裾を押さえつけた。めったにない浮《う》かれようだと、彼女は二重に驚《おどろ》かざるを得なかった。

目を白黒させる親友の視線に、ミュールは取り合っているゆとりもない。

「嗚呼《ああ》、がぜん春休みが待ち遠しくなってきたわね……っ。新しいドレスを取り寄せておくべきかしら？　前お会いしたときは制服姿だったもの。刺激《しげき》的な出会いを演出するためには新鮮味《しんせんみ》が必要よね？」

「ええと、ミウちゃん……？　目的を分かってる？」

「目的？　もちろんよ！　春季休暇《きゅうか》が終わる頃《ころ》には、彼はわたしから離《はな》れがたくなっているはずだわ。わたしの前に膝をついて、指先にキスをして、『マイ、フェアレディ。オレの心を預かっていただけませんか？』なんて求めてくるのよ。そうしたらわたしは、彼の後ろにこう問いかけるの。――『どうしたらいいと思う？　メリダちゃん』

きゃあっ！　と。ミュールは自分の体を抱きしめて身震《みぶる》いした。

「どうなるか想像もつかないわ！　この上もないショウになるわね！」

「ミウちゃん、楽しそうだね……」

「当然よ！　彼と過ごす日々を想《おも》うだけで、今から――……！」

たとえば――ここに彼女らのクラスメイトがすれ違《ちが》ったとしたら。

桃色《ももいろ》の唇《くちびる》を艶《つや》めかせる、妖精の悪戯《いたずら》っぽい笑《え》みを目《ま》の当たりにしたとしたら。

薄《うす》い胸を両の手のひらで押さえ、熱い鼓動《こどう》を感じている乙女《おとめ》の姿に、

「なによりも胸がときめくわ」

ある者は『悪戯好きな性格だ』という感想を抱くかもしれない。

別の者は『メリダという子を気に入っているのだ』と判断するだろう。

そして、またある者は……――

# CLASSROOM：Ⅳ　〜美桜《みさくら》の蜜月逃避行《ハニー・アンド・シーク》〜

いったい誰《だれ》が予想できただろうか。あのサラシャ＝シクザールが――清楚《せいそ》で奥ゆかしく、ふいに指先が触《ふ》れただけで頰を赤らめてしまうような彼女が、まさか。

「クーファ先生……あ、あんまり見ないでください……っっっ」

自分からスカートをたくし上げ、ショーツを見せつけてくるなどと。

少なくともクーファは予想だにしなかった。あまりに突然《とつぜん》のことに全身が石のごとく強《こわ》張《ば》り、視線が釘《くぎ》付《づ》けになる。ふとももの美麗《びれい》なラインをまじまじ見上げてしまうと、サラシャの喉《のど》が「あうぅっ」と引きつる。

指先を震わせるものの、決してスカートの裾は手離《てばな》さない。そのまま、ゆっくりと覆《おお》いかぶさってくる。

クーファの真上に――

「う、動かないでくださいね……？」

やがてクーファの意識は、少女の柔《やわ》らかな肉感に包み込まれた。たまらず脳がくらりと揺《ゆ》れて、目の前の光景が現実のものなのか、つい信じられなくなってくる。

いったい、何がどうして、こんな状況《じようきよう》に陥《おちい》っているのか。
ピィ——ピィ——という甲高《かんだか》い音色が、記憶《きおく》の彼方《かなた》から近づいてくる……——

† † †

約一時間前——クーファを包み込んでいたのは埃《ほこり》っぽい空気と、油の匂《にお》いだった。

周囲は薄ぼんやりとした暗闇《くらやみ》に満ちた、広い部屋である。木目調の床《ゆか》にところどころ飛び散っているのは、色とりどりの絵の具だ。仮に傍《かたわ》らのキャンバスから布を取り払《はら》えば、未完成の美人画が顔を覗かせるだろう。

クーファはカーテンを軽く開いた。ひと筋の灯《あか》りが、天使の階段のごとく射《さ》し込む。

「美術クラブの倉庫ですの」

いつの間にか、室内に忍《しの》び込んできているふたりの少女がいた。

ひとりは、まさしく天使のごとく愛らしいサラシャ＝シクザール。もうひとりは、小悪《こあく》魔《ま》のような妖《あや》しさを秘めたミュール＝ラ・モールである。

彼女らの手には、食器を載《の》せた銀色のトレイがあった。おずおずと進み出たサラシャは、適当なテーブルから調色板《パレット》や筆をどかして食卓《しよくたく》に仕立てた。

ミュールはてきぱきと、トレイからテーブルへ皿を移し始める。

「このような場所に押し込んで申し訳ありませんわ、クーファさま？　けれど今は春季休暇中……生徒の少ない校舎の方がかくまいやすいんですの」

「お気になさらず。オレの存在を知られるわけには参りませんからね」

なにせ表向き、クーファはこの場所にいるはずのない人間である。

男子禁制の聖ドートリッシュ女学園——その校舎三階にクーファが隠《かく》れ潜《ひそ》んでいるのには、もちろん理由がある。《待ち合わせ》だ。もうじきこの学園にやってくるとある人物と秘密裏《り》に接触《せっしょく》し、身分を借り受けるのである。

すなわち、《巡王爵《じゅんおうしゃく》の影武者《かげむしゃ》》として——

クーファはもう一度カーテンを指で持ち上げたのち、静かに下ろした。

「たしかに離島《りとう》にあるこの学園であれば、シクザール分家の過激派も易々《やすやす》とは手が出せない。オレたちが入れ替《か》わるのには最適の場所でしょう」

「楽しみですわ、クーファ《せんせ》と一緒《いっしょ》に巡礼ができるだなんて——」

本心か否《いな》か、艶っぽく唇を撫《な》でてみせるミュール。クーファは仮面のような微笑《びしょう》を貼《は》り付けて振《ふ》り向いた。

「シクザール公からの直々のご依頼《いらい》ですゆえ、オレも光栄に存じます」

まさか、白夜騎兵団《ギルド・ジャックレイブン》の所属という情報を楯《たて》にされている——などと教えるわけにはゆくまい。ミュールは何も知らないようなそぶりで、食器からナプキンを取り払った。

焼き立てのオムレツが芳《かぐわ》しい香《かお》りを放ち、彩《いろど》り鮮《あざ》やかな魚介《ぎょかい》のパスタに食欲《しょくよく》をかき立てられる。ミュールはナプキンをたたみながら、冗談《じょうだん》めかして言った。

「街の三ツ星レストランにご案内できればよかったんですけれど、あいにく今はゴンドリエーレたちが団結休業《ストライキ》を起こしておりますの。この時間は移動もままならないのですわ」

むしろ、公爵家令嬢《こうしゃくけれいじょう》たちの手料理の方がよほど価値があるのではなかろうか。クーファは厳粛《げんしゅく》に食器を取り上げようとして——一度だけ手を止める。

毒など入っているはずがない……そう分かっていても、迷いが指先に表れたのだ。

なにせ、つい先月のことである。ビブリアゴート司書官認定《にんてい》試験にかこつけ、彼女らがメリダを陰謀《いんぼう》にまみれた法廷《ほうてい》に誘《さそ》い込んだのは。そのおかげで、サムライ・クラスであるというメリダの秘密が革新派の者たちに暴《あば》かれてしまった。今のところ、表立って事態は悪化してはいないものの、今後もそうであるという保証はない。

シクザール公の妹であるサラシャ。その友人のミュール。彼女らは本当にただ、なにも知らないまま命令を受けただけなのか、それとも——

ナイフじみたクーファの視線に、ミュールはまるで気づいていなかった。そのうっとりとしたまなざしは、クーファの繊細《せんさい》な指遣《ゆびづか》いに注がれている。

「食事作法も完璧《かんぺき》……これなら王爵さまとして申し分ありませんわね？」

「シクザール公の影武者を務めるのですからね。半端《はんぱ》は許されません」

「到着《とうちゃく》が予定より遅《おく》れていますけれど、お兄さまも明日にはこちらへお見えになるそうですわ。それまでは窮屈《きゅうくつ》でしょうが、こちらで——」

かちゃんっ、と。床で響《ひび》いた音が会話を遮《さえぎ》った。

サラシャがグラスを取り落とし、床で砕《くだ》けたのである。水差しを手におろおろとする彼女は、顔を真っ赤にしてしゃがみ込む。クーファもすかさず椅子《いす》を立った。

サラシャは危なっかしい手つきで破片《はへん》を拾おうとしている。

「あわあわあわ……っ、ご、ごめんなさい、わたしったら……！」

「サラシャ嬢、お怪我《けが》をされては大変です。片付けはこのオレに——」

クーファの指が伸《の》ばされて——ぴとっ、と。サラシャのそれに重なる。

途端《とたん》、サラシャは全身を跳《は》ねさせた。ばね仕掛《じか》けのように飛び退《すさ》り、そのままミュールの背中に隠れてしまう。

クーファはガラスを拾おうとしたままの姿勢で、ぽかん、と彼女らを見上げた。

「……サラシャ嬢？」

「ごご、ごめんなさいっ、わたし……！　び、びっくりして……っ！」

「サラちゃんってば、実は――」

ミュールが肩《かた》をすくめながら、釈明《しゃくめい》をした。

「今までお兄さま以外の男性と接したことが、まったくありませんの」

「ああ、なるほど……」

「わたしだってひとのことは言えませんけれど、ここまで重症《じゅうしょう》じゃありませんわ！」

クーファの主人・メリダやエリーゼも箱入り具合では良い勝負だろうが、サラシャの人見知りは群を抜《ぬ》いている。当然の懸念《けねん》が、ミュールの頭を悩《なや》ませた。

「いくらクーファせんせが王爵さまとして完璧でも、サラちゃんがこれじゃあ……影武者だってことがばれてしまうかもしれないわ」

「あうあう……わ、分かってるよぅ」

「これは特訓が必要ね」

ミュールはにんまりと笑うと、くるりと入れ替わりでサラシャの背に回り込んだ。

そして、彼女の制服のスカートを指先で軽く、持ち上げてみせる。

「こ～んなふうに……自分から見せつけられるくらい、クーファせんせに慣れないと」

「はわわわわ……っ!?」

ほんの少し、ふとももがクーファの視線にさらされただけで、サラシャは顔を沸騰《ふっとう》させた。それ以上持ち上げられる前に、慌《あわ》てて裾《すそ》を押さえ込む。

「もうっ、ミウちゃんったら！　巡礼《じゅんれい》の時はちゃんとするよ……っ！」

「いえ、無理して慣れていただく必要はないでしょう」

クーファはさらりと言った。少女たちのきょとん、とした視線が集まる。

すでに顔を背《そむ》け、目をつむっていたクーファは、低い声で平然と告げた。

「距離《きょり》を取っていれば良いだけです。幸いと言うべきか、巡礼の行く先には大勢の出迎《でむか》えや見送りがあるでしょうし……『人目に緊張《きんちょう》しているだけだ』と、彼らも都合よく解釈してくださるのではないでしょうか」

「まあ」

ミュールはなぜか不服そうな声を出し、サラシャはぱっ、と顔を俯《うつむ》ける。

「わ、わたしっ……巡礼用のドレスを合わせなくちゃ……！」

そのままサラシャは、ぱたぱたと倉庫から出ていってしまった。クーファはガラスの破片をすべて拾い集めると、ハンカチに包んでテーブルに置く。

何食わぬ顔で食事を再開した彼へと、ミュールは憮然《ぶぜん》と詰《つ》め寄っていく。

「ずいぶんと紳士《しんし》的ですのね、クーファさまったら」

「畏《おそ》れ入ります」

「サラちゃんがあんなに勇気を出したのに……あの子、ああ見えて、制服の下はとてもたわわなプロポーションをしていますのよ？」

クーファの肩にしどけなく手を置いて、耳もとへ唇《くちびる》を寄せる。ミュールの薄《うす》い胸が高鳴った。

「それともせんせはメリダちゃんたちや――わ、わたしみたいな、スレンダーな方が好みなのかしら？」

「オレが選《え》り好みするなどおこがましい。お嬢さまがたは皆《みな》、四季の花のように魅力《みりょく》的です」

――つまり、ちっとも興味の対象じゃないってわけね！

ミュールはむっ、と上体を引いた。クーファは澄《す》ました横顔のままだ。

こんなことは許されない。去年のルナ・リュミエール選抜《せんばつ》戦で体を重ねた時も、ミュールは心臓がどうにかなりそうだったのに、彼の方はこれっぽっちも《そんな気分》にはならなかったというのだ。――畏れ多くも公爵家令嬢を押し倒《たお》しておいて。

――あなたは、このわたしをどきどきさせた初めての男性なのよ？

ミュールはもう一度、ぐいと顔を近づけた。挑戦《ちょうせん》的に。

「わたし、燃えてきたわ」

そんな時だ、にわかに窓の外が騒《さわ》がしくなった。

あまり顔を出すのは好ましくないと思いつつも、クーファは食器を置いて席を立つ。カーテンをわずかに滑《すべ》らせれば、学園正面の船着き場が目に入った。ひとり用のゴンドラから誰《だれ》かが降りてくる。かなり年配の——老婆《ろうば》だ。腰《こし》が曲がっているせいで背が低く見える。肩に、フクロウに似た鳥を乗せていた。

ミュールもクーファの隣《となり》に立ち、同じ方向を見た。「ああ」と、桃色《ももいろ》の唇が開く。

「マダム・フェアファックス——《大お婆《おおばあ》さま》ですわ」

次いで、学生寮《りょう》から次々と駆《か》け出してくる人影《ひとかげ》が見えた。キーラ＝エスパーダを筆頭とした二年生たちだ。

すでに卒業式を経《へ》て、ネージュ＝トルメンタ総室長を始めとした三年生たちが学園から去った今、キーラが全生徒の代表と言えよう。中性的な美貌《びぼう》が生き生きと輝《かがや》く。

「大お婆さま！　ようこそ——おいでくださいました！」

「おお、おおっ、出迎えすまないね。みんな元気そうでなによりだ」

しわくちゃの顔を幸せそうに歪《ゆが》めるのが、老婆——マダム・フェアファックスだ。物言わずに見下ろすクーファへと、ミュールが左側に身を寄せてきた。自然と腕《うで》を絡《から》める。

「大お婆さまは、この学園の《名誉《めいよ》卒業生》ですの」

「名誉？　つまり……」

「ええ、実際の卒業式に彼女の姿はなかったそうですわ。――退学されたのです」

クーファは無言で言葉の続きを待った。ミュールは絡めた腕に、わずかな力を込《こ》める。

「六十年ほど前だそうです。力を得るためにランカンスロープと契約《けいやく》を交《か》わしたとして、彼女は学園から追放されました。けれどその後、聖ドートリッシュが演習で災難に見舞《みま》われた時、わが身を顧《かえり》みず駆けつけた大お婆さまが、契約で得た力をもって生徒たちを救ったのです。――クーファさま、彼女の肩に止まっている鳥をご覧になって？」

真っ白い体毛のフクロウは、愛嬌《あいきょう》があって良い子だ。ときおり羽をついばんでいる。

「あの子が契約を結んだランカンスロープの――末裔《まつえい》と言われていますわ。今ではほとんどランカンスロープの特性は薄れているそうですけれど、能力は健在だとか。ともかくも、学園を救った大お婆さまは特別に卒業生の名誉を得て、今でも時々、こうしてお顔を見せに来てくださるのです」

「大お婆さまっ、今日はどうしてこちらに？」

窓の外では、二年生たちがフェアファックス婦人にじゃれついていた。足を悪くしているのか、それとも魔術師《ワイザード》クラスとしての武器か、マダムは長い杖《つえ》を地面についている。

「なに、今日はセルジュ坊やが学園に来るそうじゃないか。あの子の両親にゃアタシも世話になったからねえ。久しぶりに顔を見てやろうと思ってさ」

「あいにくとシクザール公は到着が遅れていまして……」

「おや、そうなのかい？　じゃ待たせてもらおうかねえ」

そうしてマダムが、二歩、三歩と歩み出した時だ。

肩に止まっていたフクロウが、急に癇癪《かんしゃく》を起こした。勢いよく両翼《りょうよく》を広げたのだ。

女生徒たちはびっくりして身を引いた。フクロウは翼《つばさ》を羽ばたかせて鳴き続ける――

『ピィ、ピィ！』と。マダムは慌てもせずに相好《そうごう》を崩《くず》した。

「パーシヴァル！　どうしたパーシーちゃん、んん？　どうしたね……」

マダムは懐《ふところ》から小さな赤い粒《つぶ》を取り出した。差し出されたそれに、フクロウ・パーシヴァルは喜んでかぶりつく。マダムの指先をぺろぺろと舐《な》めて、耳もとにくちばしをすりつけた。

「ほうら、お前の大好きなフボルの実だ……んん、なんだって？　ほうほう、そうかい……いい子だねえ、パーシー」

やがて気は済んだのか、パーシヴァルは翼をたたんでおとなしくなる。おっかなびっくり様子を窺《うかが》っていたキーラが、慎重《しんちょう》に身を乗り出した。

「お、大お婆さま？　パーシーはどうしたのですか？」

「遊びたい盛《さか》りだからねえ。ついはしゃいじまったらしい」

さてさてこうしちゃいられない、と。彼女はやおら杖を高く振《ふ》りかざした。

何をするつもりかと思えば、杖の先端《せんたん》を、勢いよく石畳《いしだたみ》に突《つ》き立てる。

そして、馬鹿《ばか》でかい声を轟《とどろ》かせた。


「気をつけな!! ネズミが学園に入り込んでいるよッ!!」

校舎の窓という窓が、びりびりと震《ふる》えるほどの大音声《だいおんじょう》だった。クーファはとっさにカーテンの陰《かげ》に身を隠《かく》す。ミュールが体を硬《かた》くしてしがみついてくる。

学園中がにわかにざわめき、幾人《いくにん》かが寮から飛び出してきた。キーラは問いを重ねる。

「な、なんですってっ? 不審者《ネズミ》!?」

「パーシーが感知したのさ。寮に残っている生徒たちを叩《たた》き起こしな! ゴンドラを出して島からの逃《に》げ道を塞《ふさ》げ!」

キーラはすぐに表情を引き締《し》め、胸《むな》もとに手のひらを当てる。

「舟《ふね》はすでに出払《ではら》っております」

「好都合。――そのまま水の上から島を見張れと通達しな。正面はアタシが守る!!」

「はっ！」

キーラが振り返ると、そこにはすでに瞳《ひとみ》に炎《ほのお》を燃やしたドートリッシュ生たちが勢揃《せいぞろ》いしていた。部屋着や寝間着《ねまき》のままだが、気の早い者などはすでに抜き身の武器を手にしている。

「寮生たちを祈禱《きとう》の班ごとにまとめろ！　私の指示で学園中を洗い出す！」

「「はいっ!!」」

フェアファックス婦人の肩から、パーシヴァルが威勢《いせい》良く飛び立った。それが合図であったかのように、女生徒たちもなめらかに散らばっていく。学園正面の船着き場は、長杖《ロングワンド》を構えたマダムに守護神のごとく陣取《じんど》られる。

ミュールはやけっぱちのようにカーテンを閉め、親指の爪《つめ》を噛《か》んだ。

「まずいですわっ、クーファせんせの存在に気づかれた……!?」

「とにかくこうしてはいられません。いったん島から離《はな》れなければ――」

表向きは平然として、クーファは早足で扉《とびら》へと向かう。

ここは湖に満たされたアクアリムス天鏡区《てんきょうく》の《離島《りとう》》にある。本格的に捜査《そうさ》が始まってしまえば土地勘《とちかん》のないクーファはまず逃げられない。船着き場が押さえられてしまっている以上、別の岸から――この際、水に濡《ぬ》れるのは仕方ない、湖に飛び込むのである。

が、ミュールがすかさず腕を摑《つか》んできて、クーファを引き止めた。

「いけませんわっ。……今はゴンドラ・クラブが練習に出ております。水に飛び込んだところで彼女らに取り押さえられておしまいです」

「……参りましたね」

言うまでもなく、クーファが影武者《かげむしゃ》として巡礼に臨《のぞ》むのは極秘事項《ごくひじこう》として扱《あつか》われる。シクザール公は分家の過激派に命を狙《ねら》われているのである。下手に情報が拡散すれば、計画が台無しになるどころか秘密を知るすべての者が危険にさらされるだろう。

かくなる上は、学園の範囲内《はんい》でなんとか逃げ切ってみせるしかあるまい。同じ決意を固め、ミュールはクーファの腕を摑んだまま身を翻《ひるがえ》そうとする。

しかし今度は、クーファの方が彼女に待ったをかけた。

「ミュールさまはひとまずこちらに残ってください。オレが先行します」

「えっ⁉　おひとりで……っ？」

「食事のあとを！　隠していただかなければなりません……！」

指差した窓際《まどぎわ》では、いまだほかほかのオムレツが湯気を立てている。

捜査の手はすぐにもこの倉庫に伸《の》びるだろう。仮にこのまま部屋を無人にすれば、寮生たちは必ず疑問に思う。——こんな妙《みょう》な場所で誰が食事をしていたのか？

この状況下《じょうきょうか》である。それを犯人像と結びつけるのは容易だろう。自然、料理を作ったのは誰なのかということにも疑いの目は及《およ》び――どのみち、影武者の計画は破綻《はたん》だ。

クーファはそっと、名残惜《なごりお》しそうなミュールの指を振りほどく。悲壮《ひそう》な決意を胸にドアノブに手を掛《か》ければ、階下から寮生たちの靴音《くつおと》が迫《せま》っているのに気づいた。――もう時間がない。

「クーファさまっ、お、お気をつけて……っ！」

ミュールの儚《はかな》げな声に応《こた》え、クーファは一度だけすばやく振り返る。

「ご心配なく！」

なかば自分に言い聞かせて、美術倉庫から飛び出した。

† † †

奇妙《きみょう》なのは、なぜ自分の潜入《せんにゅう》に気づかれたのかということだ――

ひとまず庭園の茂《しげ》みに身を潜《ひそ》め、クーファは思考を巡《めぐ》らせる。ここはマナ能力者たちの養成学校である、彼は油断などしていなかった……。たとえあのパーシヴァルなるフクロウに探知系の異能《アニマ》があったとしても、こうもあっさり気づかれてしまうのはおかしい。

……実際に見つかっているのだから言い訳は無意味なのだが、クーファはどうにも違和《いわ》感《かん》が拭《ぬぐ》えなかった。ともかく、かくなる上は、とわずかに足を進ませる。

逃げ切ってみせるしかあるまい。寮生たちを指揮しているのはマダム・フェアファックスだ。彼女の立場からすると、不審者《ふしんしゃ》はどこへ向かうと考えるだろうか？

とにもかくにも、この離島から脱出《だっしゅつ》を図《はか》ると見るだろう。クーファはミュールからゴンドラ・クラブの存在を教えられた。しかしマダムには、不審者側の事情など知る由《よし》もあるまい。すると、彼女の目が向くのは校舎一階、東側にあるゴンドラ置き場か……？

「そういえば、学生寮の林の先には旧校舎があったな……」

脳内に地図を思い描《えが》く、クーファ。そちらはむしろ、島の奥へ奥へと入り込む道になる。マダム・フェアファックスの想像する、しゃにむに脱出を図ろうとする不審者像とは真逆

――うまくすれば意表を突けるかもしれない。

そうと決まれば、と。さっそく茂みから飛び出そうとした時だ。

「こっちだ、諸君！　ネズミは近いぞ！」

――何っ⁉

がくんっ、と体勢が崩れ、クーファは危《あや》ういところで茂みの陰に留《とど》まる。

やって来たのは、寮生を引き連れたキーラ＝エスパーダだった。庭園で級友たちを手分けして、なんらかの確信をもって茂みをかき分け始める。

あきらかに侵入者《クーファ》が潜んでいることを知っているようなそぶりだ。いったいなぜ⁉　しかし考え込んでいる暇《ひま》はなく、クーファはさっと寮生全員の配置を確かめると、視線の途《と》切《ぎ》れる隙間《すきま》を走り抜《ぬ》けた。

そのまま一気に庭園をあとにすると、林に駆《か》け込もうとした。しかし、寸前で急ブレーキを余儀《よぎ》なくされる。

木々の切れ間から、ランタンの灯《あか》りと少女たちの声が近づいてくるのだ。

「こちらを目指しているはずですわ！」

「見逃《みのが》さないで！　トンネルに入る前に捕《つか》まえるのよ！」

――動きが読まれてる⁉

前後から挟《はさ》まれ、左手側の岸にはゴンドラ・クラブの見張りが待ち構えているだろう。となれば右側、乙女《おとめ》たちの園《その》たる学生寮《りょう》を目指すしかなかった。

やはり不可解なことに、クーファが方向転換《てんかん》した直後に寮生たちが騒《さわ》ぎ始めるのだ。

「今度は寮に向かっていますわ！」

「いったい何が狙い⁉　ぜったいに逃がしちゃ駄目《だめ》よ！」

さしものクーファも、焦燥《しょうそう》で冷《ひ》や汗《あせ》が出る。寮生たちの怒《いか》りを宿した声が、八方から包囲を狭《せば》めてくる。

やがて、学生寮を囲む塀《へい》に追い詰《つ》められてしまった。飛び越《こ》えるかとも考えたが、あからさまに目についてしまうだろう。キーラたち寮生の声はすぐ背後に迫っている――

「追い詰めたぞ！　ネズミはこの先にいる！」

「くそっ……!!」

クーファがたまらず唇《くちびる》を噛んだ時、同時に救いの手が差し伸べられた。

「――クーファ先生っ、こっちです！」

見れば塀の一角から、プリンセスめいた桜花《おうか》の髪《かみ》が覗《のぞ》いている。クーファがとっさに駆け寄ってみれば、一部分だけ塀が崩れていた。よじ登らなくとも、屈《かが》んでこっそりと潜《くぐ》り抜けられる大きさだ。すぐさま膝《ひざ》をつく。

クーファは見ることはできなかったが、軍服の裾《すそ》が抜け穴の向こうに消えるのと、寮生たちが林から姿を現したのは同時だった。

キーラはのっぺらぼうの塀をランタンで照らし、地団駄《じだんだ》を踏《ふ》む。

「いないぞ！　どこへ行った!?」

お捜《さが》しの侵入者《クーファ》は塀の反対側にいて、抜け穴の前には彼が予想した通りのプリンセスがいた。サラシャはなぜか、巡礼《じゅんれい》で着る予定のフォーマルドレス姿で、ぐっ、と背伸《せの》びをしてクーファに顔を近づけてくる。

「屋外はダメですっ、こっちに……！」

クーファの手を引いて、走り出す。本来は鍵《かぎ》がかかっているはずの裏口から、クーファを学生寮のなかへと招き入れた。いちど外を確かめ、音を立てないように扉を閉じる。

その遥《はる》か上空から——閉じられた学生寮の裏口を、じっと見下ろしている瞳がある。

パーシヴァルと呼ばれたそのフクロウは、さっそく己《おのれ》の主人へと思念を飛ばした。学園の船着き場に陣取っていたマダム・フェアファックスは、閉じていたまぶたをゆっくりと上げる。

「ふうむ、ふたり組……？　子供と大人の影《かげ》に見えるが、どうだかね」

呟《つぶや》いて、歩き出す。杖《つえ》を突《つ》き、学生寮を目指す足取りに迷いはなかった。

「どのみち袋《ふくろ》のネズミさね。——パーシーちゃん、次のプランだ。生徒たちにも伝えておくれ。ほかの場所に向かった子たちにゃ……」

言いかけて、唇がすぼまる。

杖を突くリズムが不自然に途切れ、マダムは訝《いぶか》しげに立ち止まった。

「……鐘楼《しょうろう》に向かった班から連絡《れんらく》が途絶えた…………？」

†　†　†

学生寮の一階にふたり分の足音がこだまする。右手にクーファの手を引くサラシャは、なぜか左手で胸《むな》もとを押さえていた。走りながら説明してくる。

「パーシーには、《念波《ねんぱ》》を操《あやつ》る能力があるんです！」

「念波……やはり探知や通信系の力ですか？」

「く、詳《くわ》しいことは分からないんですけどっ、特定の周波数？　で思念の波を飛ばして、物に当たって、跳《は》ね返ってきた波を解析《かいせき》して……とか、なんとか」

ようするにレーダーか、とクーファはひとり納得《なっとく》する。サラシャは一生懸命《いっしょうけんめい》に説明を続けた。

「パーシーが空にいるとっ、大お婆《おおばあ》さまは誰《だれ》がどこにいるって分かったり、離れたところと思念をやり取りしたりできて……っ、その力で昔、演習中に遭難《そうなん》しかけた生徒たちを救ったんだそうです！」

「つまり、壁《かべ》かなにかで念波を遮《さえぎ》らないとこちらの動きが筒抜《つつぬ》けということですか」

「そういうことです!!」

サラシャはふいに、廊下《ろうか》の途中でひとつのドアに飛び込んだ。室内に誰もいないのを確《かく》認《にん》してから、ゆっくりと扉《とびら》を閉じる。「ふうっ」と大きく息をついた。

十三歳にしては大きめの胸が、忙《せわ》しなく上下している。谷間が覗いているのは上品なフォーマルドレスだからだ。どうやら律義にも、口にした通り試着をしていたらしい。

「助かりました、サラシャ嬢《じょう》。その、もうお手を……」

「あっ……」

ずっと繋《つな》ぎっぱなしだったのに気づき、サラシャはぱっと手を離《はな》す。

しかし、かと思えば、彼女はもう一度おずおずと右手を差し出してきた。

「あ、あのっ、やっぱり手を……繋いだままにしておきませんか……っ？」

「よろしいのですか？」

「こうなってしまったのは、兄さんが遅刻《ちこく》しているせいだし……っ」

もごもごと言い訳をこぼしたあと、きっ、と顔を上げる。

「クーファ先生はわたしが守ります!!」

そのまなざしに圧倒《あっとう》され、クーファはつい言われるまま彼女と指を絡《から》ませてしまった。

――こんな顔もするのか……――

自分でも説明のできない感情に囚《とら》われていると、扉の向こうから靴音が響《ひび》き渡《わた》った。寮生たちが部屋をしらみつぶしに捜索《そうさく》しているのだろう。再びサラシャに手を引かれ、クーファは部屋の奥へ向かう。

そこは衣裳《いしょう》部屋だった。さすが指折りのお嬢さま学校というべきか、部屋いっぱいを数限りないドレスが埋《う》め尽《つ》くしている。上下二段にハンガーが重ねられている壁際《かべぎわ》に、サラシャはクーファを導いた。闇色《やみいろ》のクーファを壁に押し込めてから、自分が抱《だ》きつくように身を埋《うず》める。

これなら仮にハンガーの隙間から覗かれても、サラシャのフォーマルドレスがカムフラージュになってくれるかもしれない。密着体勢は気恥《きは》ずかしいものの、今は構っている場合ではあるまい。

——が、クーファは自身の腹部に押し当てられる感触《かんしょく》によって稲妻《いなずま》のような衝撃《しょうげき》に撃《う》たれた。気を逸《そ》らすように扉を見つめているサラシャは、クーファの視線に気づかない。

「屋内ならパーシーにも気づかれないはずですから、このままやり過ごしましょう。キーラ御姉《おねえ》さまたちが別の場所へ移った頃《ころ》に——」

「サラシャさま、つかぬことをお伺《うかが》いしても？」

「……な、なんでしょう？」

「下着はどうされました？」

あうっ！　とサラシャの華奢《きゃしゃ》な肩《かた》が跳ねる。

……廊下を走っている時にずっと胸を支えていたからおかしいと思っていたのだ。今、こうして直《じか》に押し当てられて確信した。ふたつの膨《ふく》らみはクーファの腹筋の上でプリンよりも艶《なま》めかしく形を変え、布越《ご》しの感触が……なんというか、非常に生々しい。

サラシャは真っ赤な顔を伏《ふ》せ、桜色の髪から湯気を立ち上らせる。

「せ、制服には制服の、ドレスにはドレス用の下着があるんです……っ」

「……なるほど」

「着替《きが》えてる途中で騒ぎになっているのに気づいて、その……だ、だって！　クーファ先生があぶないと思ったら、居ても立ってもいられなくって……っ、あうぅ……っっっ！」

そのままノーブラジャーで──こほん、失礼。大急ぎでドレスだけをひっかぶって飛び出してきてくれたというわけか。

とはいえクーファとしては感謝しかない。粛々《しゆくしゆく》と腹部から意識を切り離そうとして──はっ！　と、見過ごせない稲妻に再度、脳を撃たれる。

「ショーツはお召《め》しになっておりますか⁉」

「当たり前ですっ‼」

『──なんですのッ、今の声⁉』

うっかり大声を出してしまった直後、廊下から寮生たちの声が響いた。

クーファたちは慌《あわ》てて口を押さえるものの、もう遅《おそ》い。衣裳部屋の扉が開け放たれた。キーラを始め、数人の寮生がぞろぞろと駆け込んでくる。

「ここには誰も居ませんわ……？」

「でもっ、たしかにこの近くから声が聞こえたの！」

「隠《かく》れているのかもしれない！　捜すんだ‼」

キーラの号令で、寮生たちは手分けしてハンガーラックを調べ始めた。入口から徐々《じょじょ》に奥へ……クーファたちの隠れ場所へと近づいてくる。

サラシャはせめてもと、無防備な体をいっそうクーファに押しつけた。

「ク、クーファ先生……っ、しゃがんでください……！」

囁《ささや》きに従い、クーファは慎重《しんちょう》に次ぐ慎重さで重心を下げてゆく。衣擦《きぬず》れの音にも神経をすり減らしながら背中を滑《すべ》らせていき、お尻《しり》をとすんっ、と床《ゆか》に落とした。

すると、サラシャの胸に顔を包み込まれる形になる。覚悟《かくご》の上だったようで、彼女はぎゅうっ、とクーファの頭を抱《かか》え込んできた。

視界いっぱいにバニラの香《かお》りが広がり、さすがにクーファの脳もとろけそうになる。こんな状況《じょうきょう》にもかかわらず、楽園の心地《ここち》を夢想してしまったのは自分だけの秘密だ。

一方、顔がとろけそうになっているのがサラシャだった。男性に自分から胸を押しつけているという大胆《だいたん》さもさることながら、クーファの頭からは今まで嗅《か》いだことのない、背筋を震《ふる》わせるような濃《こ》い匂《にお》いがするのである。

──これが男のひとの……クーファ先生の匂い……っ！

つい抗《あらが》えず、彼の髪に唇をうずめて、すうっと堪能《たんのう》してしまう。

背後でかちゃんっ、とハンガーの音が響いて、ふたり同時に我に返った。着布の隙間《すきま》から灯《あか》りが差し込む。キーラがランタンを掲《かか》げながらハンガーをかき分け、確実にクーファたちのいる場所に近づいてくる。

「いない……いない……！　くそっ、どこだ不審者《ふしんしゃ》め……!!」

手つきは荒《あら》っぽいが、そのままほんの少し先をランタンで照らせば、壁際で抱き合っている不審なふたり組に気づくだろう。彼我《ひが》の距離《きょり》は今──五メートルを切った。もう一刻の猶予《ゆうよ》もない。

クーファは瞬間《しゅんかん》的に視界を散らし、そして三つ先のハンガーに目的の物を見つけた。覚悟を決めてぐっ、と腕《うで》を伸《の》ばす。

無理な体勢になり、慌てたのがサラシャだ。漏《も》れ出した声は、熱っぽい。

「あっ、だ、ダメっ……クーファ先生、う、動いたら……っ！」

見つかる、と言いたいのだろう。それともクーファの鼻梁《びりょう》が布一枚を隔《へだ》て、敏感《びんかん》な胸を刺激《しげき》するのに耐《た》えられないのか。サラシャはすがるようにこちらの頭を抱え込んできた。

クーファは冷《ひ》や汗《あせ》をかきながら、無言で作業を続ける。説明してやりたいが、胸もとで口をもごもご動かされたら彼女は耐えられないだろう。今でさえ華奢な背筋はぴく、ぴくんっと跳ね、クーファの髪を食《は》みながら懸命《けんめい》に声を押し殺しているのだから。

運命の伴侶《はんりょ》にしか見せてはならない表情で、シクザール家のご令嬢《れいじょう》は真っ赤な顔をとろけさせた。

「こ、こすれて……っっっ！　さ、さき……っ、ン、んんっ！」

いたいけな唇《くちびる》から決定的な言葉が飛び出す直前、ついに、クーファの指先が目的の物をもぎ取った。同時に、サラシャの背後で乾《かわ》いた物音。

キーラとの距離が一メートルを切った。ふたつ隣《となり》のハンガーが除《の》けられ、続いてひとつ隣に、そしていよいよクーファたちの隠れ場所に手のひらが差し込まれ、ドレスを左右にかき分けようと——した瞬間、クーファは二回連続で鋭《するど》く指を捻《ひね》る。

そこから放《ほう》られたふたつのボタンが、狙《ねら》い過《あやま》たずドアの向こうへと吸い込まれた。

廊下側で、乾いた音がリズミカルに跳ねる——まるで靴音《くつおと》のように。

寮生たちの動きが、いっせいにぴたりと固まる。

「き、聞きまして？　今の音！」

「この部屋じゃなかったんだ……！　くそっ、みんな逃《に》がすな!!」

その時、キーラの手はなかばドレスをかき分けていた。しかし彼女は寸前で、ランタンの灯りを入口の方へと翻《ひるがえ》す。床を滑った光が、一瞬だけクーファの革靴《かわぐつ》を撫《な》でる。

やがてぱたぱたと、いくつもの靴音が衣裳部屋から駆《か》け出していった……。

誰も居なくなったはずの室内で、それでも最奥《さいおう》の壁に潜《ひそ》むふたりはしばらく抱きしめ合っていた。クーファはさすがに、「はあっ」と大きく息を吐《は》き出す。サラシャはゆっくりと上体を離した。散々に押し込まれたバストが、ぷるん、と揺《ゆ》れて流麗《りゅうれい》な形に戻《もど》る。

「……あう」

十三歳の頬《ほお》からは湯気が立っていた。クーファは懸命に話題を逸らす。

「え、ええと……ドレスを一着、台無しにしてしまったのですが」

「だ、大丈夫《だいじょうぶ》ですっ……わたしがあとで、シスターに言い訳しておきますから……っ」

ともかくもだ、いまだ危険が去ったわけではなかった。

廊下にはまだ寮生たちの靴音が反響《はんきょう》している。仮に床に転がっているボタンを発見されでもしたら、今度こそこの衣裳部屋の大捜索が始まるだろう。――次は逃げられない。

「逃げられない……か」

「廊下からですわ！」

クーファはおとがいに指を当てた。サラシャが間近から見上げてくる。

「クーファ先生、どうしたらいいでしょう？　いつまでもここにいるわけには……」

「オレに妙案《みょうあん》がございます」

きょとん、と目を開いたサラシャの美貌《びぼう》に、青年は鋭いまなざしを向ける。

「寮《りょう》の案内をお願いできますか？　サラシャ嬢」

† † †

「いったいなんだ……この惨状《さんじょう》は⁉」

キーラ＝エスパーダの憤《いきどお》りももっともだった。寮の捜索中に知らせを受けて駆けつけてみれば、そこには許しがたい光景が広がっていたのである。

大食堂だった。しかし椅子《いす》は乱雑に倒《たお》され、暖炉《だんろ》の上からは装飾《そうしょく》用の食器がごっそりと奪《うば》い去られている。ゆいいつ床に転がっていた皿の一枚を、キーラは痛ましそうに拾い上げる。

「伝統のアクレイアンガラスが……！」

アクアリムス天鏡区《てんきょうく》の職人が、門外不出の業《わざ》によって作り出す秘宝中の秘宝である。キーラは悲痛な面持《おもも》ちで唇を嚙《か》み締《し》めると、瞳《ひとみ》に炎《ほのお》を宿らせる。

「そういうことか……侵入者《しんにゅうしゃ》の狙いが分かったぞ!!」

正義感に満ちた表情で、キーラは寮生たちへと腕を振《ふ》りかざす。

「みんな、大聖堂へ急げ！　あそこにも貴重なアクレイアンガラスが秘蔵されている。奪われた食器も必ず取り返すんだ！」

「「分かりましたわ！」」

軍靴《ぐんか》めいた高らかな音色とともに、寮生たちは食堂から駆け出していく。

廊下《ろうか》に反響する足音が消えた頃……厨房《ちゅうぼう》の扉《とびら》から、そっと顔を覗《のぞ》かせる者たちがいた。

「うまくいきましたね……クーファ先生っ」

「ご協力感謝します、サラシャ嬢《じょう》」

もちろんサラシャとクーファである。彼らは両腕に抱えていたアクレイアンガラスの食器を、手早く暖炉の上へと戻していく。倒れた椅子を起こしながらクーファが解説した。

「発見されるのが避《さ》けられない時は、あえて証拠《しょうこ》を残して警備を誘導《ゆうどう》するのもひとつの手なのです。リスクの高いやり方ではありますが、成果は出ましたね」

「すごいですっ、クーファ先生！　まるで本物のスパイみたい！」

無邪気《むじゃき》な少女のまなざしに、クーファは苦笑《くしょう》を返す。

「とにかく、今のうちにより安全な場所に身を隠しましょう。心当たりはございますか？」

「わたしとミウちゃんの部屋にご案内しますっ。四階へ――こっち！」

サラシャはぎゅっ、と強くクーファの手を握《にぎ》って、食堂を飛び出す。

見込んだ通り、廊下に寮生の姿はない。今のうちにとエントランスまで直行し、上階への階段に足をかける。

その瞬間、クーファはとっさにサラシャの手を引き戻した。

理由は言うまでもなかった。寮の二階から音が降ってくる。カツン、カツ――――ンという、杖《つえ》を突《つ》く伸びやかな音だ。

ゆっくりと下るランタンの光が、踊《おど》り場の壁《かべ》にシルエットを映し出した。

腰《こし》の曲がった、老婆《ろうば》の影《かげ》を――

「やれやれ、困った子たちだねえ。こんな陽動に引っかかるだなんて。アタシがネズミなら『よし、やった！』なんてこぶしを握っているところさ」

「……‼」

「誰《だれ》だか知らないけどパーシヴァルの力を甘く見たね。この子の念波は周波数を上げれば壁を通すこともできるんだよ。まあ、そのぶん、返ってきた波を解析《かいせき》するのに時間がかかるんだけれどねえ……ふむ、なになに。階段の下にいるのかい？　そうかいそうかい。どこにも逃がすんじゃないよ、パーシーちゃん」

クーファはとっさに身を翻した。しかし玄関扉《げんかんとびら》に向かおうとしたところを、今度はサラシャに引き止められる。

「いけませんっ、そっちは大聖堂です！　そもそも外に出たら……！」

再びパーシヴァルの監視下《かんしか》に置かれ、今より容易に追い詰《つ》められてしまう。唇を噛んだクーファを、サラシャは再び廊下側へと引っ張った。

ふたりの姿が消えるのと入れ替《か》わりに、マダム・フェアファックスの掲げたランタンが階下のエントランスホールを照らし出す。

「逃がしゃしないよ。廊下の先に出口はない……！」

嗄《しわが》れ声だけが、クーファの背に追いついてくる。

たしかにマダムの言う通り、パーシヴァルの能力を甘く見ていた。まさか本気を出せば建物のなかまでお見通しだとは……！　サラシャも予想だにしなかったようで、途中《とちゅう》でいくつかのドアを開けようとしては、諦《あきら》め、廊下の先へ先へと逃げ場を先送りにする。

やがて、突き当たりまで追い詰められてしまった。右側にあった古ぼけた扉にふたりで飛び込む。

物置に見えた。床から壁の棚《たな》にかけて首だけのマネキンが所狭《せま》しと並べられていて、それぞれが絢爛《けんらん》な仮面をかぶっている。カーニヴァル用の倉庫だろう。そして窓がない――

あっても意味はないのだが、とにかくひとつだけ確実に言えることは——

とうとう逃げ場所がなくなった、ということだ。

しかし、サラシャはまだ諦めていなかった。足の踏《ふ》み場もないような室内を横断して、ふいに床《ゆか》へしゃがみ込む。

彼女の華奢《きゃしゃ》な指先は、そこにあった地下収納庫の引き戸を探《さぐ》っていた。スライドさせると落とし穴のようにスペースが開く。そこにも荷物が満杯《まんぱい》だったが、かろうじて人間ひとりぶんぐらいの余裕《よゆう》は残されているだろうか。

「クーファ先生っ、このなかに！」

一も二もなく、クーファは落とし穴に飛び込んだ。前後左右の荷物にぎっちりと身を挟《はさ》み、うまいことすっぽり埋《う》まるかと期待した——その、寸前。

靴底《くつぞこ》が思いがけないほど早く、収納庫の床に着地してしまう。

クーファは引き戸から、頭だけを出した間抜《まぬ》けな姿になってしまった。生首である。

なんたることか——スペースはともかく、深さが足りない！

「……長身で申し訳ない」

「あうあうあうぅ〜……っっっ！」

サラシャは冗談《じょうだん》を受け取っている余裕もなかった。すでに泣き出しそうになっている。

クーファが身じろぎひとつできないでいると、後頭部側から——すなわち廊下の方から杖の音が響《ひび》いた。着実に近づいてくる。カツン、カツン、カッ——————ン……。

「わ、わたしが……っ、クーファ先生を守らなきゃ……っ!!」

サラシャはなんらかの決意を固めたように見えた。クーファが首だけで見上げている前で、何を思ったか引き戸にまたがるようにして立つ。

そして——クーファはいよいよ我が目を疑った。

あの純情可憐《かれん》なサラシャ嬢が、自分からドレスのスカートをまくり上げたのだ。

「クーファ先生……あ、あんまり見ないでください……っっっ」

震《ふる》えながら膝《ひざ》を曲げ、クーファの真上に覆《おお》いかぶさってくる。両頬が彼女のふとももむっちりした肉感に挟み込まれ、次いで後頭部にスカートがかぶせられた。

確かにこれなら、傍目《はため》に違和感《いわかん》はあるまい。サラシャは裾《すそ》を引っ張って引き戸を隠《かく》しながら、布越《ご》しにクーファの頭を押さえた——股《また》の位置にある頭を。

「う、動かないでくださいね……っ?」

動くどころか、返事も危《あや》うい。視界いっぱいに桃源郷《とうげんきょう》が広がっている。いったいどういう状況《じょうきょう》か！　と、クーファは己《おのれ》の意識を叱咤《しった》した。

——せめて顔の向きが逆だったら……っっっ!!

ふたりの思考が見事にシンクロした時、とうとう倉庫の扉が開かれた。

クーファは見ることができないが、フェアファックス婦人の訝《いぶか》しげな声が聞こえた。

「んん？　お前さんは……セルジュ坊《ぼう》やの妹じゃないかい。おお、おおっ、大きくなったねえ！」

「お、お久しぶりですっ、大《おお》お婆《ばあ》さまっ！」

「ひとりかい？」

「みっ、見ての通り！」

マダムはこちらへ近づいて来ようとしているようだが、床に置かれた雑貨に四苦八苦しているようだ。

「ひとりで何をしていたんだい？　こんなところで……そんな恰好《かっこう》で？」

クーファはなんとか、収納庫に全身を埋められないか試みた。肩《かた》を前後に揺《ゆ》するも、荷物は『満杯』と固い抗議《こうぎ》を返してくるのみだ。筋肉が限界まで緊張《きんちょう》し、つい「はあっ」っと、熱い息を吐《は》き出してしまう。

「――ひゃうっっっ⁉」

途端《とたん》、サラシャは体をくの字に折り曲げた。額を膝のあいだに埋めて、背筋をぷるぷると震わせている。さすがにマダムもぎょっ、とした様子だ。

「ど、どうしたんだいっ？」

「……そ、そこ、だめっ……い、息が……あぁ……っっっ!!」

「息？」

「いき、い──息抜きがしたくって!!」

サラシャは弾《はじ》かれるように顔を上げた。晴れやかな笑顔《えがお》に汗《あせ》の珠《たま》が光っている。

「わ、わたし、お屋敷《やしき》だと立派な兄さんや姉さんといつも比べられて……い、息が苦しくなる時があって！　だからこうしてときどき、女優さんみたいな恰好をして別の自分を演じるんです！　──ほ、ほらっ、こんなふうに！」

手の届く範囲《はんい》のマネキンから仮面を借りると、それを自分の目もとにかざした。

「や、ややあサラシャ。ややや、僕に任せておきたまえ……」

妙《みょう》な声真似《まね》は、まさかセルジュ＝シクザール公のつもりなのか。サラシャは別の仮面を目もとにかざすと、声を裏返した。

「うふふっ、刺激《しげき》的な本はないかしら？　ページを破って食べてしまいたいぐらい！」

いったん仮面を外して、一生懸命《いっしょうけんめい》な笑顔を見せる。

「し、親友のミウちゃんです！　大お婆さまの真似もできますっ！」

いっそうけばけばしい仮面を目もとに当て、唇《くちびる》をすぼめる。

無理に低い声を出そうとしているせいで、かえって愛らしいことになっていた。

「な、なんだいなんだい、あたしからは逃《に》げられないヨ。なんだい、パーシーちゃん散歩に行きたいのかい。あたしゃ千里眼だヨ……千里眼、なのじゃー。なのじゃーっ」

「……………ぷっ」

マダム・フェアファックスはとうとう噴《ふ》き出した。臆面《おくめん》もなく破顔する。

「ぷはっ、わっはっはっはっはっは!! お前さんにそんな愉快《ゆかい》な趣味《しゅみ》があったとはね! びっくりだよ、わっはっは!!」

「えへっ、えへへ……っ、見つかっちゃいました……!」

これはいけるか? とクーファも希望を見出《みいだ》したその時だ。

ひとしきり笑い終えたマダムが、ついでのように口にした。

「ふぅ、ふぅ……ところでお前さん……どうして収納庫の戸に座ってるんだい?」

ギクッ、とサラシャの全身が硬《かた》くなったのを、クーファはふとももの痙攣《けいれん》から察した。

真っ赤だったサラシャの顔から、一気に血の気が引いた。今度は青くなる。

「な、なんのこと――」

「卒業生を舐《な》めちゃいけないよ。そんなところに座っていたら戸が抜けるかもしれない。さあ、こっちへおいで」

「…………こ、腰が抜けちゃって」

半分は本当だろう。ならばとマダムは、サラシャの片腕《かたうで》を引っ張った。

「大変だ。医務室へ連れていってやろう。さあ、掴《つか》まって……」

「あっ……！　や、やめっ……!!」

抵抗《ていこう》むなしく、ゆっくり引き上げられていく。決して離《はな》すまいとするふとももが、クーファの側頭部をむっちりと滑《すべ》る。最後の瞬間《しゅんかん》まで隠そうとヒップをこすりつけるも、ほどなくスカートの裾は床を離れ、やがて開かれたままの引き戸を露《あら》わにして──

バタンッ！　と倉庫の扉が開け放たれた。

「侵入者《しんにゅうしゃ》が見つかりました!!」

声とともに駆《か》け込んできたのはキーラだ。マダムは弾かれるように振《ふ》り返る。彼女がぽかん、と呆気《あっけ》に取られているうちに、力の抜けた指先からサラシャは腕を引き抜いた。すばやく座り直す。位置がずれ、クーファの鼻梁《びりょう》がより危ういポジションに埋まってしまったが、息苦しいなどと文句を言ってはいけない。サラシャは懸命《けんめい》にスカートの裾を広げて引き戸を隠した。

マダムはドアの方に気を取られていた。誇《ほこ》らしげな顔をしたキーラに。

「見つかったって？　……どこでだい？」

「大聖堂の鐘楼《しょうろう》です！　とんでもないやつで、寮生《りょうせい》を気絶させて逃げ回っていました。

──この者が！」

いったい誰《だれ》だ？　と、クーファもかつてないほどスカートの外側に興味を向けた。

サラシャだけは、おずおずと入室してくる人影《ひとかげ》を目にすることができた。寒冷地用の戦《せん》
闘《とう》服に耳当て、左右に垂らしたツインテール。年齢《ねんれい》は同じ程度のいたいけな少女──

「あなたは……──」

サラシャが彼女の名前を思い出す前に、マダム・フェアファックスが問うた。

「学園の生徒じゃないねえ……お前さん誰だい？」

「………シ、シクザール家の客員銃士《じゅうし》でありますっ」

「それがなんだってこの学園にいる？」

「セ、セルジュさまの、護衛を仰《おお》せつかりまして……っ」

スカートのなかでクーファも思い出していた。影武者《かげむしゃ》を頼《たの》まれた際、シクザール公は
「僕には優秀《ゆうしゅう》な《番犬》がいる」と胸を張っていた。つまりはこの、生真面目《きまじめ》な声の主が
そうだろう。

彼女に続いて、ミュールも倉庫に入ってきた。床にへたり込んでいるサラシャの姿を見て何かを察したらしく、ほっとさりげなく胸を撫《な》で下ろす。

《番犬》は緊張の面持《おもも》ちで背筋を伸《の》ばし、硬い声を出した。

「わ、わたしっ……アクアリムス天鏡区《てんきょうく》はたくさんのゴンドラが行き交《か》う美しい街だと聞いて、た、楽しみに——い、いえっ、そう聞いて参りました。し、しかし駅から出たら、大運河には一艘《そう》の舟《ふね》も浮《う》かんでおらず……！」

「今はゴンドリエーレ協会でストライキの真っ最中ですの」

ミュールが言った。《番犬》の目尻《めじり》に涙《なみだ》が浮かぶ。

「そ、それでわたし……っ、もしかしたら何かあったのかと……」

「何か？　何かってなんだい？」

「そ、それは…………」

彼女が口にすることのできない事情を、ミュールとサラシャと、そしてクーファだけは察した。

シクザール公は分家の過激派に命を狙《ねら》われている。《番犬》もさぞ気が張っていたことだろう。話に聞いていたのとは違《ちが》ううら淋《さび》しい街の光景を目の当《ま》たりにして、焦燥《しょうそう》に駆られたのだ——まさか、出遅《でおく》れた!?　すでにトラブルが起きているのか!?　と。

《番犬》は健気《けなげ》に説明を続けている。

「い、急ぎ学園にやって来てみれば、肝心《かんじん》のセルジュさまはいらっしゃらず……」

「シクザール公のご到着《とうちゃく》は明日になるそうだよ」

キーラの声は追い打ちにしかならなかった。《番犬》はいよいよ涙声《なみだごえ》になる。

「に、にもかかわらず生徒たちは普通《ふつう》にしているので、わたし、わけが分からなくなって……っ。と、とりあえず様子を見ようと身を潜《ひそ》めていたら、急に侵入者のあぶり出しが始まって……！」

「パニックになって逃げ回っていた、と」

フェアファックス婦人は盛大《せいだい》にため息をこぼした。

クーファもようやく納得《なっとく》した。パーシヴァルが最初に感知した気配は彼女のものだったのだ。マダムの叱責《しっせき》が鞭《むち》のごとく、ぴしゃりと放たれる。

「まったく人騒《ひとさわ》がせな娘《むすめ》だね！」

「もっ、申し訳ありません!!」

「来な！　アタシが学園長に紹介《しょうかい》してやるよ。——おや、パーシーちゃん」

クーファとサラシャの体が三度《みたび》緊張した。『ピィ、ピィ』という、あの鳴き声が羽音とともに部屋に入ってきて、マダムの肩に止まる。

念波の能力をもってすれば、床下《ゆかした》に埋《う》まっている青年の影《かげ》にたやすく気づくだろう。ここにきて万事休すか——と思いきや、パーシヴァルはうつらうつらと、頼《たよ》りなげに頭を揺らす。

そのまま、マダムの頭にこてんともたれかかってしまった。愛らしい姿だ。

「パーシーちゃん！　おねむかい？　今日はがんばったねえ……お前のおかげで迷子のわんこが見つかったよ。さあ行こう……やれやれ、とんだ捕《と》り物になっちまった」

マダム・フェアファックス、キーラ、そして肩をしょげさせた《番犬》と続き、ぱたんっとドアが閉じられる。

倉庫にはミュールとサラシャだけが残された——表向きは。

「……サラちゃん？　クーファせんせは……」

ミュールが慎重《しんちょう》に呼びかけると、サラシャもゆっくりと床を立つ。

持ち上げられたスカートの下からは、ミュールが予想した通りの青年——の頭が現れた。表情は見えないが、機械的な動きで収納庫から這《は》い上がる。

サラシャはスカートを押さえて俯《うつむ》いていた。かつてないほどに顔が真っ赤だ。一方のクーファは仕事帰りのように軍服を整え、ネクタイをきゅっ、と締《し》め直す。

「ところで、なぜパーシヴァルはオレが隠《かく》れていることに気づかなかったのでしょうか？」

——話を飛ばした……っ‼

少女たちは愕然《がくぜん》としたまなざしを向けるも、蒸《む》し返すこともあるまいとミュールはかぶりを振る。

制服のポケットを探《さぐ》り、取り出したものは赤い実のついた小枝だ。

「フボルの実——パーシーの大好物ですけれど、あげすぎると酔《よ》っぱらうんですの。薬剤《やくざい》室に在庫があって助かりましたわ」

「それを取りに行ってくださっていたのですね。おかげで助かりました」

ミュールはやるせなさそうに肩《かた》をすくめた。

「こんなことぐらいしかできなくて……とにかくご無事でなによりでしたわ、せんせ」

「サラシャさまのおかげです」

クーファが万感を込《こ》めて見つめると、サラシャはいっそう恥《は》ずかしそうに顔を伏《ふ》せる。

「《身を挺《てい》して》とはまさにこのことでしょう。前だけを見つめて手を引いてくださったサラシャさまの、なんと凜々《りり》しいお姿か！」

「も、もうっ……クーファ先生ったら……！」

「特に最後の、色とりどりの演技ときたらまさに迫真《はくしん》で…………ぷっ」

サラシャは不思議そうに見上げてきた。クーファが言葉の途中《とちゅう》で顔を背《そむ》けたからだ。

彼を責めてはいけない。思い出してしまったのである。――『なのじゃ、なのじゃー』

という、一生懸命な声真似《まね》を。いったん思い出すと、もう収まらなかった。

「あははっ！　あはっ、あ、あの時のサラシャさまときたら……あはははっ！」

「「……っ!!」」

少女たちふたりは、驚《おどろ》くと同時に津波《つなみ》のような感慨《かんがい》に襲《おそ》われた。

特にサラシャである。青年の無防備な笑い方に年齢相応の無邪気《むじゃき》さを見出して、どうしてだろう、生まれてから心臓がいちばん音高く、トクンッ、と乙女心《おとめごころ》をノックする。

――こんな顔もするんだ……――

しばし無意識に瞳《ひとみ》を潤《うる》ませたのち、はっ、と我に返る。

「もっ――もう、クーファ先生ったら！　笑わないでくださいよぅ！」

「も、申し訳ありません。ですが……あはははっ！」

「もう、もう、も～う！」

ぽかぽかと胸板《むないた》を叩《たた》く姿は、まるっきり甘えているようにしか見えない。

その光景に、若干《じゃっかん》へそを曲げたのがミュールである。どういうこと？　わたしがいないあいだにいったい何が……と、出遅れた気分を味わわされたのだ。

「サラちゃん？　すっかりクーファせんせと打ち解けたみたいね？」

「えっ？　う、うん、そういえば……」

自然と触《ふ》れ合っていることに気づき、サラシャは間近にある彼の顔を見上げる。

胸板を撫でていた手を、自然とクーファの手に。追手から逃《に》げていた時のように、熱っぽく指を絡《から》ませる。

「で、でも、ヘンなの。さっきよりも胸がどきどきしてるのに、もっと、ずっと、クーファ先生のそばに居たいって思う……えへへっ、ヘンですよね？」

「これなら兄妹《きょうだい》のふりもばっちりですね？」

「はいっ、ばっちりです！」

兄妹？　――まるで恋人《こいびと》じゃないの!!

ミュールはむっすぅ～とお餅《もち》のようにほっぺたを膨《ふく》らませて、せめてサラシャに並び立とうとした。つかつかと歩み寄ると彼女のドレスを突《つ》っついたのである。

「ていうか、なぁにサラちゃん、このカッコ。着方がめちゃくちゃじゃないの！」

「あっ、それは急いでて……」

ミュールの言う通りだった。サラシャは本当に大慌《おおあわ》てで、最低限の体裁《ていさい》を整えてきたために、帯も結ばれていなければファスナーも留められていない。しかも寮内を逃げ回ったりクーファを庇《かば》ったりし続けたせいで限界まで着崩《きくず》れしており、すなわち今、指先でほんの少し追い打ちをかけられただけで――ずるりと。

ドレスが肩から滑《すべ》り落ち、果実の皮がむけるように裸身《らしん》が露《あら》わになった。

「…………え」

サラシャはもとより、ほかのふたりもとっさに反応できなかった。特に真正面から向き合っていたクーファは、いきなり目の前に突きつけられた乙女のラインを上から下まで、まじまじと鑑賞《かんしょう》してしまう形となる。

ドレスは足もとにわだかまっているため、足首からふとももまで隠すものは何もない。可憐《かれん》なショーツはもはやフリルの折り目まで覚えてしまっている。きゅっとくびれたウェストはメリダのそれを思わせるが、スレンダーな彼女とは好対照の果実がふたつ、『さあ召《め》し上がれ！』と言わんばかりにクーファの前に張り出している。

ドレスがはだけた瞬間《しゅんかん》、それが反発でふるんっ、と揺《ゆ》れたのが視界に焼きついた。やはり十三歳相応の、将来性を思わせるボリューム感。その先端《せんたん》はつん、と上向いて桜色を主張しており――クーファの目には、フボルの実よりこちらの方がよほど美味に映った。

「いっ…………!!」

サラシャは弾《はじ》かれたようにバストを庇った。ミュールがさすがに口もとを覆《おお》った。そしてサラシャの唇《くちびる》が大きく息を吸い込んだ瞬間、クーファは《逃げ》の体勢を取った。

「いやあああああああああ～～～～～～～～～～っっっ!?」

「な、なんだ!?」「誰《だれ》の声ですの!?」「また不審者《ふしんしゃ》が出たのかい!? パーシーちゃん、捕《つか》まえなァ!!」

マダム・フェアファックスたちのざわめきが届くのと、クーファが倉庫から飛び出すのが同時。かくして、誰も望んでいない第二幕が幕を開ける――

そして結局のところ、ひと晩を通してついぞ捕まることのなかったその人影《ひとかげ》は、実在するのかどうかも定かではない《幻《まぼろし》の貴公子》として、聖ドートリッシュ女学園の七不思議のひとつに数えられることになったのである。

# CLASSROOM：V　～真白き園《その》の学院七不思議《セブン・ワンダーズ》～

「――七不思議？」

メリダが訊《き》き返すと、ティーチカ＝スターチィはこっくりと頷《うなず》いた。

「はいなのですっ。学院中を探し回ったのに見つからないのですよ～……」

「そっか、今日は《インセット・デイ》ですものね」

メリダはテーブルにティーカップを戻《もど》しつつ、お淑《しと》やかに納得した。

インセット・デイとは、学期ごとに一日から二日ほど設けられている、講師たちの研修日である。その日の生徒たちには自由時間が与《あた》えられており、自主的に勉強に励《はげ》む者もいれば――今のメリダとエリーゼのように、学内のカフェでくつろいでいる者もいる。

そして入学したての一年生には、聖フリーデスウィーデ女学院を舞台《ぶたい》にした大掛《おおが》かりなオリエンテーリングが課せられているようだ。そのあまりの難易度に、彼女――メリダの愛らしい後輩《こうはい》が助言を求めにきたというわけである。

ティーチカはメリダに課題の用紙を渡《わた》すと、両手で頭を抱《かか》えてみせた。

「うう～……ティーチカ、怖《こわ》い話は苦手なのです～」

「ティーチカさんったら。七不思議って言ったって、別に怪談《かいだん》っていうわけじゃないわ」

テーブルの対面からエリーゼが身を乗り出してきて、メリダは彼女とふたりで用紙を覗《のぞ》き込む。

ここで言う《不思議》とは、《驚嘆《きょうたん》すべきもの》《見るに値《あたい》するもの》を意味している。すなわち《聖フリーデスウィーデ七不思議》と言えば、勉学やクラブ活動など、様々な分野で特に模範《もはん》的な七人の生徒を表しているのだ。

用紙には七つのヒントが綴《つづ》られていた。


『其《そ》の一、小さな手のひらは甘い色』

『其の二、獣《けもの》の駆《か》り手は来世も守る』

『其の三、恵《めぐ》みの雫《しずく》の主《あるじ》は今日も潤《うるお》う』

『其の四、廃屋《はいおく》にはピアニストが住む』

『其の五、その歌声が宝の地図になる』

『其の六、大聖堂に迷い込んだ天使を探せ』

『其の七、翼《つばさ》は番《つがい》であってこそ羽ばたく』

二年生のメリダたちでさえ、なんのことやらだ。エリーゼは上体を引いた。

「そっか、年度が替《か》わったから……」

「七不思議のメンバーも入れ替わったのよね」

その名誉《めいよ》ある七人は、毎年の生徒会が決める。メリダたちが二年生に進級しておよそ二週間――今年はなかなか発表がされないと思えば、なるほど、一年生たちへのクイズにするために延期していたということだろうか。

とはいえ、学内で迷子が出るほど広大な聖フリーデスウィーデ女学院である。ティーチカとともにやって来た数人の一年生たちはほとほと困り果てていた。解答用紙には、いまだたったひとつの名前しか記されていない。

メリダは一年生の集団に視線を移し、遠慮《えんりょ》がちに訊いた。

「それで、どうしてラクラ先生が一緒《いっしょ》にいるんですか？」

上目遣《うわめづか》いになって、さらに慎重《しんちょう》に訊《たず》ねる。

「……なんで泣いてるんですか？」

「手を離《はな》してくれないんだ………」

一年生たちの真ん中には、まったく違和感《いわかん》のない小柄《こがら》な少女が紛《まぎ》れ込んでいた。しかし学院の制服ではなく、講師用のローブを羽織っている。本年度から武練教官として就任したラクラ＝マディア先生である。——年下だろうと、れっきとした講師だ。

ティーチカは無邪気に彼女を振《ふ》り返る。

「だって迷子になったら大変なのですっ」

「私は子供じゃないぞ!!」

「《ひとり目》のラクラ先生はすぐに分かったのですけれど、ほかの方たちがさっぱりなのです。ふむぅ～……」

メリダはなるほど、とあらためてヒントを読み返した。

『其の一、小さな手のひらは甘い色』——確かにラクラ先生の肌《はだ》は、思わずぺろっと舐《な》めたくなってしまうようなチョコレート色だ。一年生よりも小さい手のひらは愛くるしいことこの上ない。

メリダは、はたと顔を上げた。

「そういえばラクラ先生、研修はいいんですか？」

「……《まずは学院に慣れること》が私への課題だそうだ。それで設備をチェックしていたら、一年生どもが押し寄せてきて私を……っ。う、うぅっ」

「ク、クーファ先生がどうされてるか、ご存じじゃありませんか？」

彼の名前を出すと、ラクラ先生は「ずびっ」と鼻をすすって泣き止《や》んだ。

「……なんだか面倒《めんどう》な仕事を任されたみたいで、朝から見てない」

「そうですか……」

クーファや、エリーゼの家庭教師であるロゼッティもまた、学院に携《たずさ》わる者として雑務を買って出ているのだ。

その時、カフェに三年生の集団が近づいてきた。先頭のひとりが、メリダたちの会話を拾って「ほほほ」と笑う。

「計算通りね……」

「ミトナ御姉《おねえ》さま？」

メリダは言ってしまってから、はっと口を押さえた。

「ち、違《ちが》った。——ミ、ミトナ生徒会長！　ごきげんよう……っ」

エリーゼやティーチカら一年生たちも、「ごきげんよう」と続く。ミトナ＝ホイットニーは鷹揚《おうよう》に頷いた。背後に引き連れている三年生たちは、新年度の生徒会メンバーだ。

「呼びやすい方でいいわよ。私だってまだ、その呼ばれ方に慣れないわ」

ミトナ会長はテーブルに歩み寄ると、空白だらけの解答用紙を取り上げた。

「あらあら、やっぱりみんな同じね。苦戦しているようだわ」

「難しくし過ぎたでしょうか……」

生徒会のひとりも悩《なや》ましげに頬《ほお》を押さえる。

真っ先に意見を述べたのはラクラ先生だ。

「その前に、ひとを勝手に七不思議にするなっ！」

「ごめん遊ばせ？　指名権は生徒会にありますの。それにラクラ先生は最年少の騎士《きし》にして、生徒よりも幼い学院講師……あなた以上の《不思議》などそうそうありませんわ？」

まったく同意見だったので、メリダや一年生たちも「うんうん」と頷く。

ティーチカだけが、わずかに小首をかしげてメリダを見上げてきた。

「生徒じゃなくても、《学院七不思議》になれるのですか？」

「学院のひとなら誰でも――たとえ一年生だってね。その証拠《しょうこ》に、七不思議には《幻の八人目》がいるの」

「八人目？」

メリダは嬉《うれ》しそうに微笑《ほほえ》んだ。

「ブラマンジェ学院長先生よ？　これだけは毎年決まっているの」

よって、ラクラ先生が七不思議になることになんの問題もないのである。

果たして残りの六人は誰なのか――すべての答えを知っている生徒会の面々が、なぜか悔《くや》しげに爪《つめ》を噛《か》んだ。

「このままじゃあたしたちの計画が……っ」

「計画？」

メリダが訊き返しかけた時、ミトナ会長が「こほんっ」という咳払《せきばら》いで注目を集めた。

「――一年生に学院のことをよく知ってもらいたくて企画《きかく》したのに、このままじゃ計画が台無しだわ。みんな、手分けして一年生たちを手伝ってあげましょう！」

そのひと声で、生徒会のメンバーがめいめいに散らばる。ミトナ会長はカフェのテーブルへと振り向いた。

「メリダさんとエリーゼさんも、ティーチカさんを助けてあげてくれないかしら？」

「わたしでよければ……あっ、でもそういえば、時間が」

メリダが時計を探してきょろきょろすると、ミトナ会長はたおやかに微笑む。

「午後は全校生徒で《衣裳《いしょう》》の採寸よね？　それまでで構わないわ」

そういうことなら、とメリダはあらためて頷く。途端《とたん》、椅子《いす》の後ろからティーチカがじゃれついてきた。

「やった――――っ！　メリダ御姉さまと一緒なのですぅ～！」

「きゃっ！　もう、ティーチカさんったら……っ」

「えへへ～っ、ティーチカは御姉さまのお傍《そば》が大好きなのですよ～っっっ」

するとテーブルの対面から「ぷくっ」という音がした。エリーゼはお餅《もち》を焼いたみたいにほっぺたを膨《ふく》らませると、ぶすぶすと唇《くちびる》を尖《とが》らせる。

「……リタはわたしの御姉さまなのに」

テーブルが、がたんっ、と揺《ゆ》れた。何事かと思えば、ミトナ会長がバランスを崩《くず》してテーブルに手のひらを突《つ》いたのだ。もう片方の手で鼻を押さえている。

「み、見かけた途端にこの収穫《しゅうかく》……え、エクセレント！」

「ミ、ミトナ御姉さま？」

「なんでもないのよ。ええ、なんでもないの」

どうにか上体を持ち直すと、ミトナ会長はせかせかと言い募《つの》った。

「そ、そうね、任せっぱなしっていうのも申し訳ないし、私もあなたたちに同行するわ。構わなくって、ティーチカさん？」

「わわっ、とっても光栄なのですぅ～っっっ！」

ティーチカの盛り上がりに負けじと、彼女の同級生たちも身を翻《ひるがえ》した。

「それじゃあ、ラクラ先生はわたくしたちがお連れしますわ！　さあ、行きましょうね、先生？」

「こらっ、だから、私を巻き込むな！」

ぐずるラクラ先生の目の前に、生徒会のひとりが何かを差し出した。

有名菓子《かし》店の棒キャンディである。ラクラ先生は目を丸くして受け取ると、包み紙を取って、さっそく口にくわえた。

そうして意気揚々《ようよう》と集団の先頭に歩み出し、人差し指を突き出すのだ。

「むぐむぐ……まったく世話が焼けるなお前たちは。私についてこい！　あっという間に残りの全員を見つけてやるぞ！　むぐむぐむぐ」

「「はーい!!　ラクラ先生っ！」」

いったいどういう育ちをしてきたのか、甘味《かんみ》にまったく耐性《たいせい》のないらしいチョコレート色の先生は、お菓子の香《かお》りをちらつかせるだけで一年生でも釣《つ》ることができるのである。

あちらのグループは任せて問題なかろうと、メリダはあらためて問題用紙に向き直る。

カフェのテーブルには、メリダ、エリーゼ、ティーチカとミトナ会長の四人だけが残された。

謎《なぞ》めいた七行のヒントと、メリダたちはしばしにらめっこ。

「ねえ、エリー。わたし、このなかの《ふたり》には心当たりがあるわ」

「わたしも」

ティーチカは興味津々《しんしん》で身を乗り出した。

「ほわわっ、誰《だれ》なのですっ⁉ ティーチカにも教えてほしいのですぅ！」

するとエリーゼは、得意げな雰囲気《ふんいき》でメリダの隣《となり》へと椅子を近づけるのだ。

「わたしとリタには分かるの」

「ティーチカさんにも教えてあげるわ。一緒に行きましょ？」

メリダはなんの悪気もなく椅子を立つと、下級生へと手を差し伸《の》べる。ティーチカは嬉しそうにその腕《うで》へと抱《だ》きついて、椅子に残されたエリーゼはむすっと頬を膨らませた。

そして、すべての答えを知っているであろうミトナ会長は。

「豊作だわ……！」

口もとをハンカチで隠《かく》し、相変わらずよく分からないことを口走っている。

† † †

庭園の迷路《メイズ》を抜《ぬ》けた先に、絵画のモチーフになりそうな東屋《ガゼボ》が建っている。こぢんまりとしたそこにはふたりの女生徒の姿があった。ともに二年生。ひとりが座ってお茶を飲んでおり、もうひとりはその傍《かたわ》らで、隙《すき》のない彫像《ちょうぞう》のごとく控《ひか》えている。

ティーカップを持て余したひとりが、微動《びどう》だにしないもうひとりへと促《うなが》す。

「スゥちゃんも座って？」

「いえっ！　私はいついかなる時も、パルマお嬢《じょう》さまのしもべですゆえ」

「もう～お堅《かた》いなあ。こんなとこ誰も来《こ》ぉへんのに」

パルマお嬢さまと呼ばれた方が、つまらなそうに足をぷらぷらさせる。そしてスゥと呼ばれた方は、まぶたをぴくっ、と持ち上げてみせた。

「……そうとも限らないようです。私たちの他《ほか》にも、迷路《メイズ》をクリアしてきた物好きの足音がすぐそこに――ひとつ、ふたつ、みっつ……!?　何者か！」

スゥは滑《すべ》るような足運びで、パルマを守るように立ちはだかる。

数秒後。なんの緊張感《きんちょうかん》もなく迷路《メイズ》から歩み出てきたのが、メリダたちだった。

「あっ、いたいた。やっぱりここにいたのね、ふたりとも」

「あ～っ！　メリダちゃんや～！」

パルマはのんびりと立ち上がると、東屋《ガゼボ》から駆《か》け出した。スゥが「あっ」と手を伸ばすも、もう届かない。

パルマはその勢いのまま、メリダへと抱きついた。親愛のハグである。ふたりは互《たが》いの背に腕を回して、まるで風車のようにくるくると回る。

「えへへ～っ、メリダちゃん、ぎゅう～！」

「わっ、もうパルマさんったら……お返しのぎゅーっ！」

「きゃあ～っっっ」

子供のように戯《たわむ》れる上級生たちを前に、「ほえ？」と首をかしげたのがティーチカだ。

「御姉さま、メリダおねーさまっ、そちらの方が《七人の不思議ちゃん》なのですか？」

正直、すぐには分からなかったのだろう。さもありなん、パルマののんびりとした雰囲気は騎士に向いているとは言い難《がた》い。実際、彼女の実技の成績は学年でも下から数えた方が早いくらいだ。

しかし、真っ先に眉《まゆ》を吊《つ》り上げたのがスゥである。すぐさまテーブルから刀を——授業外でも肌身《はだみ》離《はな》さず持っている愛刀を取り上げて、今にも抜き放たんばかりに柄《つか》を握《にぎ》る。

「なにっ⁉　この一年生め……無礼な！」

「こ～ら、スゥちゃん。後輩《いもうと》を脅《おど》かしたら、めっ」

今度はパルマが眉を吊り上げると、スゥは片膝《かたひざ》をついて刀を置く。

「め、面目《めんぼく》ございません……っ」

「彼女の《不思議さ》は、見てもらうのが早いと思うわ」

そこでとりなしてくれたのが、年長のミトナ会長だった。

持参してきた鞄《かばん》を開く、すると、ほんの少し風《ふ》が吹いただけで、パルマは鋭敏《えいびん》に鼻をひくつかせた。

「あっ、この匂い……」

「分かったかしら？　少し試《ため》させてもらっても構わない、パルマさん？」

「もちろんですよ～」

メリダは両手のひらで、パルマの目もとを覆《おお》った。ミトナ会長はさらに距離《きょり》を開け、東屋《ガゼボ》から五メートル以上は離れる。

ミトナ会長の持つ鞄には、カフェから分けてもらってきた茶葉が仕舞《しま》われていた。種類ごとに小分けにされているそれを、ミトナ会長はまずひとつ、鞄の口から引き揚《あ》げる。

「ダージリン」

間髪《かんはつ》を容《い》れず、パルマは断言した。それがまごうことなく正解だったので、ティーチカは目を丸くする。

ミトナ会長は満足げに微笑み、次から次へと紅茶の小袋《こぶくろ》を取り上げる。

パルマが解答するのに、一秒のタイムラグもなかった。

「アッサム、リゼ、ウバ、ルフナ、ジョルジ、カンヤム・カンニャム、アルナチャル・プラディッシュ……」

「す、すっ、すごいのです～っっっ!!」

ティーチカは瞳《ひとみ》をきらきらと輝《かがや》かせた。メリダは彼女へと向き直り、まるで我が事のように胸を張る。

「パルマさんの《不思議っぷり》はこんなものじゃないわ。彼女のミニストル家は、広大な茶園を持つ紅茶マイスターとして有名なんだから！」

「紅茶、マイスター？」

照れくさそうに笑っている当のパルマに代わり、メリダは続ける。

「単に銘柄《めいがら》や飲み方に詳《くわ》しいだけじゃなく、カフェのアドバイザーをしたり、自分自身で起業をしたりね、そういう資格のことよ？　わたしも紅茶のフレーバー当てには自信がある方なんだけど、彼女にはとても敵《かな》わないわ。ときどき勉強させてもらってるの」

「褒《ほ》めすぎやって〜」

なにを隠そう、パルマの独特なイントネーションの喋《しゃべ》り方は、茶園のある下層居住地域の訛《なま》りなのだそうだ。

そこで刀の鍔《つば》を鳴らし、歩み出たのがスゥである。

「不思議不思議と……揃《そろ》いも揃って、ひとの主《あるじ》をなんだと思っているんだ！」

ティーチカは「きゃ〜っ」と叫《さけ》びながら、メリダの背中へと回り込む。

「御姉《おねえ》さまおねーさまっ、あちらの方も《不思議ちゃん》のひとりなのですか？」

「わたしはそう思うわ。スゥ＝ジアンさんといえば、聖フリーデスウィーデきっての乗馬の達人ですもの！」

褒められて悪い気はしなかったのか、スゥはぐっ、と刀を引っ込める。

「……何かと思えば、七不思議探しをしているのですか？」

「うちらが今年の七不思議なん？」

メリダはティーチカの耳もとに唇を寄せ、さらにヒントを囁《ささや》いた。

「スゥさんのジアン家はね？　代々パルマさんのミニストル家に仕える従者の家系なの」

ティーチカは問題用紙を引っ張り出し、嬉《うれ》しそうに声を弾《はず》ませた。

「分かったのです！　三番目の《恵《めぐ》みの雫《しずく》の主》がパルマ御姉さまで、二番目の《獣《けもの》の駆り手》がスゥ御姉さまのことに違《ちが》いないのですっ！」

さっそくペンを走らせる下級生を前に、スゥはおずおずと生徒会長を窺《うかが》った。

「パ、パルマお嬢さまはともかく、私が七不思議だなどと……。乗馬だって、広大な茶園を見回るために、物心ついた頃《ころ》から教え込まれただけで」

「そのおかげで、三年生よりも上手でしょう？　引き受けてもらえないかしら？」

ミトナ会長がほとんど正解を口にして、真っ先にパルマの表情が輝く。

「ええやない、七不思議！　スゥちゃんにぴったり！」

「ルナ・リュミエールと違って、ただの名誉《めいよ》なんだし、貰《もら》っておけばいいじゃない！」

　メリダも追い打ちをかけて、スゥはさらに「うぐっ」とたじろぐ。

「そ、そういうことではなく……っ、こ、この私がお嬢さまを差し置いて《二番》だなどと……！　パルマさまと対等に名前を並べるなんて」

「もう、スゥちゃん？」

　パルマは彼女の両手を取って、むっと頰《ほお》を膨らませた。

　迫力《はくりょく》も何もないが、スゥにとっては威力抜群《いりょくばつぐん》のようだ。気まずそうに目を泳がせる。

「《従者ごっこ》はおうちでだけ。なんで無理言って寮《りょう》に入ったか忘れたん？」

「わっ、私はジアン家の代表として、御身《おんみ》をお守りするために……！」

「ス～ゥ～ちゃぁ～ん？」

　パルマは間近まで顔を近づける。スゥは「うぐっ」と言葉を詰《つ》まらせた。

　やがてキャンディ棒のように、ぽっきりと折れる。

「だ、だめだって、ルゥちゃん……っ」

「えへへ～、一緒《いっしょ》にやろっ？　七不思議！」

「ル、ルゥちゃんがやるなら…………うん」

　同級生のメリダたちがほう、と珍《めずら》しい一場面に見惚《みと》れていると、どこかから慌《あわ》ただしい物音が響《ひび》いた。

ミトナ会長が鞄を取り落とし、女優のごとく地面にくずおれているではないか。

「ふぁ……ファンタスティック!!」

「ミ、ミトナ御姉さま!? 大丈夫《だいじょうぶ》ですかっ?」

「な、なんでもないわっ。ただ、その、興奮を抑《おさ》えきれなかっただけよ……!」

二年生たちはなんのこっちゃである。その時、ティーチカがちょうどふたりの名前を書き終えた。エリーゼは綴《つづ》りに間違いがないか確かめてから、その用紙を級友たちへと差し出す。

「パルマたちは、ほかの七不思議に心当たりはない?」

パルマとスゥは並んで用紙を覗《のぞ》き込んだ。七行のヒントのうち、すでに三つは埋《う》まっている。

パルマはひと足先に上体を引いた。「お手上げや」と。

対して、同じく上体を引いたスゥは、こともなげに告げた。

「私に分かるのは、このなかのひとりだけだ」

全員の注目が集まる。なぜか、ミトナ会長の瞳がもっとも期待に輝いた。

スゥは歌うように、ひと筋の道標《みちしるべ》を口にする。

「廃屋《はいおく》に住むピアニストといえば、《彼女》のことだろう」

† † †

そこはまるでひと気のない、生きとし生ける者から忘れ去られたような場所だった。

廊下《ろうか》はもう、何年も掃除《そうじ》がされていないように見える。空き教室はほとんど倉庫のようなありさまだ。無論、生徒や講師の姿などあろうはずがない。

しかし、《音》だけが聞こえていた。

廊下を遮《さえぎ》るようにカーテンが掛《か》けられている。

その向こうから、美しい鍵盤《けんばん》の音色が手招いている——

『ララ、ラ——』

同時に、歌だ。

誰《だれ》かのピアノと、誰かの歌が、至極《しごく》のハーモニーを奏《かな》でている。

カーテンを除《の》け、意を決して向こう側の廊下へと足を踏《ふ》み出せば、磨《みが》かれた床板《ゆかいた》からはまだしも手入れがされている様子が見て取れた。荷物のあいだにすっぽり埋《うず》まるかのように、一枚のドアがある。

丸いステンドグラスを通して見れば、その先にはふたりの女生徒がいた。

まごうことなく倉庫らしい。壁《かべ》一面までびっしりと荷物で埋め尽《つ》くされている。埃《ほこり》が、細かな雪のようにきらきらと舞《ま》っている。その中心に一台のグランドピアノがあった。

三年生の徽章《きしょう》を付けたひとりが、革椅子《かわいす》に浅く腰掛《こしか》けて、鍵盤の上で両指を跳《は》ねさせている。

そしてもうひとりが、ピアノの屋根に手を添《そ》えて歌をうたっていた。

「ララ――ラ、ラ、ララ――」

控《ひか》えめに言って、学生のレベルではなかった。情緒《じょうちょ》たっぷりの歌声が、うら寂《さび》れた廃屋を劇場の一場面へと塗《ぬ》り替《か》えている。それを支えるピアノの練達さは言わずもがなだ。

いつまでも聞いていたいと思わせるようなその調和が、ふいに途切《とぎ》れる。

歌い手の方が、かぶりを振《ふ》って歌うのをやめてしまったのだ。

「ああ、ダメ。また同じところで声が掠《かす》れちゃう」

「そんなことないわ、とってもよかった」

ピアニストの方は余韻《よいん》で何小節か引き続けたあと、そっと両手を引いた。

喉《のど》の調子を整えている歌い手を、三年生の弾《ひ》き手は眩《まぶ》しそうに見つめる。

「ねえエストちゃん、あなたやっぱり歌手になるべきよ。才能があるもの」

「せ、先輩《せんぱい》までママみたいなこと言わないでください……あたしはひとりで歌うのが好きなの」

歌い手の方は二年生なのだった。とはいえふたりの距離感《きょりかん》は学年の差を感じさせない。遠慮《えんりょ》のなさ、とでも言おうか。

「そういうカルディア先輩こそ、せっかくオーケストラから誘《さそ》われているんだから、ご両親に反対されたって受ければいいいんだわ」

「でも、うちの親は私に騎士《きし》として出世してもらいたいみたいで……」

「あたし応援《おうえん》します」

ひとのことになるときっぱりと言うエストだった。カルディアと呼ばれた三年生は、複雑な内心を押し込めて、純真な笑《え》みを後輩《こうはい》へと向ける。

「だけど、私、ずっと《このまま》でもいいな……とも思うの」

「このまま？」

「エストちゃん、本当に歌手になったらたちまち大人気だもの。私、あなたのファンに嫉《しっ》妬《と》しちゃう。ずっとこうして私だけのピアノで、ふたりだけの時間で歌っていてほしいな……なんて思っちゃうの。ふふっ」

エストはピアノから手を離《はな》すと、髪《かみ》の毛をいじった。

薄暗闇《うすくらやみ》でも分かるほどに、頬が染まっている。

「なんですかそれ……バカみたい」

途端、ドアが開いてひとりの女生徒が倒《たお》れ込んできた。

辛抱《しんぼう》たまらず、バランスを崩《くず》してしまったミトナ＝ホイットニー生徒会長である。

「グレイト……グレイトフル!!」

何事!?　と目を丸くするエストとは対照的に、カルディアはほんわかとした笑みである。

「あら、ミトナちゃん。相変わらず楽しそうね？」

「じゃ、邪魔《じゃま》してごめんなさいカルディア。ぜひ……ええ、ぜひそのまま続けてもらいたかったのだけれど、もう足腰が限界になってしまって……！」

よく分からないことを口走るミトナの後ろから、さらに二年生がふたりと、ひとりの一年生が駆《か》け込んでくる。無論、ともに覗き見していたメリダたちだ。

「エストさんすご〜〜〜っい!!」

「げっ、アンジェル姉妹《しまい》……」

エストが苦そうな表情をするのにもお構いなしに、メリダとエリーゼはクラスメイトである彼女を取り囲む。

「エストさんがこんなに歌が上手だったなんて知らなかった！　どうして隠《かく》してるの!?」

「音楽の授業でも、いつも隅《すみ》っこの方にいる」

エストは髪をいじりながらそっぽを向いた。

「そういう反応をされるのが嫌《いや》なの。他《ほか》のみんなには言わないでよねっ？」

「彼女のお母さま——《ウェールスの歌姫《うたひめ》》と言えば有名なオペラ歌手ですものね」

　ミトナ会長がハンカチで鼻を押さえながら立ち上がった。エストはゆるりとかぶりを振る。

「……そのおかげであたしは、物心ついた時から専属講師を付けられたり、あちこちのコンテストに引っ張り回されたりしたの。ああいうピリピリしたの、嫌なのよ」

「もったいないなぁ」

　カルディアがぽろろん、と鍵盤を弾く。ミトナ会長はやや表情を引き締《し》めて、ピアノへと向き直った。

「……まだ進路に迷ってるみたいね？　あと一年よ？」

「う〜ん……もう少し堂々とピアノが弾けたら、それでいいんだけど、ね」

　そこで、ゆいいつの一年生がお気楽に手のひらを上げた。

「はいは〜い！　ティーチカ分かったのです！　《廃屋のピアニスト》がカルディア御姉《おねえ》さまで、隠されている《宝の歌声》がエスト御姉さまのことなのですっ！」

「……なんの話？」

　メリダが七不思議探しをしているという事情を説明してやると、エストは即座《そくざ》に自らの体を抱《だ》きしめた。

「絶・対・イヤ!!」

「え〜？　別にいいじゃない。ルナと違《ちが》って責任があるわけじゃないんだし」

メリダが先ほどと同じ切り口で説得を試みると、頰に人差し指を当てたのはピアニストのカルディアだ。

「う〜ん、私もあんまり噂《うわさ》が広がっちゃうのは困るかな〜」

「あら、そうかしら？」

ミトナ会長が譜面台《ふめんだい》の傍《かたわ》らへと歩み出てくる。

「たくさんのひとが『もっとあなたのピアノが聞きたい』って思えば、少し状況《じょうきょう》も変わるんじゃない？」

そのひと言に、はたと振り返ったのがエストだった。ピンと背筋を伸《の》ばす。

「カルディア先輩は七不思議になるべきだと思いますっ」

「それなら、エストちゃんも一緒にね？」

「うう……っ」

エストが言葉に詰まった隙《すき》に、ミトナ会長は嬉《うれ》しそうに手のひらを合わせる。

「決まりね！」

ティーチカは空き箱に用紙を敷《し》いて、マイペースにペンを走らせていた。

「ええ〜と、エスト＝ウェールス御姉さま、に……カルディア＝コラソン御姉さま……と！」

彼女がぴっ、とペン先をはね上げるのと同時、校舎塔《とう》の鐘《かね》が鳴り響いた。

いつもであれば、午後の授業を告げる音色である。ティーチカは「はみゅっ！」と頭を抱《かか》える。

「あうぅ〜時間切れになっちゃったのですぅぅ……っ」

「いいえ、落ち着いてよく見て、ティーチカさん？」

ミトナ会長は、いたいけな一年生の肩《かた》に手のひらを置く。

用紙の解答欄《らん》には、いまだ二カ所の空白があった。そのヒントを指でなぞる。

「確かに自由時間はおしまいだけれど、次は全校生徒で大聖堂に集まって、衣裳《いしょう》の採寸よ？　残りのふたりは……」

「そっか！『大聖堂に迷い込んだ天使を探せ』……採寸のあいだに見つければいいのです！」

ティーチカは俄然《がぜん》やる気を取り戻《もど》して、むんっ、とこぶしを握《にぎ》る。

「よ〜し……ここまで来たら、七人全員見つけ出してみせるのですっ！」

「ウフフ、期待しているわ、ティーチカさん——本当に」

そうしてティーチカがめらめらと使命感に燃えているあいだに、エリーゼはふと問題用紙を持ち上げていた。あらためてヒントと、解答を照らし合わせて、眉《まゆ》をひそめる。

「ねえ、リタ、ちょっと気にならない？」

「なに？」

メリダも隣《となり》から用紙を覗き込む。ティーチカのまるっこい筆記が五行、並べられていた。ひとつしか解答が埋《う》まっていなかった先ほどと比べて、大進歩ではないか。

しかし、その順調さこそがエリーゼの抱《いだ》いている違和感《いわかん》だった。

「ふたり目のスゥと三人目のパルマ、四人目のカルディア先輩と五人目のエストが同じところで見つかった。——これは偶然《ぐうぜん》じゃない」

「それは、彼女らは知り合いなんだから、当然じゃない」

「だから、七不思議のうち《ふた組》がとっても近しい知り合いだったの。それが珍《めずら》しいなって思って」

エリーゼの人差し指が、残りふたつのヒントをなぞる。

『其《そ》の六、大聖堂に迷い込んだ天使を探せ』

『其の七、翼《つばさ》は番《つがい》であってこそ羽ばたく』

七行目のヒントは特に抽象的《ちゅうしょうてき》に思えた。しかし、その《翼》がなんの翼を意味するのかは、おそらくはメリダにもティーチカにも自然と思い浮《う》かんでいることだろう。

ふたり目のスゥは三人目のパルマの側《そば》に控えていた。

四人目のカルディアは、五人目のエストとふたりきりのコンサートを開いていた。

そして、これから向かう大聖堂に六人目の《天使》がおり――

その傍らで、最後の七人目が見つけられるという筋書きなのだろう。

しばし考え込むエリーゼを、こっそりと窺《うかが》っているひとりがいた。ミトナ＝ホイットニー生徒会長である。横目で後輩たちを見つめながら、口もとに笑みを浮かべている。

仮に彼女の心を覗《のぞ》けるとしたら、次のような声が聞こえることだろう。

――さすがはエリーゼさん、七不思議探しの法則に気がついたようね。

けれど、気づかれることこそが私たちの計画よ！　今、あなたの頭には――いいえ、七不思議を探すすべての一年生たちの頭には、《六人目》と《七人目》がぴったり寄り添《そ》っている姿が思い浮かんでいることでしょう。

それを教えて頂戴《ちょうだい》……それでこそ、この計画は完遂《かんすい》される！

私たち生徒会の、崇高《すうこう》なる真の目的は――………

†　†　†

「《メリダさまとエリーゼさま》のカップリングこそが、王道にして至高よ！」

ひとりが感情も露《あら》わに机を叩《たた》いた。数人が「そうよそうよ！」と追随《ついずい》する。

すると生徒会室の対面からは、「やれやれ」と言いたげなため息が聞こえるのだ。

「王道……すなわち安直」

「な、なんですって……っ⁉」

「はっきり言って差し上げますわ。あなた方の主張はありふれている、と」

そう告げたひとりが髪をかき上げると、左右の同志たちも不敵に微笑《ほほえ》む。

彼女らは力強く、ぐっ、とこぶしを握り締めた。

「わたくしたちが推《お》すのは《メリダさまとネルヴァさま》のカップリング！　これこそが今年のニューウエーブよ‼」

「馬鹿《ばか》げていますわ」

すぐに反対意見がぶつけられた。嚙《か》み合わない歯車が火花を散らす。

「聞けば、彼女、以前はメリダさまにきつく当たっていたようじゃありませんの。到底《とうてい》、エリーゼさまとの絆《きずな》に及《およ》ぶものではありませんわ！」

「フフン、まったく浅はかとしか言えませんわね」

《ネルヴァ派》のひとりは余裕《よゆう》たっぷりに髪をかき上げた。会議机に陣取《じんど》る《エリーゼ派》の面々が、「なんですって⁉」と気色《けしき》ばむ。

「なぜ、ネルヴァさまはメリダさまを虐《しいた》げていたのか？　そこに妄想《もうそう》の余地が生まれるのですわ……！　彼女らのあいだにどんな確執《かくしつ》があったのか、ネルヴァさまの胸のうちにあるのは独占欲《どくせんよく》か、はたまた表裏《ひょうり》一体の愛情か……⁉　嗚呼《ああ》っ、わたくし、ネルヴァさまの葛藤《かっとう》を想像するだけで、紅茶を三杯《ばい》は飲めてしまいますわ！」

ここで《エリーゼ派》は、いったん冷静に身を引いてみせる。

「珍味《ちんみ》は飽《あ》きるものよ」

「そ、それでしたら、まったく新鮮《しんせん》な味を求めてみるというのはいかがでしょう……？」

次に発言したのは、生徒会室の第三勢力だ。グループは三つに分かれている。

もっとも人数の少ない一団が、それでも決然と足を踏《ふ》み出した。

「新一年生の、ティーチカ＝スターチィさまをご存じですか？　わたくしたち、彼女とメリダさまとのカップリングも捨てがたいと思うのです……っ！」

「一年生じゃない！　付き合いが浅すぎるわ！」

「ええ、その通り、《後輩《こうはい》》です！」

《ティーチカ派》もまた、一歩も退《ひ》かなかった。

「メリダさまにとって貴重な、年下との絡《から》み……！　きっと、彼女の新たな一面が見られるに違いありません！」

「くっ、それはそれで美味《おい》しいシチュエーションだけれど……っ」

らちが明かない、とばかりに生徒会のひとりが部屋の奥《おく》を振《ふ》り返る。

「会長！　ミトナ会長はどのカップリングがいちばんだと思われますか⁉」

生徒会長の机では、ミトナ＝ホイットニーが静かに会議の成り行きを見守っていた。

優雅《ゆうが》に持ち上げていたティーカップを、波紋《はもん》も立てずに下ろす。

「百合《ゆり》の花に貴賤《きせん》なし……！」

おおっ、と女生徒たちが畏敬《いけい》の声を上げる。ミトナ会長は超然《ちょうぜん》と微笑んだ。

「すべての花を愛《め》でなさい」

「さすがはミトナ会長……！」

「なんていう懐《ふところ》の広さ……っ」

「生徒会長に相応《ふさわ》しいお方ですわ！」

口々に黄色い歓声《かんせい》が上がるなかで、冷静なひとりがぽつりと述べる。

「しかし、それでは話がまとまりません」

全員が我に返り、ぐったりとこうべを垂れさせる。

新生徒会による、新年度第一回の会議は難航していた――

議題は今年の《七不思議》である。奇数枠《すうわく》をラクラ先生として、残りの三組を《もっと も模範《もはん》的なカップル》で埋めるという方針は、まず満場一致《まんじょういっち》で決定された。

ひと組目を二年生の主従カップル・スゥ＝ジアンとパルマ＝ミニストルに、ふた組目を背徳的な上級生と下級生・カルディア＝コラソンとエスト＝ウェールスのカップルに割り当てるという流れにも大きな異論はなかった。

しかし最後の最後に、ここまで意見が割れることを誰《だれ》が予想できただろうか？

メリダ＝アンジェルには類稀《たぐいまれ》なる《素質》がある――

しかしそれゆえに、ペアの候補が多すぎて、意見がまとまらない！

「私、考えていたのだけれど」

全員が疲《つか》れ果てるのを見計らっていたかのように、ミトナ会長が口を開く。

「このまま話し込んでいても、全員が納得《なっとく》する答えなんて出ないと思うわ」

「すると？」

「客観的な意見を募《つの》りましょう――」

生徒会室の全員がミトナに注目する。彼女は手振りを交えて続けた。

「もうじき、講師の先生方のインセット・デイがあるでしょう？　そこで一年生にオリエンテーリングを課すの、『七不思議を探しましょう』って。そうして辿《たど》り着いた先に、スゥさんとパルマさん、カルディアとエストさんの仲睦《なかむつ》まじいカップルがいたら？　一年生たちはきっとこう思うわ──『彼女らをお手本にするべきなんだ！』って」

「素晴《すば》らしい学院になりますわ!!」

興奮を露わにする面々へと、ミトナ会長は手のひらをかざす。

まだ計画の半分よ、と言いたげに。

「そうして満を持して、メリダさんの名前を七不思議に挙げるの。すると一年生の子たちはこう考えるはずよ、『最後のひとりはメリダさんとのカップルに違いない。彼女といちばんお似合いなのは誰？』ってね。そして、それぞれが思う名前を用紙に書くでしょう」

「つまり……？」

「そうして全員の用紙を集計して、もっとも多かった名前を《正解》にするの。要するに投票ね」

生徒会の皆《みな》は顔を見合わせた。ミトナ会長は軽くウィンクをする。

「これなら全員が納得するカップリングになるでしょう？」

「異存ありませんわっ！」

「ですが、もうひとつ問題が――」

なおも冷静なひとりが、あらためて挙手をする。

「《学院七不思議》は、全生徒の模範となる人物でなければなりません。メリダさまは確かに優秀《ゆうしゅう》な二年生ですが、誰もを納得させられるかというと……」

「抜《ぬ》かりはないわ」

ミトナ会長が即答《そくとう》して、誰もが目を剝《む》く。

「い、いったいどのようなお考えがっ？」

「あなたたちも常日《つねひ》頃《ごろ》から目にしているはずよ。私は去年の入学式で彼女をひと目見た瞬《しゅん》間《かん》に、ほかの誰も持っていない《特別》を見出《みいだ》したの」

幾人《いくにん》かは顔を見合わせて考え込む。他《ほか》の面々は勢い込んで身を乗り出す。

「それはいったい――なんですの⁉」

ミトナ会長はすぐには答えず、たおやかにティーカップを持ち上げた。

「インセット・デイの午後には、大聖堂で聖歌隊《ゴスペル》衣裳《いしょう》の採寸がある。そこでメリダさんは、生徒の誰もが認めるヒロインになるのよ――………」

† † †

そしてインセット・デイ当日の大聖堂。ミトナ会長の予想通り、衣裳部屋には女生徒たちによるひとだかりができていた。中心にいるのは純白の衣《ころも》をまとったメリダである。

注目の理由を、周囲の少女たちは何度となく口にした。

「メリダさまったら——本当に——とっても綺麗《きれい》な金髪《きんぱつ》ですのねっ！」

「え、えへへっ……ありがと！」

メリダは照れくさそうに聖歌隊の衣裳を翻《ひるがえ》す。艶《つや》のある長い金髪が躍《おど》り、純白の衣の上で跳《は》ねた。眩《まばゆ》いコントラストが少女たちにほう、と羨望《せんぼう》の吐息《といき》を零《こぼ》させる。美しく波打つブロンドは、乙女《おとめ》の憧《あこが》れである。メリダほどきめ細やか、かつ輝《かがや》かしい金髪の持ち主など、学院どころか街中を見回してもいないだろう。少女たちは訊《たず》ねずにはいられなかった。「美しさの秘訣《ひけつ》は？」「なにか特別なお手入れをされていますの⁉」

メリダは困った顔で両手をかざす。

「と、特になにも……っ。昔っからメイドのエイミーに櫛《くし》を入れてもらってたくらいで……あっ、でも最近はクーファ先生が気に掛《か》けてくださってたり……」

「詳《くわ》しくお聞かせくださいませっ！」

一年生たちですら、興味津々《しんしん》で群れを成してメリダに詰《つ》め寄っていた。メリダが戸惑《とまど》ったように身をよじると、それだけで宝石よりもまばゆく金髪が煌《きら》めく。「「「おお～っ」」」と、いたいけな少女たちは瞳《ひとみ》に星を散りばめた。

ティーチカは自分の目に狂《くる》いはなかったと、感動のまなざしである。

「やっぱりメリダ御姉《おねえ》さま、素敵なのです！　本物の天使さまみたいなのですっ！」

途端《とたん》に周りの級友が、一拍遅《いっぱくおく》れてティーチカ本人が気がついた。

「そ、そっか！《大聖堂に迷い込んだ天使》はメリダ御姉さまのことだったのです‼」

「え、ええ～～～っっっ⁉」

言われてみればそうに違いないと、一年生たちはさっそく用紙を引っ張り出す。

六行目の欄《らん》に自身の名前が綴《つづ》られてゆくのを見て、メリダは必死に両手を振った。

「そんな、無理よ、わたしなんかっ！」

すると茶々を入れてきた声がふたつ。クラスメイトの集団から歩み出たエスト＝ウェールスとスゥ＝ジアンだ。

「あらぁ？　こんなのただの名誉《めいよ》なんでしょ？」

「貰《もら》っておけばいいじゃないか、ン？」

「ふぐぅ……！　こ、こんなことになるだなんて……っ」

ティーチカは『メリダ＝アンジェル』の名前をひときわ大きな文字で綴ると、ペン先を最後の空白へと向けた。

「むむむ……分かってしまったのですっ。つまりスゥ御姉さまとパルマ御姉さま、エスト御姉さまとカルディア御姉さまみたいに、メリダ御姉さまのいちばんの仲良しさんが七人目の《七不思議》なのですっ！」

ぴくっ、と反応した者が数人。エリーゼにネルヴァ、新聞部のゼシカ——同じユニットのソーマにミドは、単に七不思議の称号《しょうごう》が欲《ほ》しいのだろうか。ともかくも最初の火花がぱちっ、と弾《はじ》けた瞬間、メリダは慌《あわ》てて先手を打った。

すなわち、聖歌隊の衣裳を思い切りよく脱《ぬ》いだのである。

「い、今は採寸の時間でしょっ？　みんな、さっさと測りましょう！」

清楚《せいそ》な下着姿になって、逃《に》げるようにメジャーを取り上げる。

そうして向き直った先には、チョコレート色の肌《はだ》をさらす年下の少女がいた。

「どうして私まで連れ込まれているんだ………」

ラクラ先生はどんよりと、納得がいかなそうな空気を漂《ただよ》わせる。メリダはにっこりと微笑《ほほえ》みかけた。

「ラクラ先生には特注のローブが必要ですから。測っておかないといけないんです。——はい、ばんざ〜い」

「子供扱《あつか》いをヤメロ！」

そんなやり取りを遠巻きに眺《なが》めて、壁際《かべぎわ》でぽつりと声が零された。

「ラクラ先生とのカップリングもオツなものね……ふふっ」

もちろん、ミトナ会長ら生徒会の面々である。他の生徒たち同様の下着姿。堂々たるモデル立ちで、ミトナ会長はブラジャーの胸を張る。

「どう？　これでメリダさんが七不思議になることに不思議はないでしょう？」

「素晴らしい着眼点ですわ、会長！」

同じく下着姿の生徒会会計が、肢体《したい》をくねらせていた。ここまでほぼ、生徒会長の目論《もくろ》見《み》通りの展開である。

しかし、懸念《けねん》がないわけではない。冷静沈着《ちんちゃく》な書記が意見を述べた。

「ですが、会長。この作戦には大きなリスクが伴《ともな》うかと」

「どういうこと？」

「クーファ先生のことを忘れてはなりません——」

その名前を聞いて、生徒会の面々はハッ、と息を呑《の》む。

書記もまた、緊張《きんちょう》の面持《おもも》ちで続けた。

「《メリダさまとぴったりのペア》と言われると、彼を思い浮《う》かべる生徒は数多いかと。なにせクーファ先生ときたら、触《ふ》れ合った女性をことごとく虜《とりこ》にする魔性《ましょう》の持ち主……！

最近では、聖ドートリッシュ女学園の貴《とうと》いお方たちまで心を奪《うば》われてしまったとか」

「た、確かに彼は油断なりませんわ……」

一同はもどかしそうに爪《つめ》を嚙《か》む。

あたかもそうしていなければ、理性が保てないと言わんばかりに。

「クーファ先生に微笑みかけられると、いつの間にか信念を忘れて……っ」

「ううっ、わ、わたくしもつい真人間になってしまいそう……！」

「き、気をしっかり！」

揺《ゆ》らぎかける生徒会の面々のなかでも、ミトナ会長の背中は微動《びどう》だにしなかった。

威風堂々《いふうどうどう》たる流し目で、振《ふ》り返る。

「対策を講じていないと思って？」

「ま、まさかミトナ会長っ、彼のことまで見越《みこ》して……!?」

「ふふっ。ひとつには、みんなのこの恰好《かっこう》よ」

ミトナは自身のふとももから脇腹《わきばら》まで、艶《なま》めかしく撫《な》で上げてみせる。

「彼は紳士《しんし》ですもの。着替《きが》え中のところに踏《ふ》み込んできたりはしないわ」

「な、なるほど……っ！」

さらにふたつ目、と。ミトナ会長は二本の指を立てる。

「今日がインセット・デイだということ……！　クーファ先生にも学院の仕事が割り振られているはずよ。ゆいいつの男性として、とびきりの重労働がね。――私、昨日のうちにシスターに申告しておいたの。『薬草園にトラブルが発生しています』って」

「トラブル？」

ミトナ会長は指を下ろして、代わりに祈《いの》るように手のひらを組んだ。

「間違《まちが》った種類の薬草が植えられてしまって、根から毒素が流れ出しているみたいなの。いったん水路を止めて、問題の薬草を土ごと植え替《か》えなければならないわ。……どんなに早くても、今日一日は潰《つぶ》れてしまうでしょうね」

「ミ、ミトナ会長っ、なんて罪深い……!!」

「うふふっ……お許し遊ばせ、クーファ先生？」

薬草園に起こったその悲劇を、ミトナ会長たちだけは幸運と考えるべきだろう。これで心置きなくパラダイスを堪能《たんのう》できるというわけだ――

かと、思いきや。

こんこん、と。前触《まえぶ》れもなく衣裳部屋のドアがノックされた。下着姿の女生徒たちは一様に静まり返る。

数え切れないほどの視線が突《つ》き刺《さ》さるドアから、気負いのない声が聞こえてきた。

『──失礼。ミトナ＝ホイットニー生徒会長はこちらでしょうか？』

「ク、クーファ先生っ⁉」

メリダはとっさに肌を隠《かく》そうとして、隠せるような布がどこにもないことに気づく。下着一枚きりの生徒がほとんどだ。悲鳴とも、嬌声《きょうせい》ともつかない声が散発的に上がった。

そして生徒会の面々は、驚愕《きょうがく》の表情で思わず呻《うめ》く。

「バカなっ、クーファ先生……なぜここに⁉」

「し、仕事を切り上げてきましたのっ？」

『いえ、滞《とどこお》りなく仕事を終えましたので、その報告に。ミトナさまのご依頼《いらい》だと伺《うかが》ったので』

「あの量を……っ⁉」

ミトナ会長の余裕《よゆう》の表情が初めて崩《くず》れた。まだ研修が始まって半日足らずである。

「ま、間違えた種類の薬草を植え替えて、土を戻《もど》して……全部おひとりで？　こんなに早く⁉」

『いえ、それだけでは水路に影響《えいきょう》が残りかねないと思ったので、いったんすべての薬草を鉢《はち》植えにしてから、園全体の土を取り替えました。少々手間取りましたが』

「すべての土と草を……ッッッ⁉」

いよいよ愕然《がくぜん》とするミトナ会長である。ドアの向こうから、照れくさそうな苦笑《くしょう》が漏《も》れてきた。

『いや、お恥《は》ずかしい。さすがに汚《よご》れてしまったので、学院のシャワーをお借りしました』

「しかもシャワーを浴びる余裕まで……!!」

『入ってよろしいでしょうか？　入れ替えたあとの配置についてご説明を――』

言い終わらないうちに、ドアノブが回り始めた。女生徒たちから悲鳴が上がりかかる。

ミトナ会長は声を出すよりも先に、猛然《もうぜん》と床《ゆか》を蹴《け》った。

「させないわ!!」

風のように滑《すべ》り込んで、すんでのところでドアノブを押さえる。

もっとも効果的であろう、メリダがドア越《ご》しに訴《うった》えかけた。

「だっ、ダメです先生！　わたしたち今――裸《はだか》なの!!」

途端に、反対側のドアノブから手のひらの気配が離《はな》れた。

『こ、これはとんだご無礼を……っ。そういえば今日は衣裳《いしょう》の採寸でしたね』

「も、もう……イヤですわ、クーファさまったら」

「もしかして、わざと？」

三年生の幾人《いくにん》かは、どことなく期待のまなざしで肢体をよじっている。――よくない雰《ふん》囲気《いき》だわ、と。ミトナ会長は硬《かた》くドアノブを握《にぎ》り締《し》めたまま、冷《ひ》や汗《あせ》を浮かばせた。

先ほどまでは理想的な空気が満ちていたのに、彼が訪《おとず》れた途端にどうか？

今や誰《だれ》も彼もが目の前の姉妹《しまい》ではなく、板一枚を隔《へだ》てた青年の気配に意識を集中しているではないか。もし、なんらかのアクシデントでこの扉《とびら》が開け放たれたら？　一年生に至るまで、全員の頭がすっかりクーファのことでいっぱいになって、姉妹同士のカップリングなど考える暇《ひま》もなくなるだろう。

せっかくこの局面までこぎつけたのである。

この楽園に、彼の介入《かいにゅう》だけは——なんとしても防がなければ!!

が、ミトナ会長がそう決意した直後だ。あざ笑うかのごとく、悪魔《あくま》の指先が運命を狂《くる》わせ始めた。

きっかけは、芝居《しばい》がかったようにも聞こえる女生徒の悲鳴である。

「キャア！　リスよ！」

——リス⁉

なんと高い位置にある窓から、めったに姿を見せない子リスが一匹《いっぴき》、迷い込んできたのである。なぜ、こんな時に……っ⁉　その可愛《かわい》らしい雌《めす》は、三年生たちの足もとを駆《か》け抜《ぬ》けた。その混乱はドミノ倒《たお》しのごとく、ふたつの不幸を引き起こす。

まずはよろけたひとりがクローゼットにぶつかり、それが大きく傾《かし》いだ。

そして大げさに驚《おどろ》いたひとりが、床に蹴躓《けつまず》いて倒れ込む。

勢いをつけて、まっすぐドアの方に――

数秒後に巻き起こるであろう光景を、ミトナ会長は鮮《あざ》やかに予知した。まずはクローゼットが床に激突《げきとつ》するのだ。凄《すさ》まじい音と悲鳴が上がる。クーファはたまらず「どうしたのですか!?」と踏み込んでくるだろう。するとちょうど倒れ込んだ三年生が彼ともつれ合い……気がつけば、あられもない体勢になっているという寸法だ。

おしまいに女生徒たちの悲鳴が、ミトナ会長の理想郷を崩壊《ほうかい》させる――

――そうはさせるものですか!!

ミトナ会長はドアノブから手のひらを離し、弾《はじ》かれるように飛び出した。手始めに、倒れかかってくる同級生をしっかりと抱《だ》き留める。

「ハアァァ――――トウッ!!」

そのまま流れるように後ろ回し蹴りを放ち、クローゼットをもとの位置へと蹴り返す。むき出しの足が痛んだが気にしてなどいられない。続けざまに、床すれすれを独楽《こま》のように踊《おど》る。空気が竜巻《たつまき》のごとく唸《うな》り、子リスがびくっ、と小さな体を硬くした。

その一瞬《いっしゅん》で、片方の手のひらでリスを掻《か》っ攫《さら》う。

ミトナ会長はゆっくりと級友を支え起こしてから、背伸《せの》びをして窓に手を近づけた。

「お行きなさい」とたおやかにリスを逃《に》がしてやる。その一連の優美な所作には、運命をもてあそぶ悪魔ですら腰《こし》が引けてしまっただろう。

「ふっ……ざっとこんなものよ」

大胆《だいたん》に髪《かみ》をかき上げれば、女生徒たちから爆発《ばくはつ》的な歓声《かんせい》が上がった。

「うわあっ、恰好良《かっこい》いですわ、ミトナ御姉《おねえ》さまっ！」

「お手柄《てがら》ですっ、会長!!」

特に生徒会の面々は拍手喝采《はくしゅかっさい》である。ミトナ会長の周りに下着姿の一年生たちが群がった。溢《あふ》れかえる花の芳香《ほうこう》を、ミトナは至福の心地《ここち》で味わう。

——そこで、はたと気づいた。

人垣《ひとがき》の後方を、てくてくと歩いていくチョコレート色の肌《はだ》に。

ラクラ先生である。《引率》から解放されて、どこへ向かうのかと見ていれば……守る者のいなくなったドアの前に立ち、いとも気軽に開け放つ。

その音で、全員がいっせいに振り向いた。

ドアの反対側で戸惑《とまど》っていた青年と、目が合う。

「ク、クーファ先生……っ？」

メリダは呆然と呟いた。クーファもまた声をなくしていた。凍《こお》ったような沈黙《ちんもく》のなかで、チョコレート色の少女だけがきっぱりと言い放つ。

「おい、助けてくれっ！　生徒たちが私を子供扱《あつか》いするんだ！」

まさしく幼児並みの無頓着《むとんちゃく》さで、ラクラ先生は薄《うす》っぺらい胸を張る。

クーファが嘆息《たんそく》交じりに額を押さえた理由を、彼女はいつか知るだろうか。女生徒たちがみるみる頬《ほお》を赤くしていく様子を顧《かえり》みてくれるだろうか。それでも、ミトナ会長ら生徒会の表情に絶望が横切ったことだけは、誰にも気づかれなかったに違《ちが》いない。

やがてメリダを皮切りに、下着姿の全員が胸に空気を溜《た》め込んで——

凄まじい悲鳴が、大聖堂の隅々《すみずみ》にまで響《ひび》き渡《わた》るのである。

†　†　†

「——と、このように。実は美しい髪を保つにはシャワーそのものの他《ほか》にも、髪を洗う前と後でするべきことが多いのです」

そのあとは、ほぼミトナ会長たちが予感した通りの展開が繰《く》り広げられた。

悲鳴を上げられこそしたものの、なぜかすぐに衣裳部屋に馴染《なじ》んでいるクーファである。

メリダの金髪《きんぱつ》に櫛《くし》を入れつつ、そのお手入れについて講釈《こうしゃく》していた。女生徒たちは下着に毛布を巻いただけの恰好ながら、興味津々《しんしん》で彼の周りに集まっている。

クーファはいったん櫛を下げると、手もとの瓶《びん》に浸《ひた》した。蜂蜜《はちみつ》色の液体がなめらかに糸を引き、俄然《がぜん》、女生徒たちは瞳《ひとみ》を光らせる。

「そ、それはいったいなんですの⁉」

「これは《パウアオイル》です。世界最高品質のヘアオイルと呼ばれていますね」

「パウア……？」

「そ、そんなブランド名は聞いたことがありませんわっ」

おしゃれに敏感《びんかん》な数人が顔を見合わせた。クーファは再びメリダの髪に櫛を入れながら、さもありなんと頷《うなず》く。

「市場に出回っているものではありませんから……下層居住区の危険地域でのみ採取できる《パウアの実》から、大変な手間をかけて抽出《ちゅうしゅつ》されるのです。昔、採取任務を請《う》け負っていた時のツテで、時々こうして分けてもらっていて」

「先生ったら、そんなことまでしてくださっていたんですね」

メリダはあらためて驚いていた。クーファは口もとに慈愛《じあい》を滲《にじ》ませる。

「大切なお嬢《じょう》さまの御髪《おぐし》ですから」

女生徒たちがほう、とその光景に見惚《みと》れた。二年生や三年生にとっては、主従のロマンスはすでにお馴染みである。しかし、入学したての一年生たちにとってはそうではない。

ひとりが言った。

「彼はいったい何者なのでしょう？」

別の数人は、毛布を手繰《たぐ》り寄せて肌を隠す。

「そもそも、なぜ男性に女学校への出入りが許されているのでしょう？」

「御姉さま方も当たり前のように受け入れていますわ……っ」

「むむむ、不思議なのです～」

ティーチカ＝スターチィは自分自身の言葉に、ピコンっと面《おもて》を上げた。

「ティーチカ、分かったのです！　メリダ御姉さまの《番《つがい》の翼《つばさ》》は、クーファ先生のことなのですっ」

「なんのお話ですか？」

クーファは首を捻《ひね》ったものの、周りの一年生たちはすぐさま思い出した。

言われてみれば、聖フリーデスウィーデ女学院におけるただひとりの男性。

メリダ＝アンジェルと切って離せない、麗《うるわ》しの従者。

彼の闇色《やみいろ》の軍服と、金色の天使のコントラスト――

「「「間違いありませんわ!!」」」

一年生たちは用紙を引っ張り出して、最後の空白にしっかりと書き込んだ。『クーファ=ヴァンピール』と。次々と綴《つづ》られていく自身の名前に、クーファは「はて?」と首を捻った。その意味を知るメリダは頰を染めて俯《うつむ》いた。

「ク、クーファ先生とカップルだなんて……っっっ」

そして、この展開をまざまざと予想していた一団は——

すなわち生徒会の顔ぶれが、人垣の一番後ろで打ちひしがれていた。もはや集計するまでもない。七不思議の最後に誰が当てはまるかは明白だった。

ミトナ会長は左目を押さえる。

「彼の魔性《ましょう》を甘く見たわね………」

そうしているあいだにも、状況《じょうきょう》はさらに望まぬ方向へと転がっていった。女生徒たちが我先にと身を乗り出す。

「ク、クーファさまっ、わたくしにも一回分だけ、そのパウアオイルを分けていただけませんかっ?」

「わっ、わたくしは先生に手ずから櫛を入れていただきたいですわ!」

「ずるいわ! あたしだってっ」

彼女らが押し寄せてくる前に、メリダは両腕を広げてクーファを庇った。

「だ、だめですっ！　クーファ先生はわたしの先生なんだから……っ」

途端《とたん》、巻きつけただけの毛布がはらりと落ちる。クーファは顔を背《そむ》けた。

「お、お嬢さま、お気をつけを……っ」

メリダはぱっ、とぺったんこな胸を隠《かく》して、頬を羞恥《しゅうち》の色に染める。

「や、やだっ……先生のえっち」

黄色い悲鳴が部屋中で膨《ふく》れ上がった。全員が恥《は》ずかしがりながらも、熱に浮《う》かされたみたいにクーファのことをもみくちゃにする。よもや全員に一回ずつ櫛を入れなければ状況が収まらないのだろうかとクーファが観念した時、穏《おだ》やかな声が掛《か》けられた。

「クーファ先生」

生徒会の面々を引き連れたミトナ＝ホイットニーである。仮面のような微笑《ほほえ》みだ。

「こ、これはミトナさま、騒《さわ》がしくして申し訳ありません。よもやこのような状況になるとは――」

「私、生徒会長になりましたの」

「はっ？　え、ええ、もちろん存じておりますが……」

「よく覚えておいて」

それだけを告げると、ミトナ会長は颯爽《さっそう》と身を翻《ひるがえ》した。

下着姿に巻き付けた毛布が、風をはらんで猛々《たけだけ》しくたなびく。

──貴方《あなた》は、私たち生徒会の、天敵!!

「負けなくてよ──」

「はい……?」

虚《きょ》を突《つ》かれたような表情のクーファは、知る由《よし》もないだろう。この先に待ち受ける戦場を。これから一年、連綿と続くことになる因縁《いんねん》の対決を。

魔性のクーファと、百合《ゆり》の園《その》を求める生徒会の戦い──

今まさに、その幕が切って落とされたのである!

# CLASSROOM：Ⅵ　～金華《きんか》の夢幻後夜祭《リ・カーニヴァル》～

「それじゃあみんな、せーので声を合わせて……」

メリダがそう合図をしてから、威勢《いせい》よく腕《うで》を突き出すと――

ちりんっ！　と、四つのグラスが音高くぶつかり合った。


「サラっ、ルナ＝リュミエール就任おめでとう!!」

「おめでとう～～～っっっ!!」

ミュールとエリーゼが、周囲の喧騒《けんそう》に負けじと精いっぱいの声を上げる。

サラシャは炭酸果汁《シャンメリー》の注がれたグラスを引いて、照れくさそうに肩《かた》を縮こまらせた。

「あっ、ありがとう……っ！　でも、いいのかな？　わたしなんかが選ばれちゃって……」

「何を言っているの？　公平な選挙の結果よ！」

ミュールはまるで自分が当選したみたいに、得意げな顔でグラスを傾《かたむ》ける。

「キーラ御姉《おねえ》さまをすら抑《おさ》えての当選ですもの、誰《だれ》にも文句なんかありはしないわ。思い出してご覧なさいな、結果発表の時のあの大歓声《だいかんせい》を！」

「本当にどの戦いも、見逃《みのが》せない接戦だったものね」

メリダも落ち着いて椅子《いす》に座り直し、しんみりとここ一カ月の思い出を振《ふ》り返る。

「まさか開会式のパーティ会場が、そのまま第一の試練の舞台《ぶたい》になるだなんて想像もしなかったわ！」

「わざわざリタと離《はな》れたところに座らされてた時に、おかしいと思ってた」

ペアとして参加し、まずはメリダと合流するのに四苦八苦せねばならなかったエリーゼも、深々と頷く。ミュールはテーブルに身を乗り出した。

「あら、どのペアよりも早くお互《たが》いを見つけておいてよく言うわ？　クラスの子たち、『あのふたりは見えない糸で繋《つな》がってるんじゃないか』って噂《うわさ》してたぐらいよ！」

「わたしは第二の試練が印象に残ってるなあ」

サラシャが声を弾《はず》ませると、メリダとエリーゼもまた、瞳を輝《かがや》かせた。

「「カードゲーム!!」」

「しかも、描《か》かれた絵が本物になって出てくる魔法《まほう》のカード！　あれ、選抜《せんばつ》戦の時にしか使えないんだって」

あいにくとそちらは、ルナ候補生のみの個人競技である。ミュールなどは、よっぽど参加したかったとばかりに唇《くちびる》を尖《とが》らせる。

「去年の《グラスモンドパレス》にも圧倒《あっとう》されたものだけれど、聖ドートリッシュにもあんな隠し玉があったなんてね。学園長先生もひとが悪いわ？」

「選抜戦が始まる前の晩――」

メリダがぽつりと言って、皆《みな》の注目を集める。

どことなく、過ぎ去った戦いを惜《お》しむかのようにメリダは続けた。

「《灰色の魔女》だなんだって大騒《おおさわ》ぎしていたのが、ほんの序の口とは思わなかったわ」

「……ある意味で大勝負だったけど」

エリーゼがぼそりと付け加えて、その意味するところに――自分たち四人の翌朝の体勢を思い出して、サラシャなどは「あうっ」と頰《ほお》を沸騰《ふっとう》させる。

ミュールも頰の火照《ほて》りをごまかすかのように、全員のグラスへこぼれんばかりのシャンメリーを注いだ。

「とにかく、これだけは言えるわ――――リタちゃんもサラちゃんも、本当に素敵《すてき》だった!!」

しゅわっと泡《あわ》を弾《はじ》けさせながら、ミュールは勢いよくグラスを突き出す。

ほかの三人が顔を見合わせて、競《きそ》い合うようにグラスをぶつければ——

ちりん、ちりんっ！　と。再び、祝福の音色が奏《かな》でられた。

† † †

メリダが聖フリーデスウィーデ女学院に入学してから、二年目の秋——

ルナ・リュミエール候補生として臨《のぞ》んだ選抜戦。三つの試練からなる激戦を制し、栄冠《えいかん》を手にしたのはサラシャだった。公爵家《こうしゃくけ》の血族として、それを祝わずにいられれようか？

メリダたち四人は、今、ようやく《鎖城《さじょう》》の解けた聖ドートリッシュ女学園から足を延ばして、アクアリムス天鏡区《てんきょうく》の中央大広場——その一角に建つオープンカフェ——にて、お祝いをしているのである。

くしくも、天鏡区では《仮面舞踏祭《カーニヴァル》》の真っ最中——

周囲が割れんばかりに賑《にぎ》やかなのはそれが理由だ。オープンカフェは、席を確保できたのが奇跡《きせき》的なほどに大盛況《せいきょう》である。なにより目を引くのは、カーニヴァルを楽しむ人々の豪奢《ごうしゃ》な衣装《いしょう》……！　そして、多くの者が顔につけた《仮面《マスク》》だ。

都市国家《フランドール》最大級の仮面舞踏祭との触《ふ》れ込みは伊達《だて》ではなく、お祭りのあいだは街の住民も、観光客も、まるで貴族のように華《はな》やかに着飾《きかざ》る。その背徳を隠すかのように、それぞれが趣向を凝らした仮面をかぶっているのだ。

かく言うメリダたちとて、今はカーニヴァルのためのドレスでちょっとしたおめかしをしていた。仮面で身分を偽《いつわ》る必要はない。彼女らはまぎれもなく、この国の最高権力者である騎士《きし》公爵家の一員なのだから。

しかもそのうちのひとりは、栄《は》えある今年度のルナ・リュミエールである！

「わたしはリタが選ばれたっておかしくないと思ったけど」

何度も乾杯《かんぱい》をしたあと、ふいにエリーゼがそう零《こぼ》した。メリダは彼女へと向き直る。

「わたしは精いっぱい戦ったんだもの。悔《く》いはないわ」

「あら、物分かりがいいのね、リタちゃん？」

ミュールが手を伸《の》ばしてきて、ツンとメリダの頬をつついた。

「てっきり、足踏《あしぶ》みをして悔《くや》しがるかと思ったけど」

「だってわたし、もう十四歳のレディですもの」

すまし顔で胸を張るメリダである。

「まずは友達をお祝いしてあげなくっちゃ」

「お嬢《じょう》さまがた、楽しんでおいでですか？」

人ごみを縫《ぬ》って、軽《かろ》やかな靴音《くつおと》がテーブルへと近づいた。今日も今日とて、シックな軍服をなびかせたクーファである。両手に運んでいた軽食のお皿を、四人の前に並べる。

少女たちはまず、楚々《そそ》と居住まいを正した。背筋を伸ばし、ドレスの裾《すそ》を引っ張って、手間をかけてセットした髪《かみ》の毛を指先で整える。

それからミュールなどは、余裕《よゆう》ぶった流し目を送るのだ。

「あらクーファせんせ、気が利《き》きますわね？」

「しかもわたしたちの好物ばっかり。ほめてあげる」

エリーゼはミント色のマカロンを摘《つ》まんで、ちいさなお口にシャクッと運ぶ。

みんなすました顔をしているけれど、クーファの視線を浴びたくてそわそわしているのがバレバレだった。クーファはすかさず、丁寧《ていねい》にお辞儀《じぎ》をする。

「素敵な装《よそお》いをされているので、気にせずにはいられません」

ミュールはごまかすようにグラスを呷《あお》った。すでに中身は空っぽだ。

四人のなかで、もっとも分かりやすい反応をしているのはサラシャである。体中カチンコチンになって、椅子の上で肩を縮こまらせている。

自分から話を振るなどとてもできない彼女へ、クーファは微笑みかけた。

「サラシャさま、ルナ・リュミエールのご就任、おめでとうございます」

「あうっ！　あ、ああ、ありがしょうっ……ごじゃいます……っっっ!!」

「とても勇ましい戦いぶりでしたよ。……おや、試練の時の勇敢さはどこへ？」

肩に手を置こうとしたのだろうか、クーファが手のひらを伸ばす。

サラシャはぱっ、と顔を上げると、伸ばされてきた手のひらを逆に掴《つか》んだ。

クーファが軽く驚《おどろ》いているのにも構わず、前のめりになって言う。

「わっ、わたしが頑張《がんば》れたのは、クーファ先生が見ていてくださったからですっ！」

周囲から歓声《かんせい》が沸《わ》いた。みんなで何事かと振り返れば、同じく学園から足を延ばしてきた大勢の女生徒たちが、カーニヴァルの衣装で口々に囃《はや》し立てている。

「みなさま、聞きまして？　今のサラシャさまのお言葉！」

「まるで愛の告白ですわっ！」

クラスメイトからそんなふうに言われて、サラシャの顔がさらに茹《ゆ》で上がる。

クーファは、ぎゅっと握《にぎ》られた手のひらをほどくことも叶《かな》わない。

「お、おやおや……とんだ場面を見られてしまいましたね」

そこで、がたん！　と椅子が鳴る。

前触《まえぶ》れもなく立ち上がったメリダだった。友人たちに顔を見られる前に、慌《あわ》ただしくきびすを返す。

「じゅ、ジュースがもう空っぽじゃない。新しいの買ってくるわね！」

「あっ、リタ……！」

エリーゼが引き止める間もなく、メリダは足早に遠ざかっていってしまう。カフェのカウンターとは逆方向だった。すぐに人波に隠《かく》れてしまった金髪《きんぱつ》を探して、エリーゼは囁《ささや》く。自分以外には聞こえない声で。

「注文ならすぐそこですればいいのに……」

では、従姉妹《いとこ》はいったいどこへ行ってしまったのだろうか？

† † †

もちろん、何か考えがあって飛び出したわけではないメリダである。

単に、あのテーブルに居づらくなってしまっただけだ。メリダは人ごみを避《さ》けてあてどなく歩き続けながら、しょんぼりと視線を落とす。

「あんな大見得切るんじゃなかったなあ……」

というのも、メリダは選抜戦が始まる前、愛《いと》しの家庭教師にこんな約束をしてしまっていたのだ。『必ずルナ・リュミエールの栄冠を手に入れる』と。

そして――

『もし、わたしが今年のルナに選ばれたら……その時は先生に、勇気を出して伝えようと思っていることがあるんですっ！』

『お、お嬢さまっ。その言い回しは避けた方がよろしいかと……！』

『安心してくださいっ！　今のわたし、ちっとも負ける気がしないんです！』

『あああ……っ』

　クーファが何を懸念《けねん》していたのかは定かでないものの、その予感は的中してしまったようだ。結果として、勝利の栄冠はサラシャの手に……。

　もう何度も味わったはずの敗北の苦汁《くじゅう》が、今さらながらにメリダの胸を締《し》めつける。

　──別に、ルナの冠《かんむり》が欲《ほ》しかったわけではなかった。

　ただひとり、クーファに褒《ほ》めてほしかっただけだ。

　自慢《じまん》の生徒である、と。

　あなたの生徒は、こんなに立派に成長しているのだと──………

「期待、応《こた》えられなかったな……」

　──がっかりしたかしら？　先生。

　そう考えてしまうと、どうにも彼と顔を合わせられないのだ。

サラシャを心から祝福してあげられないのだ。

でも、そんなわけで、ただみんなのもとから逃《に》げ出すしかできなかったメリダなのである。

「そろそろ戻《もど》らなくちゃ」

あまり席を外しても不自然だろう。そう思ってメリダは面《おもて》を上げる。

そして、驚いた。本当に人っ子ひとりいない場所までやってきてしまっていたからだ。大きな通りを歩いていたはずなのに、祭りの喧騒《けんそう》はもうはるか遠い。どれだけぼんやりしていたんだろう——なかば自分に呆《あき》れつつ、メリダはきびすを返す。

「今は街中のひとが集まって、カーニヴァルを楽しんでいるんだものね」

そう思うと、ひとりぼっちの自分がひどく虚《むな》しく思えてしまう。早くみんなのところに帰りたい。でも、サラシャやクーファの前でどんな顔をすればいいのか分からない。

——そういえば、今日は仮面舞踏祭じゃない。

「わたしも街のひとみたいに、仮面をつければいいかしら？」

そう思った時だった、まるでメリダの想像が形になったみたいに、水路の脇《わき》にいくつもの《顔》が浮《う》かび上がった。

それは壁《かべ》一面に飾《かざ》られた、仮面である。悲喜《ひき》交々《こもごも》というべきか、笑った表情だったり、泣いた表情だったり、凝った装飾《そうしょく》がされていたり、はたまた真っ白の無表情だったりと種類は様々だ。

どこからか、がりがり、と削《けず》るような音が響《ひび》いている……。

「わあ、お面屋さんかしら？」

珍《めずら》しくはない。先ほどの広場でも、観光客を相手に威勢《いせい》の良い声で売り込む屋台を、メリダは何度も見た。

妙《みょう》といえば、目の前のお面屋の立地だろうか。そこはゴンドリエーレ会館の真ん前だった。街の交通を担《にな》うゴンドラ乗りたちの根城だ。しかし今日ばかりは、彼らもすべての業務を休止してカーニヴァルの一員になっている。

正門前にひとつだけ残った街灯が、場違《ばちが》いなお面屋をぼうっ、と照らしていた。

――誰《だれ》もいないのかしら？

と思ったら、いた。店主と思《おぼ》しき人物が、通りに背を向けて何かをやっている。ゴンドリエーレ会館の壁に張り付いて、右手をひたすらに動かしているのだ。

がりがり、という音はそこから響いていた。

「あ、あの、見せていただいてもいいですか？」

メリダがおそるおそる声をかけると、店主はこちらへと振《ふ》り向いた。

その人物もまごうことなくカーニヴァルの一員だった。古風な黒いドレスをまとって、指先まで黒い手袋《てぶくろ》をはめている。頭には目深《まぶか》に羽根付き帽子《ぼうし》をかぶり、フルフェイスの仮面で素顔《すがお》をすっかり隠していた。

肌《はだ》にペイントでもしているのか、仮面の奥まで真っ黒という徹底《てってい》ぶりだ。精巧《せいこう》なマネキンでも相手にしているような気分になる。メリダは声を震《ふる》わせた。

「ええと、このドレスに似合うようなものってないですか？」

同じ女性としてアドバイスが聞きたかった。

「…………」

しかし店主は何も答えずに、壁へと向き直る。メリダを無視して、再び右手をがりがり、と動かし始めた。いったい何をやっているのかしら？　なんにせよそれは、来客の相手をするよりも大事なことらしい。

――いいわ、勝手に選ばせてもらうから。

メリダも知らんぷりをして、ずらりと並べられた仮面を吟味《ぎんみ》し始める。

なかなか決められなかった。

専属メイドのエイミーもいない今、おろしたてのドレスにどんな仮面が似合うかなんてさっぱり分からないのだ。しかも、このお店には鏡さえ置いてない。メリダは何度か手のひらを伸《の》ばしては、仮面に触《ふ》れる寸前に引っ込めることを繰《く》り返した。

つけるどころか、手に取ることさえ一度もできない。

——わたし、なんでこんなことしてるんだっけ？

「……もう帰ろうかな」

諦《あきら》めてみんなと合流しようかと、メリダがきびすを返しかけた時だった。

振り向いた先に、真っ黒な女店主が立っていた。まったく前触れもなかったので、メリダは軽く飛び上がる。悲鳴を上げることだけは、なんとか堪《こら》えたけれど——

そういえばいつの間にか、「がりがり」という音が聞こえなくなっていた。けれどまったく、なんの存在感もなかったものだから、店主がいつから真後ろに立っていたのかメリダにはちっとも分からなかった。

「あっ、あの、気に障《さわ》ったのでしたらごめんなさい……っ」

「…………」

店先で「帰ろうかな」は商人としてのプライドを傷つけただろうか。無言の圧力が、両目に穴の開いた仮面の奥から放たれる……ような気がする。

かと思えば、店主はすっと、女性らしい繊細《せんさい》な手を差し伸べてきた。

人差し指と中指に、華奢《きゃしゃ》な仮面が挟《はさ》まれている。

「これ……？」

深く考えず、受け取ってしまうメリダだ。

それはとても精緻《せいち》な意匠《いしょう》だけれど、すごく小さい仮面だった。顔の半分を覆《おお》うものがハーフ・マスクならば、さらにその半分の大きさ——《クォーター・マスク》とでも呼ぶべきか。つけても、右目の辺りを飾《かざ》ることができるぐらいだろう。

顔を隠してしまうのはもったいない、と言いたいのだろうか。しかし、そもそも合わせる顔がないひとたちがいるから仮面が欲しいのであって、このミニサイズでは——アクセサリーのようなものだ。表情はごまかせない。

「あ、ありがとうございます……っ。でもわたし、もっと別の仮面を探してて」

がらんっ、と。飾られていた仮面のひとつが石畳《いしだたみ》に落ちた。

金属製のそれはなめらかに転がって、あっけなく水路に落ちる。ぽちゃん、と波紋《はもん》が広がった。

あっ、とメリダが声を上げる暇《ひま》もなかった。続けざまにふたつ、三つ、飾られていたすべての仮面がいっせいに落ちて、石畳を叩《たた》いた。けたたましい音色が飛び散る。

それらはまるで競《きそ》い合うかのように、転がって、跳《は》ねて、水路を目指した。ぽちゃん、ぽちゃん、ぽちゃんっとさも嬉《うれ》しそうに水柱を立てる。いくつもの泣き顔や笑い顔が、真っ暗な水の底に吸い込まれていった。

「…………」

メリダにはもう、言葉もない。女店主の方も、最初から最後までひとことも発さなかった。

台無しになったたくさんの商品を無視して、お面屋はドレスを翻《ひるがえ》した。足音も立てずに立ち去っていく。街が明るくなってから拾いに来るつもりなのかしら？　きっとそうに違《ちが》いないわ、と自分に言い聞かせ、メリダも引き止めることはしなかった。

水路に沈《しず》んだ仮面たちが今、どんな表情をしているか……メリダはどうしても覗《のぞ》き込むことができなかった。

「あっ、いけない……この仮面」

手に、クォーター・マスクを握《にぎ》り締めたままなのに気づいた。

しかし、店主の姿はとっくに見えなくなっている。ここで待っているべきかしら？　そう思った途端《とたん》に、途轍《とてつ》もない心細さがメリダの心を苛《さいな》んだ。

思わず震え上がってしまいそうになった時、後方から声が響いた。

「──お嬢《じょう》さま！　こんなところにいらっしゃいましたか！」

「せっ、先生⁉」

道の向こうから、見間違えるはずもない精悍《せいかん》な軍服姿が駆《か》け寄ってくるのが見えた。追いかけてきてくれたんだわ！　それに気づいた瞬間《しゅんかん》、メリダの胸がぎゅうっと甘く締め付けられた。

とはいえ、急に安心したところでメリダは思い出す。

――そもそも、なんで自分は彼の傍《そば》から離《はな》れてしまったのだったか？

「はっ、はうぅ！　こんなみっともない顔、先生に見せられないわ！」

しょぼくれた小熊《こぐま》のような表情をしているだろう、今の自分は。

メリダはとっさに、手に持っていたクォーター・マスクを右目に当ててしまう。

――それを境に、ふっと意識が途切れた。

† † †

「……これはいったいどういう状況《じょうきょう》なんですの？　クーファせんせ」

ミュール＝ラ・モールは唖然《あぜん》と呟《つぶや》いた。両隣《りょうどなり》のサラシャとエリーゼも言葉を失っている。

クーファから『緊急《きんきゅう》事態だ』との報《しら》せを受け、向かった先は閑散《かんさん》とした裏通りだった。

そこには知る人ぞ知る、高級《ミルクバー》が営業している。お酒やジュースの代わりに様々な銘柄《めいがら》のミルクを提供しているのだ。匿名《とくめい》性も高く、衝立《ついたて》で仕切られたあちらこちらのテーブルでは、マニアな客たちがちびりちびりと乳白色のグラスを傾《かたむ》けている。

カーニヴァルの喧騒からも遠く、多少なりとも落ち着いて話もできよう。それはいい。

問題なのは、目の前のテーブルだった。そこにはふたりの待ち人がいる。

クーファはさも痛そうに頭を押さえていて――

そしてメリダは、まるでメイドみたいに彼の脇に控《ひか》えていた。

椅子《いす》は人数分余っている。友人たちと合流するや、メリダは表情を華《はな》やがせた。

「あらあらまあ、みなさん！　ようこそいらっしゃいましたわ！」

「「「は？」」」

間の抜《ぬ》けた声が、三人の少女たちから漏《も》れる。メリダはお構いなしに、てきぱきと三人分の椅子を引いた。

「どうぞ、こちらでおくつろぎくださいな。すぐにお飲み物をご用意しますわね！」

「リ、リタさん、いったいどうしちゃったんですか……っ⁉」

クーファは額を押さえるのをやめて、重々しく面を上げた。

「……オレがご説明いたします。お嬢さまがた、ひとまずお座りになってください」

戸惑《とまど》いながらもサラシャたちがテーブルに着くと、すぐさまメリダはそれぞれのグラスにミルクを注いだ。

「高級ミルク《シャトー・クリミー》ですわ。どうぞご賞味くださいませ」

「リ、リタさんは一緒《いっしょ》に座らないんですか？」

「そんなっ、わたくしはメイドですもの。お屋敷《やしき》の外では立場をわきまえませんと……」

サラシャとミュールは目を白黒させるばかりだ。

そんななか、エリーゼだけがぽつりと呟いた。

「……エイミー？」

クーファが「ほう」、と感心して彼女に目を向ける。

「なんだか、リタのお屋敷のエイミーに似てる」

「さすがですね、エリーゼさま。そう——メリダお嬢さまは今、己《おのれ》の専属メイドであるエイミーさんの真似《まね》をしているのです。それも心の底からなり切って……」

「ど、どうしてそんなことを……⁉」

「こちらをご覧になってください」

クーファが腕《うで》を伸ばすと、メリダはすかさず、吸い寄せられるように顔を近づけた。

クーファの指先が、メリダの前髪《まえがみ》を軽く払《はら》う。三人の友人たちは、彼女の右目に精巧なクォーター・マスクがつけられているのを見た。

「オレが見つけた時には、すでにこの状態でした。——これは呪《のろ》いの仮面です」

「の、呪い……っ⁉」

「今のお嬢さまは、呪いによって本来のご自分を忘れていらっしゃいます。代わりに、彼女にとって親しい人物――ほかの誰かの人格を模しているのでしょう」

「そ、それはどういった呪いなんですの……っ？」

「……オレは魔術師《ワイザード》クラスではないので、専門外ではありますが」

クーファは腕を引いた。メリダはそのまま彼の傍《かたわ》らへ、しっとりと寄り添《そ》う。

「おそらく、普段《ふだん》は抑《おさ》えている《欲求《よっきゅう》》が、他人の人格を借りて表れているのかと」

「欲求……」

「い、いったいどうして、リタさんがそんな危険な物を持っているんですかっ？」

クーファは諦めたようにかぶりを振って、サラシャに答える。

「本人もよく分かっていないらしいのです。お嬢さまが言うには、ゴンドリエーレ会館の前でお面屋さんにもらった、とのことなのですが」

「ゴンドリエーレ会館……？」

ミュールはおとがいに指を当てて、何事かを考え込む。

原因を探《さぐ》るのは後回しにして、クーファは口調をあらためた。

「そこで、お嬢さまがたのお知恵《ちえ》をお借りしたいのです。――今のメリダお嬢さまは、いったい何を望んでおられるのだと思いますか？」

エリーゼ、サラシャ、ミュールは顔を見合わせた。クーファはほとほと困り果てた様子だ。

「呪いの品を力ずくで引き離すのは危険です。対処法としては、行動のもととなっている《欲求》を叶《かな》えて差し上げるぐらいしかないのですが……」

「クーファさん、ミルクのおかわりはいかがですか？」

メリダはちょっと屈《かが》んで、真横からクーファの顔を覗き込んできた。

名前の呼び方まで変わっている。クーファとしてはただただ恐縮《きょうしゅく》するしかない。

「いっ、いいえ、結構です。お嬢さまこそ、どうかお座りになってください……っ」

「もうっ、クーファさんったらさっきからそればっかり」

メリダは友人たちが見ていることも忘れて、さらに顔を近づけてきた。

互《たが》いの指先を熱っぽく絡《から》めて、潤《うる》んだ瞳《ひとみ》にクーファの戸惑い顔を映す。

「わたくしはあなたのご命令を心待ちにしているのですよ？　お食事でも、お召《め》し替《か》えでも、マッサージでも――なんなりと言いつけてくださいませ、ご主人さま？」

「ごしゅ……っ⁉」

ひと通り見せつけられたミュールたちは、あっさりと背もたれに体重を預けた。

「一目瞭然じゃありませんの。――彼女はあなたにお仕えしたくてたまらないのです」

クーファはぎょっ、と目を剝《む》いた。

以前、エリーゼとふたりで喜々としてメイドに扮《ふん》したり、その立場をいいことに過激な悪戯《スキンシップ》で迫《せま》られたりしたものだが、まだ満足していなかったということだろうか。

「メリダお嬢さまはアンジェル家のご令嬢《れいじょう》ですよ？　大問題ではありませんか」

「ご安心なさって、クーファさま」

ミュールは、やけに真摯《しんし》なまなざしで言い切る。

「女の子には、ただひとり、そう思いたくなるお相手ができるものなのです」

直後、メリダがぴょこんっ、と背筋を伸《の》ばした。

その美貌《びぼう》から感情が抜け落ちる。サラシャはおずおずと身を乗り出した。

「つ、《仕えたい欲求》が、叶えられたってことでしょうか？」

「それじゃあ、これで元通りに？」

そんな簡単な話ではなかった。

代わりに別の欲求が顔を出したのである。また、別人の《仮面》を借りて。

「……ん」

メリダはおもむろにクーファへ向き直ると、両腕を広げた。

むっつりと唇《くちびる》を引き結んだ、無表情で。

「……ど、どうされましたか？　メリダお嬢さま」

「だっこ」

クーファは本格的に頭が痛くなってきた。しかし、ストレートに《欲求》を口にしてくれるぶんまだ分かりやすい。

クーファは己の膝《ひざ》の上にメリダを座らせてやった。金髪《きんぱつ》の美少女は、無表情のまま軍服の胸板《むないた》に頰《ほお》をすり寄せて、鼻を鳴らす。

「ふんか、ふんか、ふんか……」

「あっ！　これ、エリーさんの真似でしょうか？」

サラシャがいち早く気づき、同時に当のエリーゼは苦い顔になった。

従姉妹《いとこ》の彼女にしてみれば、鏡を見ているような心境だろう。

ミュールもさもありなんと頷《うなず》いた。

「これは分かりやすいですわね。クーファせんせに可愛《かわい》がってもらいたいのですわ」

「普段から存分に……慈《いつく》しんでいるつもりなのですが」

ミュールは「ダメね」と言いたげに、ニヒルな流し目を向けてくる。

「乙女《おとめ》の心には、いくら潤《うるお》いを注いでも足りないのです」

メリダも普段から甘えんぼな方だと思っていたが、あれでもまだ遠慮《えんりょ》していたということだろうか。

エリーゼの《仮面》を借りた彼女は、臆面《おくめん》もなく言い募《つの》ってくる。

「なでなで、して？」

「よ、よしよし……」

「あ～ん、ってして？」

「あ、あ～ん……」

クーファはテーブルからキャンディを摘《つ》まみ上げると、メリダの唇に近づけてやる。

ちゅっ、と。指ごと舐《な》め取られた。

「あめ玉ころころ……おいひい」

「そ、それは何よりです」

「先生にも分けてあげるね？」

「は、はいっ？」

思わず声をひっくり返してしまったことを誰《だれ》が責められようか？

なんとメリダはクーファの首に腕を絡めるや、「ちゅ～……」っと唇を近づけてきたのだ。

彼女のフルーティな吐息《といき》を吸い込んでしまったところで、クーファは我に返る。

「おっ、お嬢《じょう》さま！　さすがにこの場でそれは……っ！」

メリダが平然としている代わりに、彼女の友人たちが顔を赤くしていた。

「あわわっ……ちょ、ちょっとうらやましいかも」

「というか、リタのなかのわたしは何歳なの……」

もっとしっかりしなくちゃ、と己に言い聞かせるエリーゼである。

ともあれ、クーファが口移しをなんとか押し止《とど》めているうち、またもメリダの背筋がぴょこんっ、と跳《は》ねた。

《甘えたい欲求》がひと通り満足したのだろう。これでとりあえずは安心――した、のが間違《まちが》いだった。

「は――はうぅうっっっ!!」

メリダは一転して感情豊かな悲鳴を上げると、クーファの膝の上から跳《と》び退《すさ》った。

顔を真っ赤に沸騰《ふっとう》させて、ぷるぷると自分を抱《だ》きしめている。

「わ、わたしっ、みんなの前で先生にくっついて……恥《は》ずかしいよぅ……!!」

「正気に返られましたか、お嬢さま？　とりあえずは落ち着いて――」

不可能だった。むしろクーファの低い声音《こわね》が引き金になったと言わんばかりに、メリダは床《ゆか》から飛び上がる。

極端な驚き方だった。

「しぇ、しぇんせえ！　ちゃが、違うんです！　しゃっきのわたひは、しょの……っ‼」

そこでピン、と来たのがミュールだ。

「この大げさなオドオドは……サラちゃんの真似じゃないかしら！」

「えええええっ⁉」

当のサラシャはひどくショックを受けていた。

たしかに呪いが解けていない以上、これも《他人の仮面》であり、それが誰を模しているかは言われてみれば明らかだった。

「お、お嬢さまっ、オレは気にしておりませんので、どうか席にお戻《もど》りを――」

メリダがどんどん後ずさっていってしまうので、クーファはつい身を乗り出した。

それが完全に裏目に出た。メリダは弾《はじ》かれたように身を翻《ひるがえ》す。

「いやあああっっっ！　先生見ないでください～～～～～～っ‼」

「お嬢さま⁉」

脱兎《だっと》の勢いで、メリダはスイングドアから飛び出していった。さすがに他《はか》の客たちも、なんだなんだと顔を上げる。すでに悲鳴は遠い彼方《かなた》だ。

ミュールは代金をテーブルに叩《たた》きつけ、勢いよく立ち上がった。

「追いかけましょう！」

幸い、ひと気のない通りを大騒《おおさわ》ぎしながら逃《に》げていくものだから、メリダの背中にはすぐに追いついた。

ひとでごった返す大運河沿いの通りが目に入って、彼女は跳ね返るように戻ってくる。

「はうううぅっ！　知らないひとがたくさんいるよぅ〜〜〜っっっ!!」

かと思えば、小道でくつろいでいた子猫《こねこ》の姿にすら彼女は怯《おび》える。

「いやあぁっ！　吠《ほ》えられる〜〜〜っ!!」

真っ暗な商店に逃げ込もうとするものの、ショーウインドウの前でメリダは飛び上がった。

「まっ――マネキンこわいよぉぅぅぅっ!!」

「いっ、いくらなんでもわたし、ここまで人見知りじゃないよっ！」

さすがに意見のひとつも言いたくなってしまうサラシャである。ミュールは諦《あきら》めたように呟《つぶや》いた。「リタちゃんのなかではこんなイメージなのね……」

ともあれメリダは最終的に、誰もいない洗濯《せんたく》場のさらに奥まったところにある、小部屋へと逃げ込んだ。

洗濯場の倉庫らしい。下ろしたてのシーツをひっかぶってぷるぷると震《ふる》えている。

「……これはどのような《欲求《よっきゅう》》の表れなのだと思いますか？」

クーファは、メリダの友人たちへと慎重《しんちょう》に意見を求める。

即答《そくとう》したのはエリーゼだ。意外にもすでに見当がついていたらしい。

「わたしとリタ、クーファ先生に会うまで、男のひとと接する機会なんてなかったの」

「ええ、聞き及《およ》んでおります」

「それなのに、いきなりクーファ先生といっしょに暮らすことになって、いろいろ気を張ってるんじゃないかな」

「……そ、それだけじゃない、ですぅ」

こんもり膨《ふく》らんだシーツの奥から、メリダの声がした。

シーツの隙間《すきま》から、真っ赤に茹《ゆ》で上がった頬が覗《のぞ》く。

「せ、先生に初めて会った日から、わたし、パ――し、下着を見られたり、着替《きが》えを手伝われたり、お風呂《ふろ》でばったり出くわしたりなんて、当たり前で――そ、それどころじゃないことだって、数えきれないほどたくさん……っ！　は、はうぅぅぅぅっ!!」

「…………」

「ど、どうしてだか今、ものすごく恥ずかしくなってきちゃったんですぅ……っっっ！」

クーファの背中に、ジト〜っとした三つの視線が張り付いた。

「クーファせんせ……」

「これは謝《あやま》らないと」

なぜか《被害者《ひがいしゃ》の会》のような雰囲気《ふんいき》を醸《かも》している三人に憮然《ぶぜん》としつつも、クーファは歩み出す。

シーツの塊《かたまり》の前に膝をついて、慈愛《じあい》に満ちた声で呼びかけた。

「……ご、誤解なきよう、お嬢さま。たしかに、なぜか、我々のあいだにはそういったハプニングも多いですが……オレは！　お嬢さまをふしだらな目で見てはおりません!!」

「…………」

「お嬢さまは、ええと、まだ子供ですから！　オレにとっては妹のようなもので……だ、断じて！　お嬢さまによこしまな感情を向けたりなどは」

嘘《うそ》っぱちである。しかし、メリダを安心させるにはこう言うしかあるまい。

はたして、シーツの奥からぬるりと二本の腕《うで》が伸《の》びてきて、クーファの首に絡《から》んだ。

「あら……ずいぶんつれないことをおっしゃいますのね、せんせ」

メリダの唇から響《ひび》いたその声に、クーファはハッ、とする。

いつの間にかまた《スイッチ》が切り替《た》わったのだ。今度ばかりはクーファもすぐに気づく。

「ああ……これはミュール嬢の真似ですね」

「わたし？」

ミュールは珍《めずら》しく戸惑《とまど》いの表情を浮《う》かべる。

というのも、メリダは生まれたての天使のようにシーツの殻《から》から這《は》い出ると、クーファに惜《お》しげもなく肌《はだ》をこすりつけ始めたのだ。

「ご存じ、せんせ？　今日のわたし、カーニヴァルのためにとびきり気合いを入れてドレスを選びましたの。せんせに少しでも釣《つ》り合うようにって……………下着もよ？」

「さ、さようでしたか」

「見たい？」

クーファは吹《ふ》き出しそうになるのを堪《こら》えて、ミュールに意見を伺《うかが》った。

当のミュールは、鏡を突《つ》きつけられたみたいに顔を赤くしている。

「つ、つまりその……っ、せんせが『子供だ』なんて言うものだから、『対等なレディとして扱《あつか》ってほしい』っていう欲求が溢《あふ》れてしまったのですわ」

「どうして差し上げればよろしいのですか？」

「……彼女の誘惑《ゆうわく》に、乗っかってあげてくださいまし」

ミュールはやけっぱちのように腕を組んで、言い募った。

「つまりは《せんせの反応》が見たいの。——あなたが夢中になって求めてくるものだから、どうしてもって言うのなら、味見させてあげてもいいわ。でも、今はちょっとだけよ。ぜんぶはまだお預けなんだから——そういう立ち位置で、あなたのことを可愛《かわい》がって差し上げたいのですわ…………ああもう」

ミュールは堪えきれなくなったかのように、かぶりを振《ふ》る。

「これ、どういう辱《はずかし》めかしらっ！」

彼女の献身《けんしん》を無駄《むだ》にしないためにも、クーファはメリダへと向き直った。

背徳感で心臓がねじれそうになりながらも、言う。

「え、ええ……至極《しごく》興味があります」

「どうしようかしら？」

わざとらしくメリダは焦《じ》らした。気だるそうにクーファへ身を預ける。

「それじゃあ……一分。一分間だけあなたのお人形になってあげますわ。でも、お気をつけ遊ばせ？　あんまりおイタが過ぎると『キャア！』って悲鳴を上げちゃうんだから」

クーファは救いを求めて振り返った。しかし、少女たちは無情に頷《うなず》く。

クーファは腹を括《くく》って、手のひらを伸ばした。メリダのスカートをまくり上げる。

ふともも と、ショーツが露《あら》わになった。ガーターベルトとのコントラストがいかにも魅《み》惑《わく》的だ。クーファの視線にさらされて、股《また》の食い込みがぴくりと震える。

不覚にも、否定したはずの劣情《れつじょう》が湧《わ》き上がってくるのをクーファは感じた。

「あぁっ……ま、またわたしの恥ずかしいところ、せんせの視線に舐《な》められて……っ」

普段《ふだん》であれば、すぐに真っ赤な顔でスカートを押さえているだろう。

しかし欲望《よくぼう》の解放された今のメリダは、恍惚《こうこつ》と喉《のど》を震わせていた。クーファの手ではしたない姿にさせられているのを、潤《うる》んだ瞳《ひとみ》で見下ろしている。

「ご、ご存じ？　せんせ。いつもいつも、わたし恥ずかしくてたまらないけれど……っ、せんせにイケナイことをされている時、たまらなく背筋が痺《しび》れてきて……こ、この感覚はいったいなに？　わたし、クセになってしまいそう……っ！」

「お、お嬢《じょう》さまっ、それ以上はお控《ひか》えを！　のちのち発言を後悔《こうかい》されます……!!」

ミュールもまた、たまらずサラシャたちへと振り返った。

「わたし、こんなにえっちな子ってイメージなの？」

サラシャはやや遠慮《えんりょ》がちに――

そしてエリーゼの方は、はっきりと頷きを返していた。

「──ともかくメリダお嬢さまの名誉《めいよ》のために、一刻も早く呪《のろ》いを解いて差し上げなければいけません！」

いつもの講義《レッスン》のような立ち位置で、クーファは断固として宣言した。前にはエリーゼ、サラシャ、ミュールといった三人の生徒が、ちょこんと仲良く並んで座っている。

そしてメリダはといえば、今はクーファの傍《かたわ》らに控えていた。

幸いなことにすでに《スイッチ》は切り替わっており、クーファの講義にしきりに合いの手を入れている。

「さすがね、クー！　あたしもそう思うわ！」

「クー……？」

サラシャなどはまだピンと来ていないものの、エリーゼだけはいち早く気づいている。

「こんどはロゼ先生みたい」

「と、ともかく、魔術師《ワイザード》ではない我々が呪いに立ち向かうには、やや面倒《めんどう》な手順を踏《ふ》まねばならないでしょう」

「なにか心当たりがおあり？　せんせ」

ミュールも逸《はや》る気持ちを抑《おさ》えている。クーファはゆっくりと頷いた。

「ここ、アクアリムス天鏡区《てんきょうく》であれば、《禊《みそぎ》》が有効なのではないでしょうか」

「みそぎ……？」

「要は、水で不浄《ふじょう》を洗い流すのです。《身を清める》と言うでしょう？　肌に水をさらす行為《こうい》には、体だけではなく、心を洗うという意味合いもあるのですよ」

「クーは物知りね！　惚《ほ》れ惚《ぼ》れしちゃう！」

メリダが横槍《よこやり》を入れた。他《ほか》の四人の視線がいったん集まって、また戻《もど》る。

エリーゼが、なぜかどことなく楽しげに言った。

「つまり、リタを水路に突き飛ばせばいい？」

「か、簡単に言えばそうですが……ただしひとつ問題が」

「問題があるわよね、クー！」

メリダがまた大きな声で講義を遮《さえぎ》った。三人の生徒たちの注意が逸《そ》れる。

なにやら助手的な立ち位置を気取っているらしいメリダに、クーファは向き直る。

「……お嬢さま、今は重要な話をしていますので」

「どうぞ続けて、クー？　クーの声、低くってとても素敵《すてき》よ。いつまでも聞いていたい！」

「こ、光栄です」

「なにかあたしにできることはあるかしら、クー？　なんたってあたし、クーのパートナーだもの。クーにいちばん頼《たよ》りにされてるもの！　クーはもっともっとあたしを頼っていいのよ？　だってクーは、あたしにとってクーは──」

「なるほど、分かりましたわ」

ミュールはしきりに頷いた。サラシャも、エリーゼも納得《なっとく》している。

「単に『クー』って呼びたいだけ」

クーファはいっそう頭痛がひどくなってきたのを自覚しながら、メリダに懸命《けんめい》に笑顔《えがお》を向ける。

「あなた以上の伴侶《はんりょ》などおりません。リ……リタお嬢さま」

メリダは待ちかねていたように、クーファの腕に抱《だ》きついてきた。

「ずぅ〜っと一緒《いっしょ》だよ！　クーお兄ちゃんっ！」

「「「お兄ちゃん……⁇」」」

さすがにエリーゼを含《ふく》む三人でさえ、ちんぷんかんぷんといった様子で首を捻《ひね》る。クーファは盛大《せいだい》に咳払《せきばら》いをしてごまかした。

その時だ。三度《みたび》、メリダの背中がぴょこんっと跳《は》ねた。

次は誰《だれ》の真似を始めるのかと思いきや──彼女はそのまま、その美貌《びぼう》から一切《いっさい》の感情を消したではないか。

エリーゼのような《むっつり》とも違《ちが》う。メリダの無表情からは、喜びも悲しみも、なんらの《欲求《よっきゅう》》も汲《く》み取ることはできなかった。クーファはいよいよ冷《ひ》や汗《あせ》をかく。

「いけない……！　もうじき呪いのタイムリミットのようです！」

「どういうこと、クーファ先生？」

エリーゼが手のひらを握《にぎ》っても、メリダは無反応だ。クーファは身振り手振りを交えて言い募《つの》る。

「これがお嬢さまに降りかかっている仮面の呪いです。他人の人格を模しているうちに、やがて《本来の自分》を見失ってしまう……！」

「は、早くリタさんを水路に落とさないとっ！」

サラシャが泡《あわ》を食って立ち上がるも、クーファはかぶりを振る。

「そこにひとつ問題があるのです。メリダお嬢さまはおそらく、自らの意思でこの仮面《のろい》をかぶった……。呪いを解くのにも、お嬢さま自身の強い意志が必要です」

「どうしてリタちゃんはそんなことを……？」

ミュールがおとがいに指を当てて考え込むも、今は原因を探《さぐ》っている時間はない。

「それは知る由《よし》もありませんが、お嬢さまがこのような状態になっているのには、他人を羨《うらや》み、自己を否定するなんらかのきっかけがあったからのはず……！　それを解消して差し上げなければ、いくら禊をしても効果は出ないでしょう」

とは言うものの、クーファにはお手上げだ。メリダが何をそこまで思い詰《つ》めていたかなど、曖昧《あいまい》な想像をすることしかできない。

サラシャは、ひとことひとこと、慎重《しんちょう》に確かめるように問うた。

「……リタさんがほかの誰かを羨むように、わたしたちもまた、リタさんを羨ましく思っている……そのことを教えてあげればいいってことですか？」

「な、何か心当たりがおありなのですか!?」

クーファは勢い込んで身を乗り出す。

三人の令嬢《れいじょう》たちはいちど顔を見合わせて、はっきりと頷いた。

特にサラシャなどは、決然としたまなざしである。

「ルナ・リュミエールの冠《かんむり》なんかよりもよっぽどかけがえのないものを――わたしたちがどれだけ欲《ほ》しくても手の届かない《ゆいいつ》を、彼女はすでに持っているんです」

† † †

メリダの意識は、すでにあやふやなものになっていた。

記憶《きおく》も定かではなく、いつの間にか誰もいなくなってしまった洗濯《せんたく》場の光景を、ぼんやりと見つめている。そのなかにメリダはぽつんとひとりきりで立っていた。いつ、屋外へ連れ出されたのだろうか？　みんなはどこへ行ってしまったのだろうか？

そもそも、なぜ、自分はこんな目に遭《あ》っているのだろう。

みんなに合わせる顔が、どうしても思い出せない――………

そんな時だ。洗い場の陰《かげ》から、前触《まえぶ》れもなくメリダの《鏡》が飛び出してきた。すなわち銀髪《ぎんぱつ》の従姉妹《いとこ》、エリーゼ＝アンジェルである。ゴンドラの櫂《オール》を剣《けん》に見立て、気高い女騎士《きし》のようなポーズを取ると、高らかに叫《さけ》ぶ。

「見なさいエリー、わたしの方があなたより強い！」

メリダは首をかしげた。エリーゼはいっそう堂々と歌い上げる。

「あなたがどれだけ強くなろうと、わたしはいつだってあなたの一歩前にいる！」

「……それ、わたしの真似《まね》？」

忘れもしない、一年前のルナ・リュミエール選抜《せんばつ》戦でメリダ自身が彼女へかけた言葉である。

真意が摑《つか》めずにいるうち、今度はサラシャが飛び出してきた。一生懸命《いっしょうけんめい》な表情で両のこぶしを握る。

「はっ……はうううううっ！」

真っ赤な顔で、ひたすらに可愛《かわい》らしい悲鳴を上げ続ける。

「はうぅ〜っ！　はううっ！　はうぅう〜〜っっっ！」

「ちょ……ちょっと待って！　わたし、そんなにしょっちゅう鳴いてないわ！」

さすがに、消えかかった感情も再燃するメリダである。

そこですかさず、三人目の友人が視界に歩み出てきた。クーファと連れ立っている。ミユールは彼の腕《うで》に自身のそれを絡《から》めて、メリダよりも艶《つや》っぽく笑みを浮《う》かべる。

「今日はどんなレッスンをしていただけるんですか、先生？　手取り足取り……教えてくださいね？」

続けざまに、エリーゼとサラシャもクーファへと抱きついた。フルーティなサンドイッチ状態になって、その瞬間《しゅんかん》だけは本音の笑顔の花を、想《おも》い人へと向ける。

「「クーファ先生っ、だ〜い好き!!」」

「そ――そんなのダメよっ」

メリダは、本能に突《つ》き動かされて駆《か》け出した。ちょうどひとりぶん空けられているスペースに――クーファの真正面へと思いっきり抱きついてゆく。

「先生の一番弟子《でし》はわたし!!　それだけは誰にも譲《ゆず》らないんだからっ！」

待っていましたとばかりに、三人の友人たちがメリダを押さえ込んだ。ミュールが鋭《するど》く叫ぶ。

「せんせ、今ですわっ！」

同時、クーファは手もとから伸《の》びていたワイヤーを断ち切った。仕掛《しか》けのされていた貯水樽《たる》がひっくり返って、大量の水を一気に五人へ浴びせかける。

「あぶぷっ……！」

小さなメリダたちが押し流されないよう、クーファはしっかと四人の体を抱きしめる。時間にして数秒だ。樽の中身が空になった時、洗濯場は水浸《みずびた》しになっていて、その中心にすっかりずぶ濡《ぬ》れになってしまった五人の姿があった。

そして、浅い地面の水に流されていく煌《きら》びやかな輝《かがや》き——

呪《のろ》いのクォーター・マスクが、メリダの右目から引き離《はな》されていた。

「あ、あれ……？　わたし……」

そこでようやっと、完全に我を取り戻したメリダである。友人たちはたまらず彼女へと抱きついた。ミュールなどは宝物のように、金髪《きんぱつ》の頭を抱きしめる。

「まったくもう、いけない子！　心配をかけさせて！」

「はわわっ、ご、ごめんねみんな。わたしのせいで……っ！」

　クーファはやれやれと外衣を脱《ぬ》ぎ、水を絞《しぼ》った。

「危《あや》ういところでしたが……なんとか事なきを得ましたね。しかし、せっかくの素敵《すてき》な御《お》召《め》し物が台無しになってしまいました」

　とはいえ、幸いにして洗濯場である。クーファは先の倉庫から大判のタオルを失敬して、少女たちへ与《あた》えた。しかも今日はどこもかしこもカーニヴァル。酔《よ》ってはしゃいでいる者から水を掛け合ってふざけている者など当たり前で、裏通りを歩けば誰もクーファたちのことなど目に入らないだろう。

「こんなこともあろうかと、近場にホテルを手配してあります。そちらで身だしなみを整えましょう」

「さすがクーファせんせ、抜《ぬ》かりはありませんわね」

「あの、先生っ……ご迷惑《めいわく》をおかけしてしまって、ごめんなさい……」

　いっそうしょぼくれるメリダの肩《かた》に、クーファはそっと手のひらを置いた。

「──そうですね。迂闊《うかつ》に怪《あや》しげな品を身につけるなど、不注意もよいところです」

「はうぅぅ……っ」

「お嬢《じょう》さまにはまだまだ、お教えするべきことが多い」

きゅっ、と指先に想いを込《こ》めて、クーファは教え子の顔を覗《のぞ》き込む。

「ご無事で何より安心しました。もうオレから逃《に》げたりなんかしないで」

「……はい」

クーファは颯爽《さっそう》と背筋を正すと、首を巡《めぐ》らせて騒動《そうどう》の元凶《げんきょう》を探した。

「もう呪いの力は消えているでしょうが、騎兵団《ギルド》に引き渡《わた》して適切に処理していただかなくては。ええと、あの仮面は……――?」

真っ暗な洗濯場においても、呪いのクォーター・マスク自体はすぐに見つかった。

誰かの黒い指先が、水のなかから仮面を拾い上げたのだ。

それはもちろんクーファでも、四人の令嬢たちの誰でもなかった。

全身、喪服《もふく》のような黒装束《しょうぞく》に身を包んだ女性である。ぼうっ、と白く浮かび上がるフルフェイスの仮面に、メリダは思わず気色《けしき》ばんだ。

「あなたっ、あの時のお面屋……!」

クーファはさりげなく全身の筋肉を緊張《きんちょう》させる。彼の感覚をもってしても、その仮面の女性がいつ現れたのか分からなかったのだ。尋常《じんじょう》ではない。

しかし、相手に敵意は見られなかった。手にしたクォーター・マスクをしげしげと眺《なが》めてから、あらためてこちらへ向き直ってくる。

そして、あろうことかお辞儀《じぎ》をした。

腰《こし》を折った時、その顔から仮面がはがれ落ちて、メリダたちを絶句させる。

——中身がなかったのだ。

洗濯場に風が吹《ふ》きすさぶ。喪服のような黒いドレスが攫《さら》われて、あっという間に空高く舞《ま》い上がった。あたかもカラスのように、やがて散り散りになった黒い布切れは、そのまま虚空《こくう》にほどけて消えてゆく。

見送るクーファたちには言葉もなかった。取り戻《もど》すことのできなかった呪いのクォーター・マスクは、いったいどこへ行ってしまったのだろうか？

その場には、お面屋のつけていたフルフェイスの仮面だけが残されて、真っ白な無表情で空を見上げていた。

† † †

「昨日のこと、わたしなりに考えていたの」

そう話を切り出したミュールに、メリダとエリーゼ、サラシャらの視線が両隣《りょうどなり》から向けられた。

今年のルナ・リュミエール選抜戦も、お楽しみのカーニヴァルも終わり、あとは聖フリーデスウィーデ女学院へ戻る列車を待つばかり。またしばしのお別れとなってしまう前に、四人で街歩きをしている最中だ。

話題はもっぱら、カーニヴァルの夜を騒《さわ》がせた呪いの仮面である。おもむろに会話が途《と》絶《だ》えた頃《ころ》に、ミュールが打ち明けたのだ。

ミルクバーで事情を聞いた時から、ずっと考えていたのだという。

「あのお面屋さんこそ、アクアリムス天鏡区《てんきょうく》に伝わる《灰色の魔女《まじょ》》だったんじゃないかって」

「それって、ルナ・リュミエール選抜戦の前に……《裏・前夜祭》で教えてくれた、怪談《かいだん》のこと？」

メリダの記憶するところによれば、大昔、フランドールで迫害《はくがい》を受けた末に心中してしまった悲しい夫婦《ふうふ》のお話だったはずだ。

夫は日ごと精神を病《や》み、妻は彼の激情を献身《けんしん》的に受け続けていたのだとか。最期《さいご》に夫は水の底に姿を消し、妻は心臓と肉体とを分かたれて……。

「ええ。だって、リタちゃんがあのお面屋さんと会ったのは、ちょうど言い伝えにあるゴンドリエーレ会館の真ん前だったんでしょう？」

「そうだけど、あのお面屋さんは別に『心臓を寄越《よこ》せ』だなんて言わなかったわ？」

「その解釈が、間違っていたのかも」

どういうことかと、三人の友人たちの注意がミュールに集中する。

歩みを止めないまま、ミュールは人差し指を指揮棒《タクト》のように振《ふ》った。

「リタちゃんたちだって言っていたでしょう？『心臓がしゃべり出すなんてありえない』って。わたしもそう思うわ。つまり昔、本当に起こったことだって言われるあのお話は、事実そのままではないのよ」

「ミウちゃんはどう思ってるの？」

サラシャは聞き役に徹《てっ》する。ミュールの唇《くちびる》がなめらかになるようにと。

「……あの怪談、昔話によれば、妻は心臓を抉《えぐ》られてなお夫を案じていたと言われているけれど、そんな聖母みたいな振る舞いが本当にできるかしら？」

「つまり？」

「妻だって迫害を受けて、苦しい思いをしていたに違いないわ。そのうえ夫からの暴力にもさらされて……彼に対して何も思うところがなかった？　本当に？」

ミュールは自らの問いに、ゆっくりとかぶりを振る。

「そんな完璧《かんぺき》な人間なんて、それこそ作り話よ。わたし、昔話のなかで分かたれてしまった妻の心臓と肉体は、純粋《じゅんすい》に夫を愛する心と、抑《おさ》え続けていた黒い情念の暗喩《あんゆ》だったんじゃないかと思うの」

「抑え続けていた情念……」

ミュールは小さく、何度も頷《うなず》いた。

「夫に対して言いたかったけれど、言えなかったこと。どうしても折り合いをつけられなかった想いが、夫婦の死後も《灰色の魔女》っていう怨念《おんねん》になって取り残されてしまったのよ」

「それが呪いの仮面の正体？」

「つまり、《灰色の魔女》っていうのは——」

ミュールの人差し指が、虚空を順々に指差す。答えにピンを刺《さ》すように。

「本音を覆《おお》う仮面であり、欲望《よくぼう》を解き放つ呪いであり……分かたれた《ひとを愛する想い》を探すもの。仮面が怨念もろとも消えたのは、それを思い出したからじゃないかしら？」

「でも、仮面の方こそが《魔女》だとしたら、あのお面屋さんは？」

メリダはもう、答えが知りたくて仕方がなかった。たとえそれが推測に過ぎないとしてもだ。

「……あのお面屋さん、中身が空っぽだったじゃない？　つまり、《心》だけの存在だったのよ」

ミュールは前を見据《みす》えて、言う。

「迎《むか》えに来ていたのかも」

くしくもその時、四人はゴンドリエーレ会館の前に差し掛かった。

全員がなんとはなしに、昔話に語られる建物の壁《かべ》へと目を向ける。

そして、ぎくっ、と足を止めた。真っ先に声を上げたのはサラシャだ。

「み、見てくださいっ、レリーフが……っ！」

促《うなが》されるまでもなく、みんなでいっせいに壁面《へきめん》へと駆け寄る。

そこには今まで、何年も何十年も、作り手も定かではないレリーフが残されていたはずだ。言い伝えにある、《妻の心臓をかざす夫の絵》が――

いつの間にかそれが削《けず》られていて、新しいレリーフが残されていた。

それは手を繋《つな》いで歩く、男女の絵だ。夫がちょっかいを出して、妻が文句をつけているように見える。背を向けてどこかへ行こうとしている、仲睦《なかむつ》まじい姿。

絵にするまでもない、ありふれた光景だ。

そして、この上なく幸せそうな表情でもあった。

――怪談を怖《おそ》れる街の人間が、今さら手を加えるとも思えない。

いったいどこの誰《だれ》が、《がりがり、がりがり》と、残していったものなのだろう？

メリダたち四人は顔を見合わせて、くすくすと笑い合った。

「完璧な人間なんていやしないわ。たとえ作り話のなかだってね」

ミュールが確信を持ったふうに言う。

列車の時刻が迫《せま》っていた——メリダは今しかないとサラシャに向き直る。

「ねえサラっ。来年のルナ・リュミエール選抜戦《せんばつ》こそは、絶対に負けないわよ！」

サラシャも体ごとメリダを振り向いた。彼女の不敵な笑《え》みを、まっすぐ見返す。

「……覚えていますか、リタさん？　去年のビブリアゴート司書官認定《にんてい》試験で、わたし、リタさんと戦ってコテンパンにされましたよね？」

「え？　ああ、そんなことも……」

「わたし、ずっと引っかかってたんです——本当を言うと、すごく悔《くや》しかった！　だから今回、やっとリタさんに勝てて、うれしかった。ようやく対等になれたんだって」

サラシャはメリダに負けないぐらい、不遜《ふそん》な笑みを返してみせる。

「一勝一敗、ですね？」

「決着はまた今度、ね！」

仲良く火花を散らす両者の肩を、ミュールがいっぺんに抱《だ》き寄せる。

「それ、わたしも混ぜてもらおうかしら？　わたしたちにとって、ルナの冠《かんむり》よりもっともっと、かけがえのない賞品があるじゃない？」

さらにふたりの顔を引き寄せて、耳のあいだに唇を寄せる。

「クーファせんせのと・な・り！」

「「ななっ!!」」

乙女《おとめ》たちの頬《ほお》がぼんっ！　と沸騰《ふっとう》する。その反応が見たかったとばかりに、ミュールはあっさりと身を翻《ひるがえ》してころころと笑った。

「でもクーファせんせったら包容力がおありだから、四人や五人はまんべんなく可愛《かわい》がってくださるわよね？　それでも優先順位は決めておくべきだと思わない」

「あわ、あわっ、あわわ……っ!?」

熱暴走を起こしているサラシャの代わりに、メリダが良識的な意見を述べるべく身を乗り出した。

「そそそ、それはいちばんとか二番とか、三番とか四番とかいう問題じゃなくって……っ。そ、そうよねっ、エリー!?」

エリーゼは貫禄《かんろく》の無表情で、すちゃっと手のひらを立てる。

「安心して、リタ。わたし、同じことができればリタのあとで構わない」

「ああもうっ！　どうしてわたしたちってこうなの〜〜〜っっっ!?」

ほどなくゴンドリエーレ会館の前に、渦中《かちゅう》の家庭教師が姿を現す。メリダたちを迎えに来た彼は、なにやら大騒《おおさわ》ぎしている四人の姿にいつもながらの苦笑《くしょう》を零《こぼ》した。

「――今回も列車の時間、ぎりぎりだな」

懐中《かいちゅう》時計の蓋《ふた》を開いて、閉じ、クーファは確信する。

色とりどりの天使たちと過ごす、波乱の学校生活は……――

今はまだ、ほんの途上に過ぎない。

# CLASSROOM：Ⅶ　～緋熱《ひねつ》の譜蘭学園《ドリーム・キャッチ》高等部～

「――春の風邪ですわね」

ミセス・オセローがそう結論付けて、身を引いてゆくのと同時。

「うえっっっっくしょい!!」

ロゼッティは遠慮《えんりょ》のないくしゃみをかまして、老メイド長の声をかき消した。

エリーゼ＝アンジェル邸《てい》の私室である。四、五人がキャットファイト出来そうなほどの広さに、ひとりで眠《ねむ》るには大きすぎる豪奢《ごうしゃ》なベッド。一見するとお姫《ひめ》さまの寝室《しんしつ》のような光景だが、積まれているファッション雑誌や鏡台を埋《う》め尽《つ》くす化粧《けしょう》品、どこの雑貨屋から買ってきたのか分からない——可愛《かわい》いのか不格好なのか謎《なぞ》のヌイグルミなど、すっかり自分仕様にカスタマイズしてしまっているのがロゼッティらしい。

彼女が家庭教師としてやって来てから、早一年——

そしてこのお屋敷《やしき》を取り仕切るミセス・オセローは、たとえ《一代侯爵《キャリア・マーキス》》の肩書《かたが》きを持つロゼッティに対しても、出会った頃《ころ》から気後れしたところがない。

「ロゼッティ先生！　くしゃみをする時はこう——手のひらでそっと口を押さえるのです。

レディたるもの！」

「うう、押さえましたよーう……ずずっ」

「人前で鼻をすすらない！」

ぴしゃりと雷《かみなり》を落とすミセス・オセローである。

ロゼッティは額を赤くしてベッドに沈《しず》み込んでいた。数日前から熱が引かないのだ。お医者さまから「おそらく風邪でしょう。安静に」と出された薬を欠かさず飲んでいても、一向に症状《しょうじょう》がよくなる気配がしない。

ミセス・オセローの隣《となり》から、主《あるじ》であるエリーゼが歩み出てきた。

「ロゼ先生……だいじょうぶ？」

「ん～ん、大丈夫《だいじょうぶ》じゃない……エリーゼさま、あんまりこの部屋に来ちゃダメよ？」

「そうですわ、お嬢《じょう》さま!!」

ミセス・オセローは猛禽類《もうきんるい》の爪《つめ》のごとく、エリーゼの華奢《きゃしゃ》な肩をぐっ、と摑《つか》んだ。

「ただでさえレッスンに遅《おく》れが出ているのです。この上さらにお嬢さまに風邪が伝染《うつ》ったりなどすれば——もし学院をお休みするようなことになれば——そのあいだにメリダさまは、エリーゼお嬢さまよりも先に勉強を進めて……ッ！　おおっ、オオッ、わたくし、それだけは我慢《がまん》がなりませんわ!!」

ロゼッティは諦《あきら》め混じりに、エリーゼへと視線を向けた。

「またオセローさんが気を失っちゃうから、部屋に戻《もど》って？」

しかしエリーゼは、メイド長の爪から逃《のが》れてさらにベッドへと身を乗り出した。

「……しってる、ロゼ先生？　風邪はうつすと治るんだって。風邪のひとにキスすると風邪をもらえるんだって」

「うん？」

「はやくよくなってね——ちゅっ」

そう言ってエリーゼは、家庭教師のほっぺたに、いたいけな唇《くちびる》をつけるのだ。

声にならない悲鳴を上げたのがミセス・オセローである。そして、感極《きわ》まって教え子を抱《だ》きすくめるのがロゼッティである。

ロゼッティは体調が悪いことも忘れて、エリーゼの銀髪《ぎんぱつ》を撫《な》で回した。

「ああっ、もう、なんてイイ子なのかしらっ！　お薬よりも百倍元気になったわ！」

「はうあう……っ」

が、回復したのは気力だけである。ロゼッティはすぐになけなしの体力を使い果たし、エリーゼを抱《かか》えたままベッドへと突《つ》っ伏《ぷ》した。

「くはっ……グロッキー」

「当たり前ですわ!! おとなしく養生なさいませ！」

ミセス・オセローはその隙《すき》にエリーゼを引き戻すと、有無《うむ》を言わさずドアへと連れていく。今度ばかりは、肩を掴む力を緩《ゆる》めたりはしない。

エリーゼは退室させられる寸前、なんとかひと言ぶんだけロゼッティを振《ふ》り返った。

「あとでリタたちもお見舞《みま》いに来るって――」

ばたん、とドアが閉じられる。

自分の部屋にひとりきりにされてしまい、ロゼッティは言われた通り、おとなしくベッドに仰向《あおむ》けになる。やはり少し、息をするのが苦しい。仮に枕《まくら》もとのベルで合図をすればメイドの誰《だれ》かがすぐに飛んできてくれるだろうが、ロゼッティはどうにもこの呼《よ》び鈴《りん》というやつが苦手だった。

「なんで風邪なんかひいちゃったんだろ……？」

それが自分でも腑《ふ》に落ちなかった。病気にかかった記憶《きおく》など子供の頃以来――ここ数年ずっと健康だったのである。まあ、《一代侯爵《キャリア・マーキス》》として聖都親衛隊《クレストレギオン》に取り立てられてからこっち、「体調など崩《くず》していられぬ」とずっと気を張っていたせいもあるのだろうけど。

――久々に故郷に帰って、安心しちゃったのかな？

なにせ、つい先日である。エリーゼの通う聖フリーデスウィーデ女学院において、ロゼ

ッティの故郷であるシャンガルタへの研修旅行が催《もよお》されたのは。

そして、その旅程で巻き起こった闇《やみ》の饗宴《きょうえん》――

ロゼッティの脳裏《のうり》に、生まれ育った孤児院《こじいん》の弟や妹たち、たったいちど顔を合わせた新しい《母親》、よく見知った街の住民の顔が浮《う》かんでは通り過ぎてゆく。

その最後に見えたのは、まるで憑《つ》き物が落ちたかのような壮年《そうねん》の《彼》の表情――

「パパ、どうしてるかな……」

頭がぼんやりと揺《ゆ》れ、そのまま心地《ここち》良いまどろみのなかに、ロゼッティは沈んだ。

† † †

……誰かが呼んでいる。

「――ティ――ロゼッティ、起きなさい――」

よく知っている声だった。そのことに安心して、ロゼッティはわがままを言った。毛布をぎゅっ、と摑んで、ベッドの上でカタツムリのごとく丸くなったのである。

「やーぁ……まだ眠いよう……っ」

「なんと、困ったヤツだ！　この愛らしい…………跳《は》ねっ返り娘《むすめ》!!」

ばさっ！　と毛布が払《はら》い除《の》けられる。

ロゼッティは目を白黒させて飛び起きた。体が軽い――もう頭もぼーっとしていなければ、熱っぽくもない。いつも通りの健康体そのものだ。

よって、彼女はすぐさま眉《まゆ》を吊《つ》り上げて、ベッドの傍《かたわ》らにいる男性を睨《にら》む。

「何するのよう！　あたし今、風邪ひいてるのに！」

「ハハッ、堂々とした仮病もあったものだ！」

おどけたように肩をすくめているのは、ロゼッティの養父・ブロサム＝プリケット侯爵《こうしゃく》だった。ロゼッティは怒《おこ》っていることも忘れて、きょとん、と目を丸くする。

「パパ？　……逮捕《たいほ》されちゃったんじゃなかったの？」

「なんだって？　やれやれ、まだ寝《ね》ぼけているのか」

父・ブロサムは呆《あき》れたように、毛布を突き返してくる。

そして、しわの目立つ顔で慣れたウインクをひとつ。

「確かにパパのスマイルは、ご婦人がたにとって罪深いと噂《うわさ》だけどね！」

「ああ、本物のパパだわ……」

ロゼッティが額を押さえていると、廊下《ろうか》からもうひとり部屋へと顔を覗《のぞ》かせた。

「――あなた、みだりに年頃の女の子の部屋に入ってはいけませんよ？」

「おおっ、カーミラ！」

ブロサム侯爵は大げさに両腕《りょううで》を広げると、妻・カーミラを抱きすくめた。

夫の歳《とし》のわりに、若く美しい妻だった。侯爵は愛《いと》おしそうに頰《ほお》をすりつける。

「今日も綺麗《きれい》だね、カーミラ……っ。ああ、ずっとこうしていたいよ」

「はいはい。その言葉、もう今日だけで五回目じゃないの」

「何回言っても足りない気がするんだ」

その時、どうしてだかロゼッティの胸が締《し》め付けられた。

いつも通りの父と母のはずだ……それなのに、言い知れない違和感《いわかん》がある。

違和感——否《いや》。

《眩《まぶ》しさ》だ。ふたりが目の前にいる光景が、なぜかかけがえのないもののような気がしてくる。しかし、ロゼッティがその理由に行き着く前に、ブロサムが大声で言った。

「——そうだ、聞いてくれカーミラ。ロゼッティのやつめ、仮病で学校を休みたいだなどと言うんだ！」

「えっ⁉」

驚《おどろ》いたのはロゼッティの方だ。寝間着《ねまき》のままベッドから飛び出す。

「あたし、学校に行けるの⁉」

ブロサムは演技でもなさそうに、大きくかぶりを振ってみせる。

「いい加減に目を覚ましなさい。遅刻《ちこく》してしまうぞ？」

「行く行く！　あたし、学校に行きたい!!」

ロゼッティは、訝《いぶか》しそうに眉をひそめている両親を部屋から追い出した。

「ほら――すぐに着替《きが》えるんだから――あたしの部屋から出て行って！」

ばたん、とドアを閉じて、あらためて室内を見回す。

狭《せま》い――という感覚が、なぜか一瞬《いっしゅん》だけ脳裏を横切って、去る。いつも通りの自分の部屋ではないか。可愛らしいベッドがあって、机には彼女の使っている学生鞄《かばん》や、お気に入りの羽根ペン、羊皮紙、少し赤みがかったインクの瓶《びん》が並んでいて――壁際《かべぎわ》には。

「……あたしの制服っ！」

ハンガーにかけられた学生服が、なぜかロゼッティの胸を熱く焦《こ》がすのだ。

「行ってきま――っす！」

羽が生えたような軽《かろ》やかさで、玄関《げんかん》を駆《か》け出していくロゼッティである。制服のスカートがふわりと踊《おど》り、手にした鞄はさながら、振り回されるダンスパートナーのようだ。

家の前で、両親が見送りに立っていた。ブロサムは肩をすくめる。

「転ぶんじゃないぞ、そそっかしい娘め。忘れ物はないかい？」

ロゼッティは「いっけない！」と振り返る。

「通学路ではパンを咥《くわ》えて走らなきゃいけない、って本で読んだ！」

「はしたない真似《まね》はよしなさい！」

母のカーミラは、夫の肩《かた》に寄り添《そ》いながらふわりと笑う。

「お夕飯はシチューよ。早く帰ってらっしゃい」

その時、ふいにロゼッティのまぶたがじわりと痛んだ。

ふたりに心配を掛《か》けてはいけないと思い、慌《あわ》てて顔を背《そむ》けると、走り出す。不思議と
――不思議でもなんでもないはずなのだが、学校へと続く道は足が覚えていた。

学生鞄を振り回しながら、玄関の前にいる両親にもういちど呼びかける。

「行ってくるね――行ってきま――――す！」

どうしてだろう、と頑《かたく》なに前を向きながらロゼッティは自問する。

――どうして、あたし、急に泣いたりなんかしたんだろう。

反対側の手で目もとを拭《ぬぐ》い、零《こぼ》れた涙《なみだ》を置き去りにしてロゼッティは走った。

幸いにも、夢中で駆けているうちに言い知れない感慨《かんがい》はすぐに薄《うす》れてしまった。

すると、すぐにも心が浮き立ってくる。商店街に差し掛かった折り、ガラス張りのショ

ーウインドウの前でロゼッティはゆるりと足を止めた。

そして、煌《きら》めいたガラスに己《おのれ》の制服姿を映すのである。

「えへへ……えへへぇ……でへへへへ……っ」

くるりくるりと、何度も決めポーズだ。毎日袖《そで》を通しているはずである。それなのに、なぜか、ずっとこんな可愛《かわい》らしい制服を着たくてたまらなかった気分なのだ。

「昔からずっとひとりで、訓練訓練だったからなぁ……」

何気なくつぶやいてから、ふと、ロゼッティはあごに人差し指を当てる。

「訓練って、なんのだっけ……？」

ぼんやりとしていると、背中に青年の美声がかぶせられた。

「こんな道の真ん中で、なにを妖《あや》しげな儀式《ぎしき》をしているのですか」

「むむっ、そのいじわるな声は！」

ロゼッティはまなじりを吊り上げて、ピコンっ、という正解音とともに振り返った。

「クーだ！　なんでここにいるの？」

「なんで？　……はて、なんででしょう」

エリーゼの従姉妹《いとこ》であるメリダの教育係で、つまるところロゼッティとは《家庭教師仲間》兼《けん》《ライバル》かつ《パートナー》のクーファ＝ヴァンピールは、ロゼッティのそれと似た色合いの男子用学生服を身にまとっていた。

そして、眼鏡である。ポケットから彼が取り出したのは、生徒手帳と思《おぼ》しきノートだ。

ぺらぺらとめくり、己のプロフィールを確かめているらしい。

「ええと、オレは……オレたちが通っている学校の生徒会長で……遅刻常習犯であるあなたを迎《むか》えに来て……」

「おおっ、生徒会長！」

「そして、なぜオレがそこまであなたの面倒《めんどう》を見るかというと………おや、なんと」

ぱたん、と手帳を閉じて、クーファはこともなげに告げた。

「オレたちは《彼氏彼女》として、お付き合いをしているらしいですよ」

「そうなんだっ！」

なんの疑問も持たず、クーファの左腕に抱《だ》きついてゆくロゼッティである。

「それじゃあ行きましょ？　ダーリン！」

「その前によろしいでしょうか、ハニー？」

クーファはするりと腕をほどくと、正面からロゼッティに指を突《つ》きつけた。

「──身だしなみをきちんとしなさい。ボタンを外さない。スカートの丈《たけ》を詰《つ》めない。お化粧《けしょう》をしない。アクセサリーをじゃらじゃらさせない！」

「じゃらじゃらなんてさせてないよーう」

「生徒会長に歯向かうとはいい度胸ですね——」

クーファは眼鏡を押し上げて、きらん、と縁《ふち》を光らせた。

ロゼッティはちょっと屈《かが》んで彼の顔を覗き込み、にんまりと口の端《はし》を上げた。

「……クー、楽しんでる？」

「ません」

そうして辿《たど》り着いた学び舎《キャンパス》は、やはりロゼッティに得も言われぬ感慨をもたらした。ごくありふれた——煉瓦《れんが》造りの学校である。鐘楼《しょうろう》に御座《おわ》すのは黄金の鐘《かね》。並木道を歩くのはお揃《そろ》いの制服をまとった、同じ年頃《としごろ》の生徒たちである。

まるで、雑誌の学校紹介《しょうかい》に載《の》っている写真そのままの光景が、目の前に飛び出してきたかのようだ。ロゼッティの革靴《かわぐつ》が、軽快なリズムで石畳《いしだたみ》を叩《たた》く。

クーファとふたりで門扉《もんぴ》を潜《くぐ》り抜《ぬ》け、迷いなく向かった教室では——

「おっ。おはよー、クーくん。ロゼッちゃん！」

「おふた方、おはようございますです」

「あらあら、今日も一緒《いっしょ》にご登校だなんて……本当に仲良しですわっ」

　クラスメイトのエイミー、マイラ、ニーチェにグレイスが迎えてくれた。当然のことながら女子の制服姿である。クーファはしげしげと四人を眺《なが》め、呟《つぶや》いた。

「……新鮮《しんせん》ですね」

「？　何がですか？」

　きょとん、と首を傾《かし》げるエイミーである。

　ロゼッティは一も二もなく、彼女らの輪に飛び込んだ。空いている椅子《いす》に座ってみんなで長机を囲み、そんな己の姿に感極《きわ》まった様子で震《ふる》えている。

「見て、クー！　あたし今……すごく女子学生っぽい!!」

「女子学生じゃん……？」

「ロゼッちゃんは相変わらずだにゃ～」

　グレイスらに呆れられているうち、教室の扉《とびら》がばたん、と開かれた。

　名簿《めいぼ》を手にやって来たのは、迷子の子供と見紛《みまが》うラクラ＝マディア先生である。

「ホームルームを始めるぞー。席につけひよっ子ども」

　ロゼッティは興奮した様子で指を差した。

「見て見てクー、ちびっこ先生よ!!　普通《ふつう》の学校にいるとちっちゃさが際立つわね！」

「……プリケット、朝から廊下に立ちたいか？」

ラクラ先生がこめかみを引きつらせているので、クーファは慌ててロゼッティの口を押さえて黙《だま》らせた。「ほ、ホームルームをお願いします、先生」

生徒全員が席について、ラクラ先生は大きなため息を吐《は》き出した。彼女がロゼッティたちの担任らしい。名簿を教卓《きょうたく》へ、なかば叩くようにして置く。

「突然《とつぜん》だが転校生を紹介する」

教室がざわめいた。ロゼッティは隣席《りんせき》のクーファへと、こっそり顔を寄せる。

「転校生だって！　聞いてた？」

クーファは再び生徒手帳をめくり、ぱたんと閉じる。

「……いいえ、イレギュラーですね」

「どんな子だろう？　わくわく……っ」

呑気《のんき》に扉へと注目するロゼッティである。

やがて、ラクラ先生がやって来た扉から、もうひとり別の人物が現れる。

――幼い少女に見えた。ロゼッティたちと同じ女子の制服をまとっている。が、いちばん小さいサイズでも袖が余るようだ。十歳にも届いていないのではなかろうか。

真っ白い――白紙のように味気ない髪《かみ》の色をして、少し怯《おび》えたような表情でクラスメイトたちを窺《うかが》っている。クーファもまた、ロゼッティへとこっそり顔を寄せた。

「……ロゼ、あの少女に多少なり、見覚えはありますか？」

「ううん、ない」

大きくかぶりを振《ふ》ってから、ロゼッティははたと、彼の横顔へと振り返る。

「――って、転校生なんだから、見覚えがあるわけないじゃない」

「…………」

クーファはもういちど生徒手帳を開こうとして、やはりそれを懐《ふところ》に仕舞《しま》い直していた。

「ニーニ、です」

転校生は、自信なさげにそう名乗った。小動物めいた上目遣《うわめづか》いである。

「……仲良くしてくれなくて、いいです」

いきなりケンカを売っていた。

しかし、教室の誰《だれ》も気にしたふうがない。クラスメイトたちが拍手《はくしゅ》をするなかで、ラクラ先生がクーファへと視線を向けた。

「生徒会長。ホームルームを終えたらニーニに学校を案内してやれ」

「オレがですか？」

しかし、そこで首を振ったのが当のニーニだ。ぶかぶかの袖から、人差し指をすっ、と伸《の》ばす。

「……あの子に案内してもらいたい、です」

「あたし？」

指を差されたのは、クーファの隣《となり》の席である。なぜか、ロゼッティは初見で目を付けられてしまったらしい。ラクラ先生は気だるそうにかぶりを振った。

「それじゃあ、ヴァンピールにプリケット、ふたりで責任を持って転校生の面倒を見てやれ。――ホームルームは以上だ！」

そこで計ったかのようにチャイムが鳴り、教室はいったんお開きとなったのである。

†　†　†

三人で連れ立って教室を出た途端《とたん》、クーファはさっそくニーニに笑顔《えがお》を向けた。

「ニーニさんは、以前はどちらの学校にいらしたのですか？」

なぜか、すぐに答えずに顔を背けたニーニだ。

「……別の、遠い街、です」

「具体的にどういった街でしょう？　また、転校の理由はなんでしょうか？」

「あう」

ニーニはむずかるように唇《くちびる》を震わせて、健気《けなげ》に答える。

「…………か、家庭のジジョウ」

「ご家族がいらっしゃるのですね！　ファミリー・ネームは？」

「うぐ」

「しかし妙《みょう》ですねえ——」

笑顔のまま畳《たた》みかけるクーファだ。しかし、目が笑っていない。

「この学校は幼年の基礎《きそ》教育から高等教育まで一貫《いっかん》なので、中途《ちゅうと》からの編入は一切《いっさい》認めていないはずなのですが」

「——そっ、そうなの!?」

「いえ、当てずっぽうです」

「…………」

いよいよ目に涙《なみだ》を溜《た》め、黙り込んでしまうニーニである。

そこでたまらず、ロゼッティがあいだに入った。小さな転校生を守るように抱く。

「ちょっとクー、そんなにいっぱい質問責めにしたらかわいそうじゃない！　こんなに小さいんだから、難しいこと聞かれたって分かんないわよね～？」

「……一応、オレたちと同じ学年なのではないですか」

「よしよし、あのおっかない眼鏡からはあたしが守ってあげるから！」

聞いちゃいないロゼッティだ。ニーニの不可思議な白髪《はくはつ》を、愛《いと》おしそうに撫《な》でる。

「あ～、このちっちゃい頭、エリーゼさまみたいで落ち着くなあ」

そこではたと、ロゼッティはまた唐突《とうとつ》に気づいた。

「――そういえば、エリーゼさまたちはいないのかな？」

「たしかに姿をお見かけしませんね」

クーファは再三にわたり生徒手帳をチェックし、ゆるくかぶりを振る。

「まあ、彼女らはもともと女子校ですし、いらっしゃったにしても学校が違《ちが》うという《設定》なのではないでしょうか」

「ち、ちがいます」

そこで口を挟《はさ》んだのは、意外にもニーニだ。

ロゼッティに頭を抱かれたまま、小刻みに何度も首を振っている。

「設定、とか、ないです……っ」

「…………」

クーファはそんな彼女を見下ろして、何も言わない。

ロゼッティは特に疑問にも思わず、気分を切り替《か》えるような明るい声を出した。

「それより、早くニーニに学校を案内してあげましょうよ！」

「とは言いますが、ロゼ、あなたはこの学校のことに詳《くわ》しいのですか？」

クーファが当たり前のことを言うので、ロゼッティはきょとん、と彼を見つめ返した。

「え？　食堂とか屋上とか、そういうところを案内すればいいんじゃないの？」

「……たしかに学内の把握《はあく》は大事ではありますが、学校にはそれぞれ《特色》といったものがあるはずです。それを見つけに行きましょう」

生徒会長らしく、クーファは率先して身を翻《ひるがえ》した。そのあとを飼い主を追いかけるわんこのようなロゼッティと、彼女に手を引かれたニーニが続く。

クーファが当たりをつけたのは、来客用の玄関口《げんかんぐち》だった。

「――たいてい、職員の先生方の通路や、来客の目につくようなところには、その学校の誇《ほこ》りとなるようなものが展示されているものです」

との言葉通り、そこにはショーケースにいくつものトロフィーが飾《かざ》られていた。ロゼッティはおもちゃを選ぶ子供のごとく、しげしげとガラスを覗《のぞ》き込む。

「第六回クリケット・ナショナル・ジュニアリーグ優勝……クロイス・ポロ・クラブ女王杯《はい》六位入選……ハイ・スネイアム首席騎手勲章《きしゆくんしよう》！」

「どうやら、スポーツに大変力を入れている学校のようですね」

さもありなん、といったふうにクーファは頷《うなず》いた。

その時、廊下《ろうか》にこつこつと靴音《くつおと》が響《ひび》いた。周囲はひと気がなく静まり返っており、ショーケースを覗き込む三人の生徒の後ろから、壮年《そうねん》の男性が近づいてくる。

「……きみたち、授業中に何をしているのかね？」

声を掛《か》けられるのを待ってから、クーファは慇懃《いんぎん》に振り返る。

そして、思わず目を丸くして驚《おどろ》いた。

「フェルグス公っ……ではなく、フェルグス校長先生」

そこに立っていたのは、パリッとしたスーツ姿のフェルグス＝アンジェルだったのだ。

彼がこの学校の長だということを誰も疑いはするまい。ロゼッティなどは呑気に手のひらを合わせた。

「うわぁ、団長だ！　あいかわらず高そうなスーツ着てますね！」

「ダンチョウ……？」

さすがにフェルグス校長も、怪訝《けげん》そうに首を捻《ひね》る。

とりなすようにクーファは水を向けた。

「転校生に学校を案内しているのです。校長、もしよろしければ彼女にこの学校の教育方針や理念などをお聞かせいただけませんか？」

「――よかろう」

フェルグスは鷹揚《おうよう》に何度も頷いた。さすがにロゼッティやニーニも居住まいを正す。

校長は身振《みぶ》りや手振りに頼《たよ》らず、直立不動で滔々《とうとう》と話し始めた。

「そもそも私がこの学校に就任したのは、今からおよそ二十年前のことであった。当時の私はこと、多くの講師たちに疎《うと》まれていたし、逆に一部の生徒たちからは《不名誉《ふめいよ》な尊敬》を集めるような立場だった。しかしそれは私自身でなく、私の父親が街中に轟《とどろ》かせたとある悪行によるものだ。――詳細《しょうさい》を知りたいかね？　やめておきたまえ、ランチがまずくなること請《う》け合いだ。ともかくも、生徒たちのなかには私に媚《こび》を売り、取り入ろうとする者もいたが、私はそれをことごとく無視した。分かるかね？　私は他人に、私の外面ではなく内面を見て欲しかったし、私もまたそういう人間であろうと努力をしてきたからだ」

苦みを覚えているように、フェルグスは何度もかぶりを振る。

「そうした態度が実ってか、一年もすればすっかり周囲の私に対する見方は変わった。私はむしろ、歴代でもっとも模範《もはん》的な講師と呼ばれるようになったし、いくつかの研究を発表することで学外からの評価も得た。名誉なことだ。だが、その頃《ころ》の私にも汚点《おてん》がないわけではなかった。――当時、この学校にはウルフリックという実に優《すぐ》れた生徒がいた。彼こそ、この学校始まって以来の秀才《しゅうさい》だ！　ウルフリックは学生の時分でありながら、その頃すでに己《おのれ》の価値観を確固たるものにしていた。私が生徒たちに見習ってもらいたいのは彼のそういうところで、しかしこうした物言いをすると、必ず勘違《かんちが》いをする者が現れるのだ。『講師の言うことに逆らえばいいのか？』とね。いやいや違う、そうじゃない。――たとえ話をしよう。ここに三匹《びき》の子豚《こぶた》がいたとして、ひとつきりのケーキを巡《めぐ》って喧嘩《けんか》をしたとする。しかしそのケーキは、実はオオカミのものなのだ。喧嘩の最中、誤ってケーキを落としてしまった！　さて、どうする？　臆病《おくびょう》な子豚はまっさきに逃《に》げ出すだろう。しかしウルフリックなら？　ここで皆《みな》に考えてみて欲しい。ウルフリックがこの子豚なら、いったいどうした行動を取ると思うかね……？」

ロゼッティは、とても嬉《うれ》しそうにクーファへと振り向いた。

「すごいわ、クー！　なにが言いたいんだかさっぱり分からない!!」

フェルグス校長のこめかみがぴくり、と震《ふる》える。ロゼッティは容赦《ようしゃ》がなかった。

「なんかダラダラと長いだけで中身がちっとも頭に入ってこないというか……これが噂《うわさ》の《校長先生の長話》ってやつなのね!?」

「たしかに、これを立ったまま最後まで聞かされるのは相当堪《こた》えそうですね」

クーファはすでにうんざりとしていた。ロゼッティは真剣《しんけん》な表情で考え込む。

「どうしてこんなにつまらない話ができるのかしら……??」

「別に、嫌《いや》がらせをしようと思って話しているわけではありませんよ」

クーファは逆に身振り手振りを交えて、体の凝《こ》りをほぐしながら続けた。

「──スピーチをする時に勘違いしがちなのは、『長く話せば話すほど、聞いている側に説得力が与《あた》えられるはずだ』ということなのです」

「そうなの？」

「特に、大きな成功を収めたひとは、その経験が他人の人生にも活《い》かせるはずだと思い込みやすい。そのために、校長先生は生徒たちの将来を思う一心で、考えつく限りのことを長々と話し続けてしまうのです。……実際には、ぱっと要点をまとめて伝えていただいた方がありがたいのですが」

「ほんと、こんなんじゃ眠《ねむ》くなっちゃうわよね!!」

「きみたち……」

ゴゴゴ、という威圧感《いあつかん》がロゼッティらの背後に迫《せま》った。

振《ふ》り返ってみれば、おおなんと、鬼《おに》の形相を浮《う》かべた校長先生がいるではないか。

「それでは、もうひとつ、今のきみたちの役に立つ知識を授《さず》けてやろう」

フェルグス校長は、要点をまとめてシンプルに告げる。

「私は生徒指導の担当だったのだ」

「失礼しました────ぁ!!」

即座に脱兎の勢いで逃げ出すクーファにロゼッティ、そして彼女に手を引っ張られるニーニは、その小さな体を旗のごとくたなびかせるのであった。

† † †

「保健の先生、かくまって！」

ロゼッティが避難《ひなん》場所に目を付けたのは、医務室だった。三人の生徒たちがわらわらとなだれ込んでくると、さすがに保健医も何事かと振り返る。

「なんじゃなんじゃ！　授業中に騒々《そうぞう》しい」

一児の母とは思えない、妙齢《みょうれい》のアルメディア＝ラ・モールである。クーファはまたも、得も言われぬ感慨《かんがい》を覚えて彼女の姿を見つめる。

「……白衣がよくお似合いですね」

「は？　それはまあ、仕事着だからのう」

ロゼッティなどは勝手知ったるなんとやらで、真っ白なベッドにダイブしていた。

「は～、授業中に保健室でサボり！　こういうのも学校の醍醐味《だいごみ》よね～」

「なんとまあ、ふてぶてしいサボり魔《ま》もおったものじゃ！」

アルメディアはため息とともに眉《まゆ》を吊《つ》り上げる。

「ケガでも病気でもないのなら、はよう教室へ戻《もど》れ！」

「それが已《や》むに已まれぬ事情がありまして」

その《事情》である転校生のニーニは、清潔な医務室をしげしげと見て回っていた。

やがて、コルクボードに留められた羊皮紙の前で足を止める。

「休日の医務室開放……生徒相談のお知らせ……？」

「ああ、この時期の恒例《こうれい》じゃな」

アルメディアは万年筆をくるくると回し、ペン先をバインダーに当てた。

「新年度が始まったばかりで新しい環境《かんきょう》に馴染《なじ》めず、プライベートな相談を持ち掛けてくる生徒のなんと多いことよ！　この時期は体調も悪くないのに学校を休んだり、授業をふけたりする生徒があとを絶たないのじゃ。——ちょうど今のおぬしらのようにな！」

「たしかに、個人的な相談を医務室に持ち込む生徒は意外と多いのだと聞きますね」

皮肉はスルーして、クーファは厳《おごそ》かに頷く。

ベッドに寝《ね》っ転《ころ》がったままのロゼッティは、相変わらず能天気な様子だ。

「あたしも聞いたことあるー！　でもそれ、なんで保健の先生なんだろうね？」

「……一見筋違《すじちが》いではありますが」

クーファは頭のなかを整理しながら、慎重《しんちょう》に言葉を続けた。

「友達には打ち明けられなかった。クラス担任の先生にも言えない、家族にも話せない、かと言って関係の浅い他人に相談できるようなことでもない――」

クーファの瞳《ひとみ》が、丸椅子《いす》に腰《こし》かける女医を見る。

「でも、保健の先生になら言える。そういう意識が生徒たちのなかにはあるのでしょう。担任の先生や身近な方々は、『自分は頼られなかった』などとふてくされてはいけません。それだけデリケートな問題だということを受け止めなければならないのです」

「……おぬしは本当に学生なのか？」

アルメディアは感じ入るところがありながらも、眉をひそめずにはいられない。

ロゼッティは相変わらず呑気《のんき》な態度だ。

「あー、でも、それ、分かる気がする。保健の先生って、たしかに学校のひとりなんだけど、なんだかトクベツな雰囲気《ふんいき》がするんだよねー」

すんすん、と子犬のように鼻を鳴らす。

「ここの薬っぽい匂《にお》いも、つい気を許しちゃう魔力なのかも？」

「……いいえ、ロゼ」

同じ匂いを嗅《か》いで、クーファは即座に首を振る。

「この匂いはお酒です」

「ぎくっ!!」

白衣の保健医が実に分かりやすい反応をした。彼女がとっさに庇《かば》った机の下が、お宝の隠《かく》し場所だろうか。

「な、な、な、なんのことじゃか分きゃらぬのう……っ？」

「残念ながらごまかしてもオレには分かります。……ひどいヘビースモーカーと酒飲みの傍《そば》で育ちましたので」

やれやれ、とクーファはこれみよがしなため息をひとつ。

「お酒好きであることは伺《うかが》っていましたが、まさか勤務時間中に……フェルグス校長先生の耳に入ったらどうなるか……」

アルメディアは往生際《おうじょうぎわ》が悪かった。忙《せわ》しなく万年筆をくるくる回す。

「いや、そのっ、なんじゃ……機械が働くのには燃料が必要じゃろう……っ？」

「アルメディアさまは機械ではありません」

「ええい、黙《だま》れっ、黙れ！　説教など聞きとうないわ!!」

ついにはキレ出した。バインダーを激しく振って生徒たちを追い立てる。

「さっさと授業へ行《ゆ》け！　さもなければその真っ黒な腹を解剖《かいぼう》してくれよう！」

「おお、怖《こわ》い――」

その剣幕《けんまく》に押されて、三人の生徒たちはすごすごと医務室を退散するのである。

「ねえねえ、次はどこで遊ぼうか⁇」

ロゼッティはすっかり、転校生のニーニ以上に学校案内を満喫《まんきつ》していた。

まるで人通りのない渡《わた》り廊《ろう》下《か》を歩きながら、クーファは一応提案してみる。

「そうですね……先生がたのおっしゃる通り、教室で勉強をしてみては？」

「あっ！　あっちにたくさんひとが集まってるよ⁉」

ロゼッティはニーニの手を引いて駆《か》け出して行った。おやおや、聞こえなかったのだろうか？　そんなはずはあるまいと思いつつ、クーファもあとに続く。

そこは運動場だった。長方形のコートがネットで仕切られていて、たしかに大勢の女子生徒が集まっている。

黄色い歓声《かんせい》の中心に、爽《さわ》やかに汗《あせ》を流す美形の講師がいた。

「やあやあ、参ったね！　こんなに注目されていたら試合ができないじゃあないか！」

「あー、セルジュさまだ！」

ロゼッティはあっけらかんと指を差す。そしてクーファはひそかに舌打ちをした。

「やっぱりいましたか……」

体育教師のセルジュ＝シクザール先生は、やはり女子生徒たちの人気者らしい。幸いにも群集のなかにクーファの顔見知りは——特にエイミーやマイラたちが交じっていないことに胸を撫《な》で下ろしていると、当のセルジュ先生がこちらに気づいた。

いつもながら、なぜかぱっ、と表情を輝《かがや》かせる。

「やあやあやあっ！　クーファくんたちじゃないかい！」

「それではロゼ、次は図書館にでも行きましょうか」

クーファはロゼ、ロゼッティに対して受け答えしたつもりである。

それなのに、いつの間にか風のごとく駆け寄ってきたセルジュ先生が肩《かた》を掴《つか》むのだ。

「ようやく僕の勧誘《かんゆう》を受け入れてくれる気になったんだね？　そうと決まれば、さあ、さっそくラケットを握《にぎ》って！」

「オレはこちらでもあなたに言い寄られているという設定なのですか……」

ふるふる、と頑《かたく》なに首を振るのはニーニだ。

「せ、設定とかじゃ、ないです」

セルジュは意に介《かい》さず、舞台《ぶたい》俳優のごとく大げさに踊《おど》った。

「我が校はクリケットやポロこそ盛《さか》んだけれど、僕のテニス・クラブだけはどうにも芳《かんば》しい成績を残せていないのさ。大会ではいつも歯がゆい思いをしているよ！」

「コーチがコーチですからね。無理もないのでは？」

「ひどいな！」

嫌味《いやみ》ではなく、部員のモチベーションの問題だ。

おそらく周囲に集まっているクラブのメンバーは「テニスが好きで」というよりも、「コーチとお近づきになりたくて」所属している者がほとんどなのだろう。腕前《うでまえ》の上達に繋《つな》がらないのもさもあらん。

ところがこの場でたったひとり、純粋《じゅんすい》にラケットに興味を示す生徒がいた。

「テニス！　あたし、テニスやってみたい！」

ロゼッティである。すかさずキラン、と瞳を光らせたのがセルジュだ。

「入部はいつでも大歓迎《だいかんげい》だよ！　ほら、さっそくコートに立ってみると良い」

クーファが苦い顔をしているのをよそに、ロゼッティはうきうきとラケットを握ってコートの片側に陣取《じんど》った。

スカートの裾《すそ》を翻《ひるがえ》して、振る。風を巻き込みながら、力任せに振る。

「これ、これ！　こういうの雑誌で見た！　青春って感じ！」

「青春かどうかは分からないけれど、いいかい、ロゼッティくん――」

セルジュは真面目《まじめ》なまなざしになって、ロゼッティのフォームをチェックしている。

「スイングが凄《すさ》まじく速くて正確だけれど、それではまるで刃物《はもの》で牛でも捌《さば》いているかのようだよ。まず構えと、グリップの握り方はこう——」

と講釈《こうしゃく》しつつ、ロゼッティの腰と手もとに手を伸《の》ばそうとする。遠巻きに見ていたクラブ・メンバーたちが、たまらず黄色い悲鳴を上げかけた。

それより早く、クーファの平手がセルジュの頬《ほお》を張り飛ばしていた。——ばしぃん!!

「アウチッ!!」

「あっ! し、しまった……」

二メートルはセルジュをぶっ飛ばしてしまってから、はたと我に返るクーファである。赤く腫《は》れた手のひらを隠しながら、さすがに誠実に頭を下げた。

「申し訳ございません。いつも手だけは上げるまいと我慢《がまん》していたのですが、つい……」

「いつも殴《なぐ》りたいと思っていると? やあ、ひどいな!」

セルジュはラケットを投げ渡してきた。——あたかも決闘《けっとう》の白手袋《てぶくろ》のごとく。

クーファがぱしん、と受け取ると、セルジュはコートの向かい側へと移動する。

「良い機会だ、きみに目上を敬う気持ちというものを思い出させてあげるよ。——いいかい? 僕が勝ったらきみは、ロゼッティくんと一緒《いっしょ》に僕のテニス・クラブに入るんだ」

「……望むところです」

クーファは手のひらでグリップを転がし、ラケットを回転させた。その手捌きに、あるいはネットを挟《はさ》んで睨《にら》み合うふたりの美青年に、女子生徒たちが歓声を飛ばす。

「こっ、コーチと生徒会長の一騎打《いっきう》ちよ!!」

「嗚呼《ああ》っ、わたくし一体、どちらを応援《おうえん》すればいいの？」

なんだかとんでもない展開になってきたぞと、ロゼッティは戦々恐々《せんせんきょうきょう》である。

「やめてっ、ふたりとも！　あたしのために争わないで！」

「その台詞《せりふ》も言ってみたかったんですね……次は演劇クラブにでも行きますか？」

そして、ちゃっかりと物見の審判《しんぱん》席に居座っているニーニである。

「……試合《セット》始め《マッチ》」

セルジュが二、三度、地面でボールを弾《はず》ませた。クーファも腰を落として身構える。ラケットなど真剣《しんけん》に握ったことのないクーファである。が、ルールぐらいは知識として頭に入っている。あとは持ち前の反射神経でカバーするしかない――

「安心したまえ、クーファくん。僕も鬼《おに》じゃない。ハンデとしてどこに打つかを大声で教えてあげるよ。まずは向かって右に――と見せかけて、ドリャア!!」

「ぐはッ!!」

セルジュの放ったおぞましい速度のボールが、クーファの腹筋を直撃《ちょくげき》した。

たまらず膝《ひざ》をつくクーファである。ギャラリーから悲劇的な声が上がる。セルジュはネットの向こうで悠々《ゆうゆう》とラケットを回していた。

「おや、知らなかったかいクーファくん！　テニスってのはボールをぶつけ合って体力を削《けず》り合うゲームなんだよ。またの名を《死の球技《デス・ニード》》と言い――」

「そ、それはそれは存じ上げませんでした。ではこちらも遠慮《えんりょ》なく……ぜえりゃ!!」

「オゥップス!!」

先ほど張り飛ばしてやった頬を、今度はテニスボールが回転しながら撃《う》ち抜《ぬ》いていく。

今や、コートにはふたりの闘気が陽炎《かげろう》となって立ち昇《のぼ》っていた。中間点のネットにスパークが散る。女子生徒たちは固唾《かたず》を呑《の》んで見守っていた。

「「やったな……!?」」

セルジュが打ち、クーファが返し、片方が稲妻《いなずま》のごときスマッシュを決めれば、負けじともう一方が同じ速度でカウンターを放つ。――ただし、照準はことごとく相手の体に。

ふたりともまったくポイントを気にしないものだから、激しいボールの応酬《おうしゅう》だけがただひたすらに続いた。大砲《たいほう》のごとき打撃音が優に十数分もこだまして――

やがてセルジュのラケットが、インパクトの瞬間《しゅんかん》にぼごんっ!!　と砕《くだ》けた。

稀《まれ》に見る現象である。柄《え》だけになったそれを、セルジュは感嘆《かんたん》とともに見下ろす。

「ラケットが僕たちの熱量に耐《た》えかねたか……フフッ、勝負はまたお預けだね」

「セルジュさま……」

クーファの握るラケットもまた、ガットが幾本《いくほん》も千切れ飛んでいた。おそらくあと一発ボールを捉《とら》えていたら、柄が砕けていたのはこちらだっただろう。

つまりは引き分けである。セルジュ先生はネット際まで歩み寄ってきた。

「――素晴《すば》らしい試合だった。こんなに追い込まれるとは思ってもいなかったよ」

「いいえ、勧誘を蹴《け》ることができて何よりです」

がっしりと握手《あくしゅ》を交《か》わす。女子生徒たちの群れからとろけるようなため息が漏《も》れた。

セルジュ先生は、前髪《まえがみ》から汗を滴《したた》らせながらニヒルに微笑《ほほえ》む。

「……分かるかい、クーファくん？　今、僕たちのあいだを行き交うひとつの感情を。こんな話があるね、河原で殴り合った男同士には友情が芽生えるのだと！」

「そうかもしれませんが、硬式《こうしき》ボールをぶつけ合って芽生えるのは別の感情かと」

みしり、と握り合った互《たが》いの手のひらが軋《きし》む。

それからセルジュ先生はダンサーのように身を翻し、二本の指をちゃっ、と振《ふ》った。

「では！　僕は次の授業に向かわなくては。気が向いたらまたいつでもコートに顔を出してくれたまえ……チャオ！」

「ああっ、コーチ！　お待ちになって……っ！」

取り巻きのクラブ・メンバーたちが、手に手にタオルを用意しながらそのあとに続く。

コートには、汗だくのクーファを含《ふく》む三人だけが残された。

かしましく遠ざかってゆく集団を、ロゼッティは感心しつつ見送っている。

「セルジュさまって、どこにいても嵐みたいなひとよね！」

「人騒《ひとさわ》がせなハリケーンですね……」

クーファがため息をついた時、鐘楼《しょうろう》から鐘《かね》の音が響《ひび》いた。

その長々とした旋律《せんりつ》は、本日の授業がすべて終わったことを知らせていた——

朝のホームルームから、まだ二、三時間足らずである。しかし疑問に思うような者は誰《だれ》もいなかった。クーファも同様に、脱《ぬ》いでいた制服の上着を肩に引っかける。

「もう放課後ですか。……結局まともに授業を受けませんでしたね」

「…………終わっちゃう」

ロゼッティはぽつりと呟《つぶや》いた。暮れなずむ学び舎《や》に、どこか物悲しげな鐘の音が響く。

彼女は突然《とつぜん》に、クーファの手を取って駆け出した。

「クー、一緒に来て！」

「えっ、どこへ行くのですか？」

いつの間にか、校舎からはすっかりひとの姿が見えなくなっていた。教室で授業を受ける生徒の姿も、運動場に弾むボールも、講師たちが会議をする声も何もない。

迷いなく階段を駆け上がって、ロゼッティがクーファを連れて行ったのは屋上だった。

湿《しめ》った風が吹《ふ》き抜ける。やはり誰もいないそのロケーションが、今のロゼッティにとっては都合がよかったらしい。

手のひらが離《はな》されて、クーファは慎重《しんちょう》に声を潜《ひそ》める。

「……もう下校の時間ですよ？　家に帰らなくてよろしいのですか？」

「その前に、ほらっ、もうひとつ憧《あこが》れてたことがあってさ」

ロゼッティはぱたぱたと手のひらを振りながら、忙《せわ》しなく言った。

「あたし、《屋上で告白》っていうのがやってみたいんだよね！」

「あ、ああ……たしかにそういう習わしを聞いたことも……」

けれども、クーファは一度かぶりを振る。

「ですが、オレたちはすでにお付き合いをしているという設定なのでは？」

「まあまあ、何度やったっていいじゃない」

ロゼッティは「すー、はー」と息を整えた。

やはり緊張《きんちょう》するものらしい。ぎこちなく手を差し伸べてくる。

「……これからもずっと仲良しでいてね、クー！」

「ロゼ……」

ロゼッティもそうだが、クーファの頬にもたまらず赤みが差す。

こういう感覚を――《甘酸《あまず》っぱい》、と表現するのだろうか。

クーファは咳払《せきばら》いをして、一度そっぽを向いた。

「さて、それはどうでしょう？」

「えええええっ!? ひど～いよぅ！」

「なんて、冗談《じょうだん》ですよ。ええ、この縁《えにし》が続く限り――」

今度はクーファの側からも、すっと手を差し伸べる。

しかし、その寸前だ。掴《つか》みかけていたロゼッティの手のひらが、するりと離れた。

急にがくりと膝を折って、倒《たお》れ掛《か》かったのだ。クーファはとっさに地面を蹴り、腕《うで》を伸ばして彼女を抱《だ》き留《と》める。

「ロゼ！　ロゼっ!?」

返事もない。眠《ねむ》るように気を失っている。話の途中《とちゅう》で――一体どうしたのだろうか？

鐘楼の鐘はとっくに鳴《な》り止《や》んでいた。校舎はもう真っ暗で、最後に残った灯《あか》りがクーファたちのいる屋上を照らしているのみだ。生徒のエイミーたちはもちろん、校長のフェル

グスも、アルメディアも、セルジュの姿も、誰ひとりとして残っているはずがない。

——否《いや》。あとひとり、たったひとりだけ、いた。

「残念。ボクの力じゃ、見せられるのはここまで」

その少年とも、少女ともつかない声にクーファは聞き馴染《なじ》みがない。さもあろう、《その者》に出会ったのはほんの二、三時間前、朝のホームルームが初めてなのだから。

いつからか、屋上の入口に立っていた人影《ひとかげ》をクーファは振り返る。

「やはりこの《夢》をロゼに見せていたのはあなたでしたか——ニーニ」

ぶかぶかの女子制服をまとっているその小さな少女は、否、直後に姿を変貌《へんぼう》させた。毛むくじゃらと言うべきか、全身が真っ黒の体毛に覆《おお》われたのだ。白い髪の毛はさらに伸び、棒のような手足に絡《から》みつく。前髪の奥から、ぎょろりと青い瞳《ひとみ》が覗《のぞ》いた。

ロゼッティの体を抱いたまま、クーファはその者の名を呼んだ。

「魔精霊《ませいれい》《フープ・ニーニ》……人間の夢を糧《かて》にして生きる特異なランカンスロープ」

「ヒヒヒッ！　正解だゾ。褒《ほ》めてやるゾっ」

転校生を演じていた時とは打って変わって、ニーニあらため、魔精霊・フープは感情を露《あら》わに嗤《わら》う。黒い顔がケタケタと揺《ゆ》れ、口もとが真っ赤に裂《さ》けた。

「そう言うオマエはナンダ？　フープはオマエのことなんか知らないゾ！」

もうひと目をはばかる必要もあるまい。クーファも生来の口調になって答える。

「私も立場はお前と同じさ――外部からロゼの夢のなかへと侵入《しんにゅう》して来ている」

「オマエもランカンスロープなのカ？」

「半分はそうだ」

フープは愉快《ゆかい》そうに小さな体を揺すった。

「半分ならフープの方がきっとエライ！　この《夢》はあげないゾ！」

「……魔精霊フープ・ニーニは、人間が眠る時に見る《夢》を食べる」

この《夢》にダイブしてくる前、前もって仕入れておいた知識をクーファは思い出す。

「たいがい悪夢はまずく、吉夢《きちむ》は美味《うま》い――だからフープ・ニーニはまず、取り憑《つ》いた対象の夢を幸せなものに《調理》するところから始める。私がこの夢で出会ったのは、現実世界のどこかしらで目にしたような人物ばかりだった。しかし！　そのなかでお前のことだけはロゼも見覚えがないと言っていた。……黒幕が誰かはすぐに察しがついたよ」

であればこそ、ロゼッティの受け答えはどこかちぐはぐで、それでいて問題なく嚙《か》み合っていたというわけだ。夢という、限りない想像力のなかであるがゆえに――

「フープだって、なんでオマエだけは夢を夢だって知ってるのかフシギだったんだゾ！」

ヒヒヒ、と魔精霊の真っ赤な口が嗤う。

「でも、ジャマはしなかったから許す。おかげでとっておきのご馳走《ちそう》ができたんだゾ！」

よくよく見れば、フープの口にはびっしりと牙《きば》が生え並んでいた。どのように《夢》を食べるのかは定かではないものの、どうにも穏便《おんびん》な光景ではなさそうだ。

ぶかぶかの袖《そで》を振り上げて、フープは力いっぱいに歓声《かんせい》を上げる。

「この子はガッコウってやつに憧れてた！　だから見せてやったんだゾ。夢の始まりから最後まで、とっても楽しそうだった！　こんなにおいしそうな《夢》は初めてダ!!　その子の制服の《スカーフ》はその象徴《しょうちょう》……今日見た幸せな夢の記憶《きおく》が詰《つ》まってイル！」

ビシッ、と眠り続けるロゼッティを指差す。遅《おく》れて袖がなびいた。

「だからフープが……食べちゃうんだゾ!!」

「それは駄目《だめ》だ」

「ええええええええええっっっ!?」

フープは絶望的な悲鳴を上げた。クーファが面食らうほど、実に素直だ。

クーファは、幼い子に言い聞かせるようによどみなく続ける。

「食べられた《夢》は持ち主の記憶から切り離され、お前の腹に入る。つまり食べられた側は、それがどんな夢だったかはおろか、夢のなかで感じた幸せな想《おも》いさえも思い出すことはできない」

フープは余った袖をこすり合わせて、もどかしそうにしている。

「でもでもっ……今回はとっても美味《おい》しそうに調理できたのダ……」

「勘弁《かんべん》してやってくれ」

「食べちゃダメか……？」

クーファは断固として首を振る。

「ダメなのかー……」

フープはしょんぼりと肩《かた》を落としていた。

もともと、取り憑いた対象に数日の体調不良をもたらし、夢に影響《えいきょう》を与《あた》えるというだけで、戦闘《せんとう》能力が皆無《かいむ》なランカンスロープである。であればこその《精霊》の呼び名であって、騎兵団《ギルド》の討伐《とうばつ》対象にさえ含まれていないのだった。

そこでクーファは、「やれやれ」と言いたげに懐《ふところ》に手を差し入れた。

取り出したのは、この学校で何度も彼を手助けしてくれた生徒手帳である。

「代わりと言ってはなんだが、これをやる」

「それナンダー？」

「これは私の――私がロゼと一緒《いっしょ》に見ていた《夢》だ」

手帳を受け取ったフープは、ためしにページをぱらぱらとめくってみせる。

それからすぐに、目玉をさらにぎょろぎょろとさせて驚《おどろ》いた。

「この子の《夢》に負けないぐらいのご馳走なんだゾ！」

「それでよければ食べていくといい——お礼に」

「お礼？」

きょとん、と首を傾《かし》げられるが、クーファもあえて言い直すことはしない。

——フープ・ニーニは自らの腹を満たすため、まずは人間に幸せな夢を見させる。

つまりフープがいなければ、クーファたちもこの夢を見ることはできなかった——

フープはページを一枚千切って、口に含み、至福の表情を浮《う》かべた。

「甘いゾ！　こんなにおいしい夢、食べたことがないんだゾ！」

「それは何よりだ」

「オマエも楽しかったのカ？」

あどけない声で問いかけられて、クーファはハッ、と言葉に詰まる。

一度、ロゼッティの心地《ここち》良さそうな寝顔《ねがお》に視線を当ててから、まぶたを下ろした。

「……あんなふうに友達と笑って……学校に行って勉強して。放課後は喫茶店《きっさてん》ではしゃいだり、休日はガールフレンドとデートをしたり……」

まぶたを上げて、たしかにそこに存在する光景を、最後に見る。

「ああ――本当に、夢みたいだったよ――………」

† † †

「――捕《つか》まえた」

クーファがそう言って目を開けた途端《とたん》、幼い少女たちの歓声が沸《わ》いた。

広大なエリーゼ邸《てい》における、家庭教師・ロゼッティの私室である。クーファはベッドの傍《かたわ》らに立ち、眠り続けるロゼッティの額に手のひらを当てていた。

そうして集中を続けること、優に十分は経過していただろうか――

メリダ＝アンジェルなどは、もしや不測の事態でも起きたのかと、気が気でなかった様子である。

「先生っ、ずっと静かなままだったから心配しちゃいました……っ」

「失礼。オレも半分眠っていたもので」

クーファはロゼッティの額から、手のひらを握《にぎ》りながら持ち上げる。

すると、その手のひらのなかに囚《とら》われているものがあった。《闇色《やみ》の珠《たま》》と表現するべきか……雪のように淡《あわ》く、おぼろげに発光する、小さな球体である。

「エリーゼさま、窓を開けていただけますか？」

クーファはその光の珠を窓際《まどぎわ》まで連れてゆくと、あたかも蝶々《ちょうちょう》を放すかのように、外へと逃《に》がしてやった。闇色の光はふわりと舞《ま》い上がって、あっという間に宙にほどける。

魔精霊フープ・ニーニは、また新たな《夢》を求めて旅立っていったのだ――

再び窓を閉めるや否《いな》や、メリダとエリーゼが待ち切れないように身を乗り出してきた。

「先生っ、今のが先生の言っていた、《マセイレイ》っていうものだったんですか？」

「ロゼ先生は、もうだいじょうぶ？」

クーファはぱんぱん、と手のひらをはたき、まずはエリーゼに答える。

「ええ、じきに目を覚ますでしょう。……数日も熱が引かないと聞いた時におかしな予感はしていたのですが、やはりただの風邪《かぜ》ではなかったようですね」

それでお見舞《みま》いにやって来てみれば、案の定、ロゼッティからかすかなアニマの気配を感じたのである。もしやと思い、吸血鬼《ヴァンパイア》の力を応用して彼女の夢に侵入してみたところ、その先に広がっていたのは――………

クーファはかぶりを振《ふ》った。

夢のなかに広がっていたのは……なんだったか？

クーファがかすかに逡巡《しゅんじゅん》しているあいだ、メリダはほっ、と胸を撫《な》で下ろしていた。

「ロゼッティさまが無事で、よかった……クーファ先生のお考え通りなら、危ないランカンスロープじゃなかったんですよね？」

「……ええ、彼女はただ夢を見させられただけ。本来であれば、マナの加護がある能力者が取り憑かれるようなものではないのですが」

「それなのに、ロゼ先生は、どうして？」

エリーゼがきょとん、と首を傾げる。

その仕草が、夢のなかで見た誰《だれ》かのそれに似ているとクーファは思った。

「……先日、ロゼの故郷への研修旅行があったでしょう？　大変な出来事が立て続けに起こりましたし、平気な振りをしていても、疲《つか》れが溜《た》まっていたのではないでしょうか」

「あっ……」

「そのような状態で、ネクタルの加護が薄《うす》い夜界《やかい》を長距離《ちょうきより》にわたって移動していたのですからね。おそらく、その最中に取り憑かれてしまったのでしょう」

込《こ》み入った話はできないが、旅行のさなかに何度も記憶の蓋《ふた》をこじ開けられたり、再封《ふう》印《いん》を施《ほどこ》されたりしたことも彼女の精神に負担をかけてしまったことは間違《まちが》いあるまい。

つまりは、幾分《いくぶん》はクーファの責任でもあるわけで――無事にロゼッティを快復させることができて、ひと安心といったところだ。

メリダとエリーゼは、無邪気《むじゃき》に微笑《ほほえ》みを交《か》わし合っていた。

「それにしても《幸せな夢を見させる》だなんて、なんだかロマンティックな精霊《せいれい》ですね。先生たちはどんな夢を見ていたんですか？」

「それは――」

クーファは口を開きかけて、すぐにかぶりを振る。

「……もう忘れてしまいました」

「ええ～っ？」

「夢、ですから」

クーファが苦笑《くしょう》しても、メリダは少しのあいだ、名残惜《なごりお》しそうに唇《くちびる》を尖《とが》らせていた。

その時、ロゼッティがあいまいな寝言《ねごと》を呻《うめ》いて、身をよじった。クーファと反対側のベッドの傍らから、エリーゼが手のひらを伸《の》ばす。

「ロゼ先生ったら、まだ起きないみたい」

「……もしかしたら、夢の続きを見ているのかもしれませんね」

クーファの見られなかった、夢の向こう側を――

クーファもまた手のひらを伸ばし、ロゼッティの額に指を這《は》わせた。

「もう少し、眠《ねむ》らせておいてあげましょう」

†　†　†

ロゼッティは夢うつつのなかで、愛するひとたちの声を身近に聞いていた。

眠りと、現実のあいだをたゆたっている。このまま重いまぶたを持ち上げれば、彼女はすぐにもエリーゼ邸の、自分の部屋の天井《てんじょう》を目にすることができるだろう。

しかし、ロゼッティは頑《かたく》なに目をつむることにした。

なぜなら、とても心地良かったからだ。

額が、ひんやりと気持ちいい……。

——誰の手だろう？

どこからか、とても懐《なつ》かしい感慨《かんがい》が押し寄せてきて、胸を満たす。まあいいや、とロゼッティはすぐに考えるのをやめて、ひたすらに愛《いと》おしいその感覚に身を委《ゆだ》ねた。

意識が再び、ゆっくりと眠りの底に沈《しず》み込んでゆく——………

——だってあたし、病《やまい》なんだもの。

だからこうして甘えても、きっと許されるはず。

起きてまた頑張《がんば》るのは、もうちょっとだけあとで。

この眩《まばゆ》い夢のなかに、決して色褪《いろあ》せることのない宝石を探して——

# あとがき

読者のみなさま、こんにちは、作者の天城《あまぎ》ケイです。

本書をお手に取っていただきありがとうございます。すでに内容をお読みになってくださった方も、《あとがき先読み派》の方も、しばし私のおしゃべりにお付き合いください。

今回は本編とは異なる、短編集です。隔月《かくげつ》刊行のドラゴンマガジンさまにちみちみ連載《れんさい》させていただいていたものに、書き下ろしを加えました。何はともあれ、こうして一冊にまとまってほっ、とひと安心です。

なにせ一年をかけて連載をさせていただいていたものですから、各話ごとにその時々のテイストを感じることができますね。しみじみ。肝心《かんじん》の内容については……みなさま、すでにお察しのことではないでしょうか。

なにしろ、ご覧ください。今回もイラストレーターのニノモトニノ先生が、短編集の雰《ふん》囲《い》気《き》にベストマッチした和《なご》やかかつ華《はな》やかなカバーイラストを仕上げてくださいました。

眼福眼福。読者のみなさまが抱《いだ》いてくださった第一印象を、本書の内容はきっと裏切らないでしょう。どうぞ甘《あま》いお茶菓子《がし》とともに、一編一編のんびりとお楽しみください。

もう少し内容に踏《ふ》み込んだ話をしましょう。

短編集ですので、それは各話ごとに独立した構成なのですが、私は全体を通して一貫《いっかん》したテーマを設定することにしました。ずばり《学園もの》です。

ここからはそれぞれの章に、私がどのような学園の要素を盛り込んでいったのかを振《ふ》り返《かえ》ってみようと思います。

学校と言えば怪談《かいだん》だろう！　という安直な第1話。

サラシャやミュールたちの暮らすアクアリムス天鏡区が登場したのもここが初でしょうか。ぜひ出しておきたかった。第1話の掲載《けいさい》時期と言えば、オーディオドラマの公開であったり、コミカライズの決定であったりと大変におめでたい時期だったと記憶《きおく》しております。「そんな記念すべき第1話にホラー話かよ」というツッコミは禁止。

学園ものと言えばスポ根だろう！　という熱血な第2話。

単にメリダたちにスコートを着せたかっただけ？　いやいや、誤解してはいけません。やはり学校を舞台《ぶたい》にしている以上、汗《あせ》と涙《なみだ》、グラウンド上のむせ返るような熱い青春が必要不可欠なわけですね。その結果、育まれる友情がやはり学園ものには求められているんでしょうか、解説の天城さん？　そうですね、ヒラヒラ最高‼

学園と言えばミステリだろう！　という趣味《しゅみ》に走った第3話。ミュール主人公で推理もの、という構図を一度やってみたかった。天鏡区《てんきょうく》の街並みを歩き回るのもとても楽しかった。クーファが出てこない～など拙い点も多々あるんですが、そこは私の未熟さゆえ、何卒お目こぼしいただければと……。

そもそもミステリになっちゃいない？　ハハッ、被害者《ひがいしゃ》になりたいのかいワトソン君。

学園と言えばラブコメだろう！　という待ちに待った第4話。言わずもがな、各話ごとに《当番回》みたいなものが決められているのですが、ラブコメのテーマを誰《だれ》に割り当てるかと考えて、サラシャにしました。

本編2巻の執筆《しっぴつ》時、「サラシャは巨乳《きょにゅう》にします」という担当さんとニノモト先生の判断は正しかった。いろんなプロポーションのヒロインがいると、いやあ筆が乗りますね！

女学校と言えば「ごきげんよう」だろう！　という偏見《へんけん》に満ちた第5話。

1～4話と書き連ねてきて、私気づきました。「サブキャラにも活躍《かつやく》させよう」と。本当はもっといろんなカップリングのやり取りを考えてはいたんですが、尺の関係で泣く泣くカットカット……きっとミトナ会長の机には、私のそれと同じように妄想《もうそう》ノートが山と積まれているはずでしょう。表に出さない方が良いかもしれない。


そして、すべての締《し》めくくりとなる第6話――

全体の構成だけは最初に決めていたので、時系列が飛び飛びのなか、この第6話は第1話の続きのエピソードとなっています。前半で撒《ま》いた布石を拾う形になっているのですが、きちんと集大成的な雰囲気になったでしょうか。少し不安です。

とはいえ、この約一年間の連載はとても貴重な体験になりました。長編を仕上げるのとはまた勝手が違《ちが》う。そして楽しい！　短編でしかなかなか触《ふ》れることのできない、メリダやクーファたちの日常、それらをひとつでもエピソード化していけたら嬉《うれ》しいです。

そしてそれが、読者のみなさまに楽しんでいただけたら言うことはありません。

——と思ったらもう一章あったよ！　な書き下ろし第7話。

最後をロゼッティ（&クーファ）回にするのも決めていました。テーマはそのままずばり、《学校》です。

今回は実現しませんでしたが、もし、クーファとメリダが同じ学校に通っていたら……いったいどんなやり取りが繰《く》り広《ひろ》げられるのでしょうか。そもそも、先生たちの昔の姿って？　そういったエピソードにも、また機会があれば触れていけたらと思います。

ここまでお付き合いいただき、どうもありがとうございました。この短編集はそれぞれが独立したエピソードになっておりますので、どうぞ気の向いた時に、お好みのページから楽しんでくださいませ。

また、あわせてコミック版のアサシンズプライドも、何卒《なにとぞ》よろしくお願いいたします。ありがたいことに、1巻発売即重版《そくじゅうはん》です！　良い響《ひび》き！　コミカライズ担当の加藤《かとう》よし江先生、イラストレーターのニノモトニノ先生、出版に携《たずさ》わってくださった編集部・関係者の方々に最大限の感謝を申し上げつつ、あとがきを締めくくらせていただきます。

そして、今このページをめくる《貴方さま》に、ありがとうを。

新展開に突入《とつにゅう》の本編8巻で、よろしければまたお会いいたしましょう。

天城ケイ

富士見ファンタジア文庫

アサシンズプライドSecret Garden

平成30年2月20日　初版発行

著者――天城《あまぎ》ケイ

発行者――三坂泰二

発　行――株式会社KADOKAWA
〒102-8177
東京都千代田区富士見2-13-3
0570-002-301（ナビダイヤル）

印刷所――暁印刷

製本所――BBC



※定価はカバーに表示してあります。
KADOKAWA　カスタマーサポート
［電話］0570-002-301（土日祝日を除く11時～17時）
［WEB］http://www.kadokawa.co.jp/（「お問い合わせ」へお進みください）
※製造不良品につきましては上記窓口にて承ります。
※記述・収録内容を超えるご質問にはお答えできない場合があります。
※サポートは日本国内に限らせていただきます。

ISBN978-4-04-072651-9 C0193

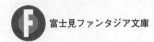